十七岁，骑向美国的单车

赵玫◎著

重庆出版集团 重庆出版社

图书在版编目（CIP）数据

十七岁，骑向美国的单车 / 赵玫 著. —重庆：重庆出版社，2012.3
ISBN 978-7-229-04996-6

Ⅰ. ①十… Ⅱ. ①赵… Ⅲ. ①散文集—中国—当代 Ⅳ. ①I267

中国版本图书馆CIP数据核字（2012）第027841号

十七岁，骑向美国的单车
SHIQISUI，QIXIANG MEIGUO DE DANCHE
赵玫 著

出 版 人：罗小卫
策　　划：华章同人
出版统筹：陈建军
责任编辑：张好好
特约策划：黄卫平
特约编辑：袁　强
责任印制：杨　宁
营销编辑：张　颖　魏依云
封面设计：颜森设计

重庆出版集团 重庆出版社 出版
（重庆长江二路205号）
北京中印联印务有限公司　印刷
重庆出版集团图书发行公司　发行
邮购电话：010-85869375/76/77转810
E-mail：bjhztr@vip.163.com
全国新华书店经销

开本：700mm × 1000mm　1/16　印张：18.5　字数：260千
2012年8月第1版　2012年8月第1次印刷
定价：29.80元

如有印装质量问题，请致电023-68706683

目 录

序言

赵 玫

2000年夏季，若若告别了AFS项目，回国时周身洒满美国的阳光。她那么开朗、自信地回到我们的怀抱。John专程把我们共同的女儿送回来。从此天津也成了John和南希中国的家。

回国后，按要求若若本该再读高二，但她却选择了直接读高三。这对她无疑是挑战，甚至也是对我们的考验。不忘高考前的激战怎样惨烈，更不忘若若怎样每晚温课到凌晨。最终让我们欣慰的是，若若在国内只读了两年高中，就考上了南开大学外语系。更好的消息是，美国的伯顿大学也录取了她。还记得，午夜南希和John从波士顿打来电话。那一刻的激动至今历历在目。我们用红酒祝福女儿的未来。

于是若若一年后返回美国。刚开学就赶上了“9·11事件”，若若和同学们一道度过了美国最沉重的时刻。从此若若在这所始建于1794年的古老大学开始了大学本科的学业。让她骄傲的是，美国作家霍桑是他们非凡而永恒的校友。这或许也是若若为什么选择艺术史、电影理论及法语专业的缘故。大学三年级，若若参加美法大学之间交流的“巴黎项目”，在法国卢浮宫艺术学院学习一年，主修中世纪艺术和法语。这是若若先前游历法国后再度来到巴黎。这一年她学习、生活在这里，几乎看遍了巴黎所有的博物馆，也几乎坐遍了巴黎的所有酒吧。她行走在这座古老艺术之都的每一个角落，然后写出了《行走巴黎》、《穿越长夜》、《与凡·高面对面》等文章。这年若若生日那天，远在美国的南希和John突然现身巴黎，仿佛从天而降，带给若若不敢想象的惊喜。

2005年若若大学毕业，同年考取了美国波士顿大学传媒学院电影专业研究生。

电影像梦一样缠绕着她的渴望，尤其在美国那样的电影国家。她开始学习制作电影，将她的构思付诸于想象中的影像。她先后制作并导演了两部短片《陌生人》和《忘记规则的游戏》。她还拍摄了关于亚美尼亚文化的纪录片《丢失的记忆》。一位正在慢慢失去记忆的老妇人讲述着亚美尼亚的艺术。影片中的钟声和来自亚美尼亚的音乐至今在我耳畔鸣响。读书期间，若若还曾担任电影电视专业大学部及研究生部的助教，讲授包括电影制作、导演、编剧以及数码剪辑的课程。

2007年5月，若若申请了戛纳电影节美国馆（American Pavilion）的暑期项目，American Pavilion是一个在电影节期间为美国制片人提供服务的组织。那个夏天，若若又一次来到法国，在戛纳的蓝色海岸，度过了20天风光旖旎的梦幻之旅。电影节期间，她看了很多电影，邂逅了导演、明星，出席了各种酒会。在戛纳电影节60年庆典的日子里，她更加直接、深切地加深了对电影本质的理解。之后她发表了《戛纳日志》、《蓝色海岸的电影梦》等多篇文章。

结束学业后，若若来到温暖而美丽的洛杉矶，在好莱坞一家独立制片公司Jere Hausfater麾下的Essential娱乐有限公司做电影国际销售发行的实习生。这是她毕业后从事的第一个关于电影的工作。这也是她将梦想变成现实的最初台阶。她实习的工作包括审核电影剧本，策划上马项目，进行市场调查等等。协助公司建立了销售金额数据库，并代表Essential参加了2007年10月在加州圣莫妮卡举行的“美国电影市场（AFM）”。

2008年1月，若若以优异的成绩取得了电影制作硕士的学位。不久进入了美国公共电视网（PBS）国际部工作。PBS是美国唯一接受政府赞助、非营利性的电视网络，以普及教育以及提高人口素质为宗旨。PBS制作并播映了大批在国际上享有盛名的纪录片（或者你可以称它为时事娱乐节目）。若若是公司国际部任聘的唯一的外国人，担任国际市场营销部的项目经理。她策划、制定和实施向海外推广PBS节目和品牌的方案，以增加PBS在全球媒体市场的知名度。她还负责维持并巩固与PBS内部制片单位和其他独立制片人的关系，通过创作各类广告及宣传材料推广他们的作品。她的工作还包括负责PBS国际部电视节目参加纪录片竞赛活动，比如美国的“圣丹斯电影节”、荷兰的“IDFA纪录片影节”以及加拿大的“HotDocs纪录片影节”等。建立并维持PBS国际部网站和数据库，为成立PBS英国电视台提供市场宣传和支持，亦使她付出了辛勤和努力。

若若同时还担任PBS的中国项目经理。这增加了她和国内的联系，或者这也是若若的一个情结。2009年中央电视台《岩松看美国》节目组到美国拍摄，在若若的努力下，促成了PBS成为《岩松看美国》的协助单位。若若作为美方协调，成功安排剧组与包括美国前任众议院发言人金理奇、摩根大通首席执行官约翰·迈克、新闻集团总裁莫多克等美国政界、商界及媒体产业界人士完成了系列高端访谈，其间若若跟随剧组辗转多座城市，承担访谈翻译，和剧组朋友结下了深厚友情。她还将来自中国的电视同行接到南希和John的家中吃饭，让他们在宁静的小镇诺维尔享受优雅和温馨，体会美国人的友好和热情。《岩松看美国》在中央电视台新闻频道连续两周在黄金时间播出，成效卓著。节目不仅介绍了美国的方方面面，也大大提高了PBS在中国的影响力。除此之外，若若还参与了PBS与中国教育电视台的合作。

业余时间，若若为中国《综艺报》等报刊撰写文章，报道美国传媒界最新时讯，诸如《了解国际预收》、《展望AFM》、《华尔街时报：从高桅帆船到快速游艇》，以及《采访骆家辉》等。

就这样，若若从一个16岁的小姑娘，在一个西方价值观的环境中，成长为今天的职业女性。13年的美国生活深刻地影响了她。记得当年南希就曾预言，我们的若若未来一定会成为一个世界性的女性。于是作为母亲，我满怀欣慰，并在遥远而切近的时空中，关注着她的每一个脚步。

我的16岁的小姑娘

我在黎明到来的时候，重读我一年前的那个8月的日记。

那是一个刻骨铭心的8月，女儿离我远行。

我不了解她在美国一年中的许多经历和感受。我所能体会到的，只是一个母亲把女儿送走前后的心情。那是种深邃的无法慰藉的痛苦，是没有身临其境的母亲所无法想象的一种近乎绝望的感觉。就是在这个黎明我重读那些难忘的8月的文字时，我还是禁不住地流泪了。这时候女儿已经回到了我身边，我们已经开始了朝夕相处的日子，可是我还是不敢回首那一段伤痛的往事。

女儿问我，为什么哭？

我说是因为那些日记。若若和妈妈、外婆，三代知识女性一脉相承，心心相印。

她又说，如果我真的又去美国上大学怎么办？

我说，为什么很多好事总要伴随着痛苦？

后来想，世间的事其实就是这样。爱本身就是痛苦，除非你不爱。你不爱你就平静了，而你又不能不爱。然后我们就掀过了这个话题。说不谈这些，反正你是要走的。反正所有的孩子都是要走的。过了一会儿，我才又说，只是美国太远了。

不知道有一天当女儿真的又去美国读书，我是不是还会像去年8月那样，把血和泪滴在心上，只留下可怕的记忆……

深夜我无法入睡。于是我只能从床上起来，坐在桌前，在想念和眼泪中，不停地写……

8月16日　星期一

这一天离女儿起程的日子仿佛还很遥远。我照例起得很晚，到那边房子为女儿找衣服。若若在我的衣服中选了几件她喜欢的，带去美国。

晚上，若若和她最要好的几个女朋友聚会，都是高中的小女生。晚饭后去听哥伦比亚歌手的演唱会，深夜11点才回来。下楼去等她。见远处几个小女孩一路轻盈地骑着自行车从黑夜中过来。她们最后在路灯下拥抱告别，很恋恋不舍的样子。女儿的朋友们尽管说说笑笑，但其实她们的心里都挺难过。赵宁说，想你。唐月说，你也会想念我们的，对吗？刘颖说，若若再见。李萌说她很痛苦。而王丹说，李萌之所以痛苦，是因为怕若若从美国回来后就不和她玩儿了。你看那个小女孩真的很痛苦，而她痛苦的原因又是那么单纯和幼稚。她们就那样告别，在午夜的路灯下，从初中开始持续了整整4年的小女生的友情……

8月17日　星期二

早上依然很晚起来，因为是暑假。下午，和若若到外公的房子里去取那两只大箱子。那箱子未来在某种意义上将成为女儿的家。然后我们开始装箱子。那所有我能想到的要为她带上的一切。我们一件一件地挑选。尽管我们很苛刻，但转眼之间那箱子还是被装得满满的，难以关上。虽然美国UA的航班已经十分宽厚地允许女儿携带70公斤的行李，她的箱子也还是严重超载。装箱子使我们很疲惫，只能是第二天再慢慢淘汰那些可带可不带的。面对两只大箱子就仿佛是面对两个庞然大物，而女儿又是那么单薄，她还只有16岁。

8月18日　星期三

又是一整天同箱子做斗争。来来回回，下决心拿出那些女儿不愿拿出的。傍晚，全家人聚会为女儿送行。外公外婆，大姐一家和弟弟一家都来了。大家很欢乐，忘记了离别是一件很伤痛的事。

夜里，重又对箱子做最后的调整。什么也顾不上了，不看电视更不读报纸。

很晚才睡觉。刚上床就听见女儿在黑暗中哭泣。于是我便再也不能控制自己。多少天来我一直强迫着自己不哭。但此刻，突然地，非常非常难过。抱紧女儿，不知道今后想她的日子该怎么过。问她，为什么哭？她说，从此就见不到你了。感觉着，她在我的臂弯中抽泣。想着就是这样我把她从小抱大。她又说，从此就没有人抱我了，也没有人从窗子里看着我上学了。

更紧地抱住她，和她一道哭。用不尽的纸巾。不知道时间在流走。

那是无以解脱的一种伤痛。就要离别了，我的女儿。

后来决心不再提她走的事，不去想。以为不提不想就不会难过了。女儿的感情如此脆弱。她说出来后才知道，其实她一直很在意我们待在一起的所有时刻。那晚她是流着眼泪睡着的，在我的怀中，就像她是那个刚刚出生的小宝贝。

8月19日　星期四

这是女儿在家的最后一天，也是最最难熬的一天。几乎每一分钟都有泪水在眼圈里转。我才知道人生还有如此痛苦的感觉。

若若很晚才醒。记得她醒来的第一件事就是睁大眼睛看着我，然后就是满脸的泪水。那情景我一生不会忘，实在是太深刻了。那黑黑的大眼睛。我的女儿，她那么伤心，她依恋我，她知道她真的要走了，她不想从此就看不见妈妈了。后来我说，不许再想走的事。但我们又全都知道这是我们必须要面对的现实，哪怕很残酷。想到也许不该让女儿背那套太沉重的《天津小洋楼》。不知道还有什么轻一点的介绍天津租界建筑的书，送给她在美国的家庭。于是我们决定吃过午饭后去找一找。下午下起了小雨。我们还是打着伞出去了。后来真的在美术出版社的书店里，买到了那本印刷同样精美但轻便了很多的关于天津殖民地时期建筑的画册。因此我们很高兴。

夜晚很难熬。

那个几乎熬不过去的夜晚。最后的夜晚。

当夜深人静，我们终于再也忍不住，和女儿抱在一起哭。怕分开，怕第二天的那个清晨。整整16年，我们从未这样分离过。女儿哭着说，那么长时间再也见不到你了。她又说，想你怎么办？也摸不着你了。

我们整夜哭。几近绝望的悲伤。

妈妈来劝我们，但是她也哭。

后来当黎明将至，若若说，她对我们大家有三个要求。她说第一，她要我们高兴。她是哭着说的。第二，希望我们的生活能充实。第三，她说她要我们别想她……

我们答应着她。

但就是她的请求也令人心碎。

这样，我们彻夜没有睡，无法睡。清晨4点起床的时候，我们的眼睛都是红肿的，又疼又酸。但只能起来，只能告别。

8月20日　星期五

凌晨5点。他来。送女儿去北京机场的汽车来。

就要离开家了。爸妈下楼送若若，送他们最最宝贝的外孙女。他们拥抱，拥抱着告别。那是从小将她带大的外公和外婆。他们爱她如生命。浅浅淡淡。但他们相互扶助着回到楼上后，却是拥抱着痛哭。那是他们漫长的生活中最最难熬的时刻。他们不习惯长达一年中没有外孙女的生活。从此他们只能彼此安慰和鼓励。

一路上很顺利。空气清新。在高速公路上，看太阳升起，是那种很美的晨曦，那种迷蒙的红色。女儿就是在这样的清晨这样的红色中来到人间的。16年前，我生下了她。她就降临在那个美丽冬日早晨的阳光里。多么好。那种早晨的阳光的明媚和温暖，那种红。我们在红色中从黑夜驶向天明。

机场里熙熙攘攘，很多人。那时候首都机场使用的还是显得破旧的候机大厅。偶尔若若会看见将和她乘坐同一个航班同去美国的AFS小孩。他们不像若若，和家人兴奋异常地拍着各种离别的照片。而若若却只是有点落寞地坐在那里，无语，眼睛还是肿的。

他去找机场的朋友，拿到了两个能一直把女儿送到国际航班登机口的出入境卡。这样我们就能帮助她托运好那两个显然超重的大箱子。一切在匆忙中。在办理登机前各种繁复的手续时，我们就顾不上那将要到来的分别的伤痛与悲哀了。我们已经很幸运，能和女儿一道通过那所有的关卡，直到最后坐在登机口前的椅子上。我们长长地出了一口气，等待着美国联合航空公司的852航班检票。

我抓着女儿的手。

在最后的时刻好像已经没有什么话要说了。

只要在一起。

只要能抓住她的手。

希望这一刻无限的长。

但终于，还是开始检票了。我们站起来和女儿一道排队。队伍一点一点地往前走……

再有五六个人，我们就真的要离别了……

在最后的时刻，女儿给外公外婆打了电话，向他们告别。

在最后的时刻，若若和我们拥抱。

记得在那一刻，她在我的耳边轻轻说，妈妈别哭。

我这样做了。

我抱紧她，不放开。

我在再也不能拉住她的手的时刻才松开了她。

就那样送她走。

然后她就和一个同去美国的女孩一道检票走出了候机大厅。

然后她就出现在了那扇巨大的玻璃窗外的甬道上。

我飞快地冲向那玻璃，以为并没有那透明的障碍。但那看不见的物体还是阻隔了我。我隔着玻璃窗拼命地喊着若若。一开始她没有看到我。她以为检票的大门就是我们分手的最后关口。但很快她还是看见了我。她便离开队伍朝我跑了过来伸出了她的手。我们的手就那样隔着玻璃贴在了一起。在我们之间只隔着那薄薄的透明的几公分。女儿不停地向我做着飞吻的动作。那是她隔着玻璃所能表示爱的唯一的方式了。我离她那么近。我看见她强忍着眼睛里的泪，她甚至在笑。她这样做仅仅是为了不让我哭。

女儿一步一回头地登上了机场的登机车。她始终看着我，直到，那汽车启动，越行越远，我再也看不见她了。

我是目送着她的背影飞向她未来的新生活的。

就从这一刻开始。从分别开始。

我知道和女儿终有一别。那是所有父母最终都摆脱不掉的。飞机立刻起飞。带着她飞往美利坚，飞往那个她向往的陌生的国度。

我的16岁的小姑娘。

然后是想念，无边无尽的。留下我独自一人。依然是8月20日这一天。直到那一刻我才觉出有他在我的身边多重要。他知道我对女儿的感情有多深。他不提我的痛苦，并总是说一些玩笑的话来宽慰我，逗我笑。有时候我会说，我想若若。我说着，眼泪就会不知不觉地流下来。我说真的，我还是想她，不知她现在怎么样了。这时候他就会把我抱在怀中。他什么也不说，只是让我尽情地哭。

但无论怎样都不能缓解我思念女儿的痛苦。我真是太想太想她了，以至于在最初的几天里我根本不能接触这个可怕的话题。我已经两天两夜没有合眼了。但是我就是不能躺在床上。我一躺下就会想她，眼泪也会顺着脸颊不停地流下来。我甚至不能提她的名字。她的名字就是我的不尽的伤痛。

上午刚刚送走她，下午我就开始给她写信。我的信写得很长。长长的思念。傍晚，他就陪我把给女儿的信发了出去。我以为写过信后心情就会好些，但是到了晚上，躺在床上，却还是不能入睡，家里又从来没有安眠药。

于是我只能从床上爬起来继续写。对我来说，大概只有不停地写才是我排遣苦痛的唯一方式。我用文字想着女儿，用文字去描述她并且抚摸她。

女儿走的时候脸色不好，那是因为她两个晚上没有好好睡觉。后来她穿上了南希为她寄来的那件绣着她的新家“诺维尔”字样的蓝色T恤衫，因为夏末的候机大厅里有点冷，她的嗓子又开始疼。想此次旅行，从天津到波士顿，从20日凌晨5点，到21日上午11点（南希在电话中说，若若在美国时间晚上11点左右就能到美国的家，波士顿和天津的时差是12个小时），算一算她在路上要长途跋涉整整30个小时。独自一人。天津——北京——东京——纽约——波士顿——诺维尔。如此的迁徙辗转，还要不停地转飞机，不知道她能否经得起这上上下下起起落落的折腾。她是那么瘦弱，真怕她会生病。也不知她能不能在飞机上睡一觉……现在是午夜2点，女儿已经走过了她漫长行程的大半；再有几个小时，她就能到达纽约的肯尼迪国际机场；再再过几个小时，女儿就能如约走进她诺维尔的新家了。但愿未来的几个小时能快一点过去，但愿我的女儿能早到家。只是这会儿她还在路上、天上。所以我依然无法入睡，焦虑不安。我想与其如此被折磨，也许当初真不该让这个16岁的小姑娘早早离开我。

又写了这些。或许我能够睡着了？但是，不。我躺着，醒着，睁大着眼睛。她答应一到家就立刻给我打电话。那我就等她的电话。期盼着每一次铃声。我躺下，等着。

8月21日　星期六

躺下的等待依然是痛苦的。因为只要躺下，就是想女儿。那挥之不去的想念。

清晨我醒来。醒了才知道我曾经睡着。于是开始坐在电话边等那个11点的电话。什么也不做。从11点到12点又到12点半，却始终没有若若的声音。在那种焦虑中的等待是难以承受的。那是生命中最最难熬的一个半小时，不知道那个最亲的亲人这会儿到底在哪儿。我不敢想别的，又难免不去想别的。几次把电话打给南希，家中却一直没有人接……

后来直到中午12点半，我们再度把电话打过去。在经过一个有点遥远的传送后，铃声响了，就听到了John的声音。

“Hello！”那是John！

远一点的地方是南希和女儿在说话。那是我在30多个小时后第一次听到女儿的声音。我顾不上再和John说什么了，只是不停地喊着若若！若若！

若若很快走过来。用她特有的那低沉的声音说，嘿，妈妈。那平静就犹如她并没有漂洋过海。她说他们才刚到家。她说飞机晚点了。她说纽约下着雨。她说一下飞机就看见了南希和John来接她。然后他们就穿过海底隧道回到了诺维尔的家。她说家里的房子漂亮极了。她还说南希和John特别好。她说他们给她定了一本《十七岁》的杂志。她又说，他们还为她买了一个电话卡，让她能随时和家中联系……

这样听着女儿说。

然后不得不放下了电话。

但无论如何听到了女儿的声音，这一点才是最最重要的，知道她安全落地心情就骤然好了一大半。

那是我第一次和遥远的女儿通电话。接下来的几天中，我差不多每天都给她打电话。后来这样的电话在一年中我不知打了多少次。我一直觉得，那是我和女儿联系的最直接也是最真实的方式。我见不到她，更无法触摸她，唯有电话会让我觉得她是真实的，她和我很近。

下午回家看爸爸妈妈。因为女儿一直是和他们住在一起的，所以女儿的走让他们格外伤心。他们爱若若。他们说若若是融在他们的生命中的。若若不在家，他们的生活也就失去了欢乐，甚至失去了意义。

回去看他们，回若若一直生活的那个家。但是又怕回那里，怕看见那里的物是人非，怕去触摸若若留下来的那些东西……

8月23日　星期一

在家里，想若若。这会儿是她的深夜，她可能已经睡了。

若若一走，像走空了整个房间。到处空落落的，找不到她一天到晚跟着我的身影。心也是空的。从此没有人可以等待。这滋味真是太难受了。她才刚刚走了3天，还要等整整一年。不，一年365天实在是太长了。她穿过的裙子和T恤衫就在那里。好像还带着她的体温。看着她的衣服就想流泪。今后的日子不知道该怎么度过。

收拾房间时发现女儿喜欢的那个朋友给她的云南的小包没带走，她一直说要带走的。还有她的手套。波士顿在美国的东海岸，冬天很冷，冷得很早。于是后悔，埋怨自己。唯一的补救方法是尽快把她喜欢的东西寄走。于是立刻跑到了邮局。这是我第一次给女儿寄东西，第一次寄走我的爱。买了那个小盒子，小心装进去女儿也许并不急需的物品。邮递员说航空的邮费是70元，12天左右就能到，但如果海运就将遥遥无期，他们问我准备选择怎样寄。我当然毫不犹豫就选择了航空。因为我寄的是心情，是对女儿的牵念，我怎么能让我的心情和牵念遥遥无期呢？当我把女儿的邮包寄出去时，心里就像是放下了什么。

下午洗衣服。又想若若。想着今后很长一段时间不能再给她洗衣服了。抱着她穿过的那些衣服，想着去洗，又舍不得。把它们搂在胸前，在心上，闻她的味儿。后来那些衣服就真的没有洗，为的是让她的气息永在，永远环绕着我。我真是太想太想她了。想得让人难以忍受。这是人生最痛苦的事，特别是对于母亲，这简直就是生的苦难。我无以解脱，总是想哭。现在家中只有我一个人。一个人的时候才能放声哭。若若在撕扯着我的心。怎样才能好一些呢？怎样才能不想她不难过呢？

傍晚的窗外有学生下课路过。女儿从前也总是在这个时候回家。眼看着那些放学的孩子从窗外的小街穿过，却等不到若若来按门铃。等不到给她开门，接过她的书包，也看不见她总是喜欢站在门前照镜子……

一个人留在思念中真可怕。想她，想女儿，想得熬不过去，给她打电话，让她在电话中安慰我。

如此的情感经历，也是生命的经历。那么多的痛苦、焦虑、期盼、等待、思念和眼泪……

8月24日　星期二

去附近的天马书店又买了一本《第二十二条军规》。原先的那本被女儿带走了，那是她最喜欢的书。她要我把它们读完。她还要我在信中和她讨论。

又读《心灵捕手》的电影剧本，也是女儿留下的任务。那是一些波士顿大学区年轻人的故事，而波士顿现在是女儿的家。

夜晚11点给女儿打电话。那时候总觉得只有听到了女儿的声音才放心。John来接电话。他用很慢的英语说，若若不在家。她和她的朋友们一道出去玩儿了。John还说他会很快发E-mail给我。

很惊异我竟听懂了John的话。

午夜1点果然收到了John的信。John说，你们有一个非常好的女儿，她将能和我们生活一年是我们的幸运。昨天我们带她去了波士顿。今天她和她的AFS朋友一起去参观Plimoth Plantation。这是个有着悠久历史的地方。美国最早的移民就是乘着“五月花号”轮船在这里登陆的。

John还给了我一个网址，说在那里就可以看到若若正在参观的这个地方。于是翻早些时候南希为若若寄来的那本介绍波士顿历史的画册。果然立刻就翻到了P.P的图片。这里离海很近。那些低矮古老的旧房子几乎就是在海边的沙滩上建造的。尖尖的茅草房顶，木头变成了黑色。那些用枝条修建的围墙，足见一百多年前的英国移民是怎样的贫穷。古老的居住地被保护了下来，后来成为了人们参观旅游和回忆历史的地方。两边的房子中间是一条沙土路，这条路一直通向移民者登陆的海岸。然后是海，深蓝而澄澈的，是大西洋。

看着P.P的画面，就仿佛看到了正穿行在那些旧房子中的女儿。她又能看到海了。她一直喜欢海。她是个幸运的女孩儿，去了美国，去了波士顿，又去了对美国人来说古老的P.P。这样想，或许我就不再难过了。

John又给了我们他的网址。他说他刚刚把一组若若的照片放在了网上。他要我们去看。“若若的到达”，他说他希望这些照片能让我们欢乐。

如实写下我在那些日子里的心情。我这样写的时候依然很难过。所以那确实是一段不堪回首的往事。而如今女儿已经回来，此刻就在隔壁的房间里读书。她是如此地贴近着我。而这一段文字还是把我带回了那个早已逝去的去年8月。

女儿问我在干什么？我说在写那本关于你的书。

女儿问我为什么总是流泪？就不能不写这本书吗？

我说可能还是要写。出版社的阿姨希望我写。

女儿又说，那么就写吧。也许能挣出往返美国的机票。

所以就为了给女儿挣机票。我说我要求你每一年都回来。

女儿说好吧，因为美国东部大学的假期总是很长……

南希的第一封E-mail

南希第一封来信的标题是：《来自波士顿的问候》

亲爱的玫，为了能让你了解到目前为止的若若在美国的所有活动，我希望你能够翻译我们的电子邮件。

若若在上周五的晚上到达这里，她非常兴奋地完成了这次很长的旅行。星期六是我们为她精心安排的安静的一天，我们希望能用一周的时间来为她调整时差和饮食。她非常爱她的小狗莫莉和小猫奥维尔，它们也很爱她。星期日，她认识了诺维尔另外两个AFS学生，他们是从法国来的阿娜伊斯和从意大利来的安追亚。晚上，John和我带她到波士顿做了第一次旅行。星期一、星期二、星期三，她扩大了她的朋友圈，见到了另外的AFS学生（来自莫斯科的卡特琳娜和来自哥伦比亚的迪戈），访问了诺维尔中学，见到了老师并安排了课程。昨天，她和另外的10个学生在波士顿度过，我为孩子安排了一个航海的项目，我在他们的船上做导航员。

我们非常为若若骄傲。她无疑是一个非常好的朋友，对所有我们建议她参与的活动她都非常感兴趣。她是礼貌的，乐于助人的，而且有着非常有趣的幽默。John花费了很多时间和她在一起，因为他在家中工作。我想那对若若来说将是一种非常好的经历，她能够和John共同分享着友情。John

是那么喜欢他的这个新女儿！星期天她在邻居家的钢琴上演奏，泪水从John的眼睛里流出。他是怎样地为她而骄傲。我们都非常爱她！

感谢你送给我们的那些礼物。你是那么慷慨，我们被你的那么亲切和周到的心意淹没了。我们房子的那幅画是那么美。而且这样的一幅画一直是我所期盼的，却又是不敢奢望的。我想那是你和我穿越了遥远空间的共同的想法。

我让这第一封E-mail尽量短一些，希望你翻译起来不会太辛苦。今后我将试着每星期给你写信，我会把若若的情况尽快告诉你。

若若非常快乐，非常健康，也非常勇敢。她身上表现出来的那些美好的感情，是你和你的父母给予她的。她是一个宝贝。谢谢你让我们在未来的一年中照料她。

最亲切的问候

南希（和John）

这就是南希的信。第一封信。

记得在女儿离开中国前，John就在电话中对女儿说起过，南希是喜欢写作的。后来读到那时候南希不断写给女儿的信，才知道南希的文字真的很美。

其实我不是想说南希美妙的语言，而是想说透过语言所传达出来的那种美好的情愫。其实我要说的也不是南希在女儿抵达美国前为她写的那些美好的信，而是想说当女儿离开了我，当我深深地陷入对女儿的思念中不能自拔，是南希写给我的那些信，支撑了我痛苦悲伤的生活。

得到女儿的消息，知道她每天在干吗，她的心情怎么样，周围的人是不是对她很友善，这一切在看不到她听不见她也触摸不到她的时候，对我来说比什么都重要。

记得电脑上蓝色的信号推进着南希的信。

在那一刻蓝色的信号就是我的蓝天使。

感谢现代化的通讯设施，让南希能在第一时间把女儿的行踪告诉我。她知道在这样的时刻，我需要的是什么，她就把我需要的给了我。

是南希的信让我真正懂得了什么是善解人意。

也是南希的信让我感受到了世界充满了爱，那是南希给世界的爱。

南希在她的电脑上用英文敲击出了那么长长的关于女儿的信息。因为她知道我渴望那长信，因为信越长，我所获知的女儿的消息就越多，我也就更安心。南希也知道这一点。

这就是突然出现在我们生活中的这个美国的女人。

我猜想，世界上并不是很多人都能如我般遇到南希这样的女人，享受到她那样的一份深深的爱。她不仅把她的爱给了刚刚来到她身边的那个中国的小姑娘，她也把她的那一份爱心和关切给了遥远的我。AFS是一个和平友好的项目，让世界充满爱。但是项目中并没有规定接待家庭的家长一定要不断给孩子国内的妈妈写信。我知道南希所做的这一切，来自她对我的深深的理解。她知道我在离开了亲爱的女儿之后，每时每刻所想的都是什么。她也知道我最希望她做的是什么，那就是把所有所有的爱给若若。因为对那个离家远行的16岁小姑娘来说，他们的爱太重要了。她要靠着这样的爱支撑，开始她在美国的新生活。

我知道这些南希都做到了。就像她在信中说的，她和John是那么爱女儿。她不仅爱女儿，并且爱我，爱我们大家。

所以有南希做女儿的母亲是我的幸运。

所以有南希做我的姐妹是我的幸福。

所以世界上有南希是一件美丽的事情。

阳光心情

10天里打了10个电话，发了6封E-mail，寄走了两封信和一个航空的邮包。

收到了南希和John的两封电子邮件，若若的两封信。若若两封信的题目分别是：《汇报生活》和《无题》。

和女儿很少分开。像这样跨越大洋和国度的分开，记忆中只有两次，一次是美国，另一次是马来西亚。因为遥远，思念便被拉得很长。在很长的思念中拿起穿越时空的电话，有时候仅仅是为了能听一听她的声音。

在国内偶尔分开，也是一天一个电话，这已经成了习惯，甚至一天很多次和她说话。而这一次分开是真正的遥远，遥远而漫长，要整整的一年，365天，甚至比365天还要长。最初的10天我不能适应既见不到她又不能和她讲话的生活，于是便总是禁不住拿起电话，将一天一个电话的习惯延伸到真正遥远的美利坚。一种不顾一切的感觉。在那样的时刻，甚至国际长途的费用也是无足轻重的，只要我能听到女儿的声音，知道她究竟怎么样。

那时候我刚刚托朋友买到了一张吉通公司500元的IP电话卡。那时候吉通公司的这种每分钟4.8元的IP国际长途业务还没有正式对外运营。那时侯4.8元的费用对我来说实在是太便宜了，因为那时候国际电讯的资费是每分钟15元。可能是因为太便宜，我才敢不计成本地和远在美国的女儿每一天都通话。而只要一听到她的声音，我就不想再放下电话，希望就这样永远地和她说下去。我们真的就这样不停地说呀说呀。

那是她第一次出门远行。

第一次真正的远，远到遥不可及。

通过21日女儿到达美国那天的几次电话之后，我终于得知女儿已安全抵达了诺维尔的家。22日晚上我就又拨通了女儿美国家中的电话。记得是很久以后，我才能准确地计算出天津和波士顿之间的那12个小时的时差（包括美国的夏时制），也才明确知道了女儿的清晨8点就是我们的晚上8点，而我早上给她打电话就是她的晚上，通常她总是在家或是容易在家的。所以后来我就总是在这个时段给她打电话。可是刚刚开始的时候，我并不能很好地掌握和女儿的时差。可能还因为她刚刚离开我太想念她了，于是就不论白天夜晚，只要想她，受不了了，我就会抓起电话，所以常常是电话打过去，却又找不到女儿。那是她的白天，她的白天总是会安排很多活动的。于是找不到女儿的心情就会格外的焦虑和慌乱，不知道她去了哪儿，不知道她是不是能适应。

是的，22日晚上我就又给女儿打了电话。那是她的早晨。我知道她会在家的。在连接信号遥远的奔袭之后（那是听得出来的），终于听到了女儿的声音。那声音是那么清晰，就那么清晰地撞击着我那一份强烈的思念。

我听得出女儿刚刚睡醒。或者她还没有睡醒，她是被我的电话吵醒的。那声音懒洋洋的，像过去在家时那每一个清晨呼唤她起床的样子。但是幸好她说她已经睡醒了，问她怎么样，她说一切都很好，唯一不太适应的，就是美国的饭。她说那里的饭不好吃，没有盐。于是想起平时外婆给她做的，都是她最喜欢吃的最好吃的饭菜。我就心疼她，不知道该怎样帮助她，但是她马上说没关系，她会慢慢适应的。

接下来她又说，我送给John和南希的每一件礼物他们都很喜欢。他们想不到我会送那么多礼物给他们。他们对若若说，你妈妈真好。当然那些礼物确实是我精心为他们选择的。为他们家庭中的每一个成员。后来南希在给我的信中也专门表达了他们深深的谢意。

大概是刚刚醒来的缘故，女儿的思维好像很慢，语速也很慢。而且总是问一句才答一句，好像她没有什么好说的。问她，你睡觉怎样？吃饭怎样？英语全能听懂吗？能适应吗？总之所有的情况都是我问出来的。不知道为什么她突然变得迟钝，后来她才告诉我，初到美国时，她先是不会说英语，后来就连汉语也不会说了。再后来就英语汉语都不会说了，再再后来又英语汉语都会说了。总之有很长时间，女儿一直努力在这两种语言间艰苦地适应着转换着，直到有一天她终于能够在这两种语言之间游刃有余地往返穿行。

22日那天我还给女儿发了一封E-mail。那是我第一次在电脑上写信，那时候我打字还很不娴熟。我是一个字母一个字母地用汉语拼音拼出我想要对女儿说的话。我说妈妈太想你了，每一分钟想的都是你，想听到你的声音。我会时常给你打电话。

我告诉她从机场回来后才发现李雨氓送给你的那个蓝色的小包没带走，那是你最喜欢的。妈妈很后悔。怎么会忘掉？不过我会尽快给你寄去。告诉妈妈你一路是怎么过来的？你一定是个非常勇敢的小孩儿。不知道你是不是睡好了觉，和南希他们在一起是不是很开心？把你新的信箱地址尽快告诉我。另外，给妈妈写信如果用汉语拼音太麻烦，就用英文，我可以借助字典慢慢地读。你要好好听他们的话。妈妈爱你。日日夜夜想念你。

然后23日一早，我就带着要寄给女儿的那些东西去了邮局。赶到邮局的时候，邮局竟然还没有开门。站在邮局的门外，想着我们曾一同来这里，寄各种给南希和Jonh的信件，就禁不住又难过了起来。

我这样写着前年和女儿离别时的情景，就又是禁不住热泪盈眶。因为想到未来，她也许又会离开我到美国去上大学。如果有一天她真的又走了，那么，现在每天和她在一起的这一切，还有什么意义呢？这房子，我们俩住的，从此空空荡荡，我又怎么住？还有华苑那边的新房子，我们每个周末都回去。和她在一起，一天都不分离。她的房间，还为她买了她自己挑选的那些家具。如果她走了，留下她的房间，又会是怎样的悲伤。不能待在她经常待的地方。到处是她的气息她的印痕。我太怕这样的别离了，永远怕。那对于任何母亲来说都是最残酷的伤痛，永远无法治愈。天下的母亲。只要你深爱你的孩子。

但是当然我知道我不能再哭了。因为再哭我就不能写下去了。

24日，收到了女儿的第一封电子邮件。我真的高兴极了。这是女儿的第一封信。信很短，但写得很好，她还风趣地把这封信的主题定为《汇报生活》。

妈妈，一切都很好。我现在睡得不错。我们昨天去了波士顿。波士顿真的棒极了。有一种典雅、高贵的感觉。很古老，又充满现代气息……我们去了最有名的"New Berny street"。我喜欢那里。真的喜欢。古老的红色楼房里都是咖啡屋，画廊，还有一些最棒的衣服。另外还有一个特棒的玩具店。我们没有都看，只是在街上走我就已经很幸福了。我们还进了一家"Guess"店，南希借了很多很多钱给他们（南希在波士顿银行负责Guess服装公司的贷款）。我们还在路上看见了贝聿铭设计的肯尼迪纪念堂，棒极了。妈妈你一定会爱上这座城市的，起码我爱上了。

我和其他小孩昨天去了Plimoth Plantation，也很好玩儿。我照了很多照片，买了一些能让我很"酷"的东西。我的照片都在网上，一定要看。我马上会写信。让外婆外公放心。爱你们。

无法形容女儿从美国发来的第一封电子邮件所带给我们的是怎么样的欢乐。读她的信就仿佛看到了她那丰富的生活，感受了当她面对那一切时的好心情。

我当即就在电脑上给她写了回信。

亲爱的若若，你为我描述的波士顿真美。我也像你一样喜欢上了那个我没有去过的城市，也仿佛和你一道走在那古老的红房子里。若若，妈妈和你在一起，永远在一起。妈妈会在很远的地方看着你，会在家里等你，在心里想着你。

John放在网上的照片我们也都看到了，是小潘叔叔一张一张从他的电脑上给我们发过来的。于是我们看到了你在波士顿机场和南希、John在一起。那是自从北京机场送走你，第一次看到你的样子。真的很好，妈妈就放心了。接下来看到了你的新家，莫莉和奥维尔，你自己的房间，你和南希摘小蓝莓，还有你坐在那个硕大的玩具熊上，和你抱着的那只漂亮的玩具狗。那照片让我看到了真实的你，和你置身其中的新生活，仿佛可以触摸。

今天我去上班，编辑部的所有叔叔阿姨也都在办公室的电脑上看到了你的照片，大家都说你看上去真是幸福极了也快乐极了。对了，告诉你，我今天跑到电信公司办理了上网手续，因为不能在家中看到你的照片实在是太不方便了，而且我们总是希望能在第一时间看到你。这下好了，以后就可以在家里登录John的网站，也就可以随时随地看到你了。这真是太重要了，以前我们为什么不上网呢？看来是John为我们带来了现代化，当然还因为，有你住在了那个现代化的家庭中。

你看上去不错，我们就放心了。南希和John说你是最好的女孩子，他们能那么喜欢你，我真是高兴。你要听他们的话，并且努力管理好自己。

外公外婆给你写了信，我也寄走了那个小包。只是还有几个问题要问你，你带走的美金支票交给南希去办理了吗？你只得到半年的签证和AFS组织谈过了吗？你的卫生间和你的房间离得远吗？你的学校怎么样？你能适应美国的饮食吗？还有，说说你的美国朋友们。

好了不说了。这会儿是妈妈的晚上，你可能正在海上和南希一道学航海。

8月28日收到了南希的信，便立刻又给女儿写了信，希望她能够为我转达我对南希的感谢。因为是南希在替我做妈妈。

今天很高兴。因为读到了南希的信。知道他们是那么爱你，便觉得不仅你是最幸运的女孩，妈妈也是最幸运的母亲，因为我的女儿是在最好的人身边。南希的信让我感动。她是那么好，她知道在这样的时刻我最想知道的是什么。透过南希的信我仿佛看到了你们在航海，也看到了John在听你弹奏钢琴曲时是怎样为你而感动。南希就是用她的信让我和你亲近的，并贴近了你的生活。他们是非常好的人，我在他们的信中和他们为你所做的那一切中不停地感受到了，那种来自大洋彼岸的爱。有哪个离开女儿的母亲能如妈妈般幸运？请告诉他们我的爱。还要告诉南希，如果她的工作很忙，就不必经常给我写信。告诉她，你和他们在一起，我真的很放心。

还有一个好消息，你们用英语发来的信，电脑上的一个叫“东方快车”的程序能瞬间将它们翻译成中文，多么好。你知道我是多么需要这类高科技吗？它使一直困扰着我的语言不通的问题一下子迎刃而解。尽管不够准确，比如总是把“生活”翻译成“主页”一类。但大概的意思就差不多都知道了。所以，你今后就不用费力用汉语拼音给我写信了，就用英文吧，这样也能提高我们俩的英语水平。

今天小潘叔叔来，帮助我调整好了所有上网的程序。小潘叔叔非常耐心，毕竟我是初学者，对计算机可谓是茫然一片。现在好了，我们终于能够在网上与你对接，今后就可以每天上网去看你了，我为此而很激动。

今天你的朋友陈瑜送来了高二的全部新书，你如果需要，妈妈会给你寄过去。

记得28日那天是星期六。因为是休息日，我便一直纠缠在各种各样的和女儿联系的方式上。那时候女儿离开才刚刚八天，八天里我每天想的做的几乎都是关于女儿的事。休息的这一天更是如此度过。

零点，我先是给女儿发走了E-mail。然后稍稍睡了几个小时，我又早早起来给女儿打电话。因为慢慢地我已经摸索出来给女儿打电话的最佳时段，那就是上午，也就是若若的晚上，晚上若若通常是在家的，特别是在她上学的时候。打过电话后，我就又开始翻译南希的信。南希的信总是非常感人，这些最美好的情感。这样通过转换的文字去聆听另一个女人的心声，是我过去所不曾经历的。一种那么美好的感觉。我一字一句地翻译着，一字一句地感受着南希的美好。

这就是休息的这一天我所做的所有的事情。那么充实的一天，并且与女儿如此接近。

女儿在清晨的那个电话中说，她很好，好极了。他们刚刚从外边看电影回来，回到家后还要接着看《101只斑点狗》的录像。那是非常好玩的。若若说南希和John对她特别好，可以说是最好的了。John刚刚给她买了一双阿迪达斯的运动鞋，她已经开始运动了。曲棍球，一种活动量很大并且很累的运动，但是她喜欢。他们还给了她一张25美金的礼品卡，让她任意购买一些小的礼物，总之他们真的喜欢她。

若若还说昨天她曾给我们打电话。大概是我们出去吃饭了，所以家里没有人接。她说她的卫生间和她的房间只隔一个小小的过道。她每天可以洗澡。莫莉

（那条金色牧羊犬）总是在她的房间里睡觉。她去打网球时，也总会带上莫莉。若若在电话中好像正在吃着什么，还有猫的叫声，她说没错，奥维尔正在抢她手上的小甜饼。

女儿告诉我她已经去过了南希在波士顿的办公室。她的支票南希也为她办好了，是一些支票和一些卡。她说哈哈，我也可以开支票了。她很得意的声调。她说明天他们还要带她到波士顿去买东西，她说她还得到了一个电话卡，今后她也可以给我们打电话了。

若若很快乐。看得出她已经适应了那个新家庭的生活。是南希和John给了她这种家庭的温暖，又是这温暖让她找到了她在这个家中的位置，并且让她获得了自信。这种自信的感觉在那样的时候对女儿来说太重要了。有了这自信，她才可以生活得积极并愉快，这也是南希和John给她的。

仅仅八天。她好像就已经是这个家庭中不可分割的一部分了。

8月30日我又给女儿写信。

你在吗？妈妈想你，但已经不像前些天那么痛苦了。因为想到了新生活带给你的欢乐和幸福。

今天下午我用了4个小时在电脑上打出了一篇文章。这是我在电脑上打出的第一篇文章。感觉不错，有一种成就感，希望你为我高兴。因为我终于开始进入一种我一直拒绝的先进技术状态了。不过这纯粹是顺便，因为电脑和网络对我来说，仅仅是为了能和你联系。

几天后就要开学了，都准备好了吗？一定要做好应付一切困难的准备，同时又要充满自信。在这样的时候自信很重要。相信你一定是最好的。

昨天下午李雨珉又来家里。我不在，她和外公外婆待了3个多小时，还带来了鲜花。感谢你的朋友。那花现在就在中厅的蓝色花瓶里盛开着，非常美好。也是因为你走了，妈妈才经历了这种美好的感觉。她真的很爱你。我为你有这么好的朋友而骄傲。她也在John的网上看到了你所有的照片。今晚又打来电话，说早上和晚上都用IP卡和你通了话。

另外，昨天泰达队客场对国安1：1握手言和。张效瑞踢进去一个球，这些你还感兴趣吗?

我把南希的信逐字逐句翻译成中文，记在本上。读南希的信简直是一种享受，为他们对你的爱而感动。生命中能认识南希真好。是你连接了我们，你是我们大家的女儿。

这会儿是晚上，外公外婆出去散步了。我静静地坐在电脑前对你说话，也是一种幸福。我会常常给你写信的。

……

就是这样，我知道我正在慢慢适应这种女儿离家远行的生活。尽管只要一提到女儿还是禁不住要流泪。所以在很长的一段时间里，女儿是不能提的。不过我开始上班，折腾计算机和网络，写信，翻译南希的信，还有开始写作。总之让生活塞得满满的。为了不再因女儿的离开而度日如年。

我想我已经做到。并尽量让女儿知道我是快乐的，不那么想她的。我真的不愿让她因我的伤痛而悲伤。这是我10天来一直努力去做的。

31日那天又给女儿打了简短的电话。因为几天来一直没有女儿的消息，于是不安。想只有电话能救我了，于是打电话。我只要能听到她的声音，我只要知道她依然是快乐的。

来接电话的是南希。那时候我已经熟悉了南希的声音，和她那温婉的语调。她说玫，若若是一个非常好的女孩。我和John都非常爱她。我们也非常爱你，玫，感谢你在这一年中，把若若送给我们来照顾。

我竟然神奇地听懂了南希的话。我觉得在短短的几天中，我和他们就已经非常熟悉了。其实自从女儿飞到波士顿，自从女儿在机场投进他们的怀抱，自从女儿走进诺维尔的家，我就觉得他们是我的亲人了，是兄弟姐妹，手足情深。所以若若是和我遥远的亲人在一起。他们甚至比亲人还要亲。

若若走过来。她还是那么慢条斯理的声音，她还是那么的快乐。她说不错，挺好的。她正在给我发E-mail，她刚刚给我寄来一封很长的信，信中有她和美国朋友们的照片。她用了10张非常漂亮的邮票，她要我一定好好为她保管。她说真的一切都好，你放心，真的没什么。

然后放下电话，放下电话后有种心满意足的感觉。

这个早晨的电话其实只为了能听到女儿的声音。仅仅是为了听到她的声音，就这一个目的。因为有时候如果听不到她的声音，我就会突然地心慌意乱。那种没着没落的感觉，寻来觅去的，会整整一天什么也做不成。这时候我就一定要抓起电话。我知道只有听到了她的声音，才能进行以后的生活。

到了中午，果然收到了女儿的信。看那蓝色的信号不停地向前推进着，带来了关于女儿的一切。

妈妈，你的声音有些变了。这大概是你的问题。知道吗，一听到你的声音，读到你的信和你的E-mail，我就想哭。我很快乐。我只是不愿知道你伤心。我爱你们。

我先来回答你的问题。

1.支票是交给John去办的。因为他说南希对此一窍不通。我签了字。此外，我还把500块现金存在了银行里。很快（两天），我得到了我的银行自动取款卡，我还可以开支票呢，很酷吧？但John说不要花太多的钱，他要保证我有足够的钱再来美国。

2.关于签证，John给AFS打了电话。他们说我们会得到续签。不给签一年的原因是，有些中国的小孩在回国途中，在东京就转飞机又回到了美国，所以只签半年。

3.卫生间和卧室只隔一个走道，非常方便。

4.在刚开学的几天，我会带饭。因为吃饭是个很复杂的问题，你要自己去买饭，而且不同的课程吃饭的时间和地点也不同。但别担心。

5.John是个很好的厨师。所以他不常做一般美国人吃的那种饭菜，而是做一些奇怪的东西。但还好，只是我需要盐，他们做饭不放盐，外婆会喜欢的。

6.我的美国朋友们很棒，他们都很有意思。女孩们说话很快，刚来的时候我觉得我根本就听不懂她们说什么，但现在好多了。男孩们喜欢让你在他们身上写一些很酷的中国字，作为交换，他们会找个人教我在钢琴上弹“爵士音乐”。

妈妈，别总想着我，因为在收不到你的东西时，我几乎不想你了。赶快写那本新书吧。告诉外公外婆，我们都应有一种新的生活。三个保证，别忘了。

玛瑞安在15日要带我去看画展，“Sargent”，我特别高兴，去波士顿。

别忘了替我感谢李雨氓。

我爱你们，深深地爱。

（收到包裹，谢谢。我爱足球！！！）

这就是女儿的信。

在读着信的第一个自然段时我就哭了。我受不了她说一听到我的声音，一读到我的信，她就想哭；我受不了她说我很快乐，我只是不愿知道你伤心；我受不了她说妈妈，别总想着我；我受不了她说，赶快写你的新书吧，妈妈。

是的，我受不了这些。我原以为我们已经全都适应了这种分别的生活，我们也不再悲伤。我们甚至笑，做出欢乐无比的样子，但是，我们怎么能不彼此想念呢？我们走不出这长长的悲伤，走不出我们彼此的深深的爱。

我多么怕她会因我而伤心。

我多么怕她在想到我的时候会流泪。

我宁可她从来就没有那么深地爱过我。

我想可能是因为她刚刚收到了她离开我们的那个可怕的黄昏我写给她的信。那时我几乎绝望。我无法入睡。我想她，每一分钟都在想。那是种熬不过去的苦难。但是此时此刻我宁可没写过那封信，我宁可那封信没有被寄走，我宁可它已经丢失在茫茫的太平洋。

是的，我原以为我们确实已适应了这种分离。

但是，没有。

为什么没有呢？为什么我们在读到彼此的信时还会不停地流泪呢？

我知道那一定是我不好。我不该在女儿刚刚开始适应她的新生活时，还用以往的痛苦去干扰她。我知道那是我不好，而唯一补救的方法是，我必须立刻给女儿发一封E-mail。我要对她说所有欢乐的事情，我要为她描述太阳，我要让她知道我就是欢乐的。

那封信的题目是《太阳升起》。我想唯有太阳升起才会带来最好的心情，那种阳光一般的心情。记得很早以前的一个朋友在接到我的信后，曾马上跑出房间去看天气。他说他要知道天气是不是很坏，因为他在我的信中读出了一种阴天一般的忧郁。他说你应当试着在阳光灿烂的时候写信。

所以我只要对女儿描述太阳，告诉她当明天太阳升起时，那景象一定是灿烂而明亮的。

我这样做了。

我哭着坐在电脑前，对着屏幕，也就是对着远方的那个最亲的人——我的16岁的小姑娘。

我是流着眼泪为女儿诉说快乐的，我知道女儿将只读到我的欢乐，而看不见我的眼泪。眼泪在心里，而欢乐则将跟随网络和太阳，奔向远方。

终于收到了若若的信

妈妈，我现在听着音乐给你写信。说真的，在我读你的E-mail时，我哭了。我并不是不开心，我只是太爱你，太爱你们了。我在这里很快乐，相当快乐，我只是想着你们在中国想着我、爱着我时，就觉得我真的太爱你们了。爱使我流泪（这句话太酸）。说真的，我确实很快乐。

我正在吃樱桃（很大很甜的）和小蓝莓（很有味道）。

我现在开始运动了，曲棍球！有点像冰球，不停地跑，特别累。

下面是我在美国的一周都做了些什么：

Fri：

一个年纪很大的女人在纽约机场接我们。所有的孩子中只有三个是晚上直接坐飞机走的，我就是其中之一。我们坐上一辆Bus，从国际部转到国内部（两站地）。她帮我们托运了行李，又把我们送进了候机大厅，然后她就走了。我们便等。可那等待实在是太漫长了。因为飞机晚点了。刘柏岩去马里兰的飞机还可以，可我和另一个去布法罗的小孩就没有那么幸运了。我们两个的飞机都是晚上8点起飞，她的飞机延迟到8点35分，然后就飞走了。而我呢，在她走后又独自等了30到40分钟。那实在是最漫长的等待。我觉得不舒服，而且我那时很困，但又不能睡，得听广播里说了什么，生怕错过。

漫长的等待后，飞机起飞了。但不是我们应当乘坐的那架飞机。换了架小飞机，大概只能坐52人。外面下着大雨，我真觉得飞机会出事！上了飞机，什么还没想就起飞了，也便睡着了。中途醒了一次，以为飞机还在跑道上，觉得特别生气，觉得永远也到不了波士顿了，就又睡着了。当我再一次醒来时，我看到的是一个美丽的、灯火辉煌的城市，那么明亮，那么美。我知道那真的是一见钟情，我在那时，就爱上了这座城市。飞机降落了，一眼就看见了南希和John，还有那个欢迎我的标志着中国国旗的红色大牌子。在飞机上，我只能看见他们的轮廓，高高的，在候机大厅里。我想对他们挥手，可我知道他们看不见。很难想象我当时有多焦急想看到他们，我几乎是把前面的人推出了飞机！他们看到了我，我向他们挥手！一个女人对我说："They' re waiting for you（他们在等你）！"我跑上楼梯。我去拥抱他们。

我们的车是一辆福特牌的面包车，绿色，是John的车，很典型的那种美国人的车。汽车穿过波士顿。波士顿正在翻修，翻修成一个更棒的城市。我们看了整个城市，在晚上依然很美，甚至更美。虽然到处都在翻修，但Believe me（相信我），不是天津的那种翻修。就这样，我们到了诺维尔。看到了我们漂亮的房子。我最强烈的感觉是，我不相信我已经在这里了！！！

Sat：

我11点才醒，虽然还觉得这一切很不可思议，但已经觉得像是在家里了。早饭吃了什么我已经忘记了，只记得去了邮局，看到了一些通缉犯的照片。他们给我买了一个10美金的电话卡，上面有漂亮的邮票。然后我们又开车到海边去。外面还是下着雨，海是灰色的，但我喜欢那样。车在一个海边的小镇上开着，旁边都是一些木头的小店铺和房子，真的很棒。我们进了一家店，水产品店，很小，买了鱼、虾，还有蟹肉丸子。我喜欢那味道，那是第一次闻到海的味道。然后我们又去了一家超市，那又是第一次闻到典型的美国超市的味道。晚上，回到家，见到了他们的一个年轻的朋友。那女孩28岁，她为竞选的总统们写消息，Cool，那时克林顿正在麻省。

Sun：

我9点半左右醒，早饭是火腿肠和鸡蛋，用黄油煎，很好吃。然后便去见其他孩子。见了那个法国女孩，还有她的美国兄弟。然后又去见了那个意大利男孩。John说他很Cool，但我去时，他已剪了头发，所以一点儿都不Cool，也见了他的美国兄弟。摘了小蓝莓。见了丽兹·肯尼迪（你有她的照片）。她很好，相当好，我喜欢她。我从她那里借了《心灵捕手》的录像带，然后就去了她工作的那家Pizza店，吃了Pizza。然后去波士顿。看海，闻海的味道。我爱那种感觉。在车上，我们看到了几个大学的建筑和贝聿铭的JFK（肯尼迪纪念馆）。接下来我们到了城里，走在了New Berry街上。就是那条充满了咖啡屋和有趣商店的街。我们还去了街心花园，天很阴沉，但我知道我对波士顿的爱更深了。你只要走在那街上，你就会感觉到那城市实在是太有魅力了。南希和John说，我一定要再来。而且他们还愿意和你一起去看欧洲。晚上有些肚子疼。因为在路上，所以只好去波士顿最好的宾馆RITS的卫生间。现在什么事都没有了，别担心。晚上吃了中国饭。

Mon：

去了Plimoth Plantation，你会在我寄给你的那些明信片中看到。我照了许多照片，但还没有去洗，回头再寄给你。那里有些傻。我和那个法国女孩阿娜伊斯，意大利男孩安追亚，还有那个俄罗斯女孩卡特琳娜一道，我们玩得很愉快。是阿娜伊斯的妈妈把我们送去的。门票19美元，可John多给了我20美元。我又用这20美元买了一些纪念品，包括寄给你的那些卡。

Tue：

去学校。见了许多其他的孩子，包括那个哥伦比亚的男孩迪戈。晚上去Cape Cod接来了一个日本女孩，她是前年的AFS学生。我们去了一家Pizza店。John给我买了一件T恤。

Wed：

去航行，在大海上。一个爱尔兰人是我们小船的船长。一个美国女孩认为他的口音很酷，性感。又看了一艘很大的船，还有波士顿的一些很棒的建筑。你会喜欢的。我们这些孩子很高兴。晚上去了Kirk（我的美国朋友）的家，她的妈妈将是我的美国姨妈。

Thu——Fri：

打曲棍球，累死了，但锻炼身体。

周末去看了电影《米奇蓝眼睛》。休·格兰特是男主角，很傻，但很好玩。

周日，我们家开了一个Party，Great（非常棒），我很高兴。因为我一直在不停地说话，而且我和他们说话时的障碍也少多了。我真的很快乐。

前几天收到了你的信。读信时我哭了。我不愿知道你伤心。我太爱你，太爱你们了。下次来信，告诉我你快乐。因为我快乐，我希望你、外婆、外公都快乐。我爱你们大家。

9月15日我要去波士顿看展览，Sargent，他是油画和肖像画大师。我爱波士顿。

我用了5天才完成这封信。

John给我买了一个25美金的礼品卡。

收到了包裹！谢谢！

快乐的、爱你、爱你们的

若若

若若还随信寄来了一些卡片，在一张有着古老房子的明信片背后，她写道，这就是Plimoth Plantation，房子都是这种样子，人们假装生活在18或是19世纪，有些傻，但很好玩！很美，有海的味道。

第二张图片是一只大龙虾，女儿说，妈妈，这是我们这里的标志。我床前也有一只这样的玩具。我要把它吃掉。

第三张是一艘漂亮的古帆船，若若说，妈妈，我登上了这艘船，它有一个美丽的名字：五月花。这是英国最早移民到这里的人乘坐的船。美丽的大木船。

最令我感动的是那张有着美丽的爱尔兰女人的纪念卡。那是一张非常漂亮的卡，是专门给妈妈的。那是一张油画。在海边礁石旁，一个穿着灰色长裙的漂亮女人。她隔海眺望海浪和远方的帆船。她的棕红色头发被海风吹起，不知道是等待还是送别。远方的那只大帆船，在海浪中。她一定在期盼着什么。什么呢？总之非常动人的景象，诗一般的，那种棕和灰的色调。女儿在那张精美的卡片上写道，妈妈，这是莎士比亚的一首诗，我不知道那是什么，但我想你能通过那画猜出来。我一看见那画便爱上了它，我想你也会喜欢它。我在Plimoth Plantation买到它，把它放在书架上吧。这就是我的亲爱的女儿。她知道我喜欢的是什么。

不久，女儿随她的第一个包裹又寄来了一封短信。

妈妈，我现在很好。刚刚拍完照片回来，很棒的照片。那个摄影师用E-camera给我照了几张照片，已经发E-mail过来了一张，John会给你发E-mail过去的。照片洗出来后，会给你们寄去。我看起来很棒！这里的秋天很美，树叶开始变红，人们都买了南瓜、稻草和玉米，准备过“鬼节”。我很兴奋，因为我喜欢这种有趣的节日。为此，我买了一个假发套，五颜六色的，我希望回国时带着它。

Joho生日的那天，我和玛瑞安，她的丈夫和她的外孙女一起去看了Sargent，他是个天才。我喜欢他运用光的方式，还有他运用白色的方法，此外人物肖像画也是他的招牌。

去了哈佛广场，爱上了哈佛。他们给你买了一件哈佛的T恤衫，有着Crimson颜色——哈佛的颜色。

参加了一个Party，是为小孩子们免费学习航海筹款的Party。见到了一个南希的朋友，一个80多岁曾赢得过帆船赛冠军的老人。见到了Brad，一个从澳大利亚回来的男孩，特别好玩。

上个周末去了Camp，所有Mass Bay地区的AFS学生都在这里。和他们跳舞。

这个周末和Liz、Dan（一个从日本回来的男孩）又去了哈佛广场，给李雨氓买了一本书——《茱儿》，希望她喜欢。

见到了卡森，John的表姐，她的男朋友大约有70多岁了，是大学教授，有8个博士学位，在加州和波士顿之间来回跑。我希望在这里上大学。

希望你们都好，希望你们快乐。我爱外公外婆，还有你。

很多的爱　若若

不许哭！

从那边的家中回来，须臾不可离开的，是这边家中的那台电脑。那所有的牵挂都在电脑上，唯有电脑能最快也最便捷地连接我们。我，和我的女儿。在那一刻，电脑就如同亲人。

牵挂着，有种莫名其妙的预感和忧伤，总觉得女儿会不开心，一种感应。后来被千百次地证明，我总能感应到她。我想那是因为我敏感，还因为我深爱着她，我是她的母亲。

因为预感，便一早就赶回来。打开电脑，想着她会有信来，果然，在我的信箱里，就有蓝色的信号向前推进。那是我最喜欢的一种行进。一种蓝所承载的爱的行进。我知道那不是女儿就是南希。因为除了女儿和南希，没有人知道我的地址。我不想把我的地址给别人。是因为不想让这种快捷的、现代化的通讯方式在某种意义上干扰了我的生活。但是女儿不同。女儿永远不是干扰，无论有时候她会带给你多少麻烦。所以那信箱是专门留给女儿的。如果不是她要远赴美国，也许我至今不会买电脑，更不会上网，不会拥有那个总是带给我蓝色信息的电子邮箱。

那蓝色向前推动着，也推动着我的心。我知道那是女儿的信。如果是南希，她要对我说的，也全都是关于女儿。我等着，关于女儿的所有信息。那时候她走了才刚刚10天。不知道10天以后的女儿是怎样的，所以总是惴惴不安。就是她很好很快乐很适应，我也总是不能放下心来。等着那信，心怦怦地跳。不知道为什么会那么紧张。接女儿的信还要那么紧张吗？

后来看到我在9月1日那天的日记中写到，我和若若可能真的有感应。两天前我右眼的眼睑就开始不停地跳。也许眼睑的跳动只是一种很正常的生理现象，但是不记得谁说过，左眼跳财，右眼跳灾。显然这是迷信，但我确实被这迷信言中过，无论是左眼还是右眼的跳动。所以我开始心慌。不知道女儿到底怎么样了。她该适应那里的一切了吧。明天就要开学了，这对于每个孩子来说都是一个新的开始。想想平时新学期开始的时候，总是我为她整理书包，准备好一切，把她送出家门。可现在她的新学期又开始了，诺维尔中学的新学期，而我却不在她的身边，不能为她整理书包，不能为她准备……

终于收到了那封信。其实只有几秒钟，对一个母亲来说，却还是太长了。打开，是女儿的。我激动极了，又难以名状地惊慌。最先看见了那标题。“不许哭！”我的心像被什么揪紧了。怎么回事？女儿的信通常是没有标题的。

不记得我当时的心情，总之眼泪一下子就流了下来。那些天我真的就是终日以泪洗面。想她，白天晚上，日以继夜，每分每秒。不能对别人提起她的名字，只要一提到她我就一定会哭。

而女儿却说，不许哭！

当时爸妈就在隔壁的房间，我没有告诉他们我正在读着的那封女儿的信。我怕那样的信会让他们也伤心。他们为了外孙女的离家已经非常非常难过了。我只能默默地流泪。不能出声。我不停地用手去抹脸上的眼泪，而那眼泪还是不停地流下来。我觉得我甚至已经绝望了。

她说妈妈，今早和李雨珉通话，她说你不开心，每天都哭。这让我整个早上都很难受。不停地担心你。你真的让我很生气。

（这一刻重读女儿的信，眼泪依然情不自禁地流了下来。想着女儿在看不见我的那个早晨，为我而难过，真是觉得很愧疚。但同时也重温了她对我的爱。是因为爱，她才会伤心。她是那么爱我，以至于不愿意听到我想她。）

记得几天前她的信中，也表达过同样的忧伤。她说你知道吗妈妈，一听到你的声音，读到你的信，看到你的E-mail，我就想哭。我只是不愿知道你伤心。妈妈别总想着我，因为在不收到你的东西时，我几乎已经不想你了。赶快开始写那本新书吧，好吗？

这一次依然如此，她说妈妈你应该高兴才对，因为我高兴。而你应该在我高兴的时候也高兴。我真的特别担心你。我在学会生活。这对我的未来是非常有用的。我敢保证你也希望我有一个美好的未来。

如果你再哭，我就不许你给我发E-mail了。

我爱你。千万别哭。求你了。

……

就这样，我坐在电脑前，坐在女儿“不许哭”的那封信前，又不能不哭。

无法形容我当时的心情。

无论女儿怎样求我，都不能不哭。

后来知道那是我的脆弱。我就是这样一个脆弱的女人，脆弱的母亲。但是母亲不应该是脆弱的。我知道，世间的事情中，最糟糕的就是让儿女为母亲担忧。那是母亲的失职。

幸运的是我更深地体会到了女儿对我的爱。那是只属于我们的一种爱的方式。不是为了自己，而是为了对方。为了对方的伤痛而伤痛。这是我们自她一出生就共同培养起来的一种爱的方式。无论到哪儿，海角天涯，这爱的方式存留着，伸展着，延续着，永远不会改变。

同样的，我也不能忍受女儿的“整个早上都很难受”，“不停地担心你”，“一听到你的声音，读到你的信，看到你的E-mail，我就想哭”，“我只是不愿知道你伤心”，还有，“千万别哭。求你了”。我知道女儿是在极度悲伤的情况下才会说这样的话。可是我为什么要让她极度悲伤呢？我为什么要让她知道我是那么想她呢？

本来想念已经是自己的事了。我知道这些，就是在航空港别离的时候，我也尽量抑制了自己的悲伤，为的是让女儿高高兴兴地走。我做到了。在后来的电话中，我也从没有在女儿的面前流露出一丝的忧伤。我快乐地对她讲话，不让她看到我的眼泪。我想大概是她走的当天我给她写的那封信。我对她说起了我的不尽的想念。一定是她收到了那封信，影响了她，让她的心情很忧郁。我很懊悔，恨不能没有写过那封信，或者就是写了，也没有寄出，这样她就永远也读不到了，就能尽早进入她的新生活了。

我流着眼泪，反省自己。是我不好，让她担心。本来要一个16岁的小姑娘去适应大洋彼岸的新生活，在一个完全陌生、语言几乎不通的国度中，已经非常不容易了，干吗还要让她为我们这些家人分心呢？

女儿在请求我不要哭的时候，我知道，其实也是她最最想我的时候。

还因为李雨氓，她不该又强化了我对女儿的思念。

李雨氓是女儿最好的朋友。我也非常喜欢她。若若走后，她差不多每天都要到家中来看我们，而且每一次来，都会带来鲜花。李雨氓是一个好女孩。但是她毕竟是一个孩子，不知道在这样的时候是不应该提起家人的想念的。而且她向女儿传递的信息，显然也不够准确，因为那时候我的心情确实已经好多了，而且我也确实开始写作了。李雨氓是好心做了效果不好的事，弄得若若很伤心。而我读了若若的信也很难受，本来不该这样的。而我们又是那么遥远，很难立刻把事情讲清楚。

从此为女儿的伤心而担忧。

上网的时候爸妈听到了，他们在隔壁问着我，是不是若若来信了？她好吗？都说了些什么？

眼泪止不住往下流，读每一个字的时候我都会哭，但又知道不能给他们读这封信中的任何一个字。真的很难。后来我就强忍住眼泪说，没什么，若若挺好的。今早和李雨氓通了电话。下午要去摘小蓝莓。

说过后我就背转身面对着电脑。我说我这就给若若发一封信，明天她就要开学了。然后我就给女儿写起信来，我只有一个念头，那就是要让她立刻知道我是快乐的，没有哭，不要她担心。

亲爱的若若，妈妈想告诉你，其实我真的一切都很好。李雨氓关心妈妈，只是她告诉你的是一个迟到的消息。你刚刚走时，我确实非常难过，但已经是过去时了。我尽管依然很想你，但绝没有每天哭。我向你保证。请相信妈妈的话，我不希望这些本来没有的坏情绪干扰了你。所以妈妈要和你说清楚，千万不要为我担心。轻松快乐地去面对你的新生活。而且南希和John那么好，妈妈怎么会不高兴，更不会哭。要是南希他们看到了你不开心，那就真的不好了。

我真心希望你欢乐起来。就要开学了，要努力调整自己，迎接在美国的新学期。

家里的生活就绪。我们都在努力。外公外婆上午去看了书法展览。我去上班，中午在编辑部吃饭，并且真的已经开始了新书的写作，出版社已经催得很紧了。

别生我的气。因为我确实没有每天哭。

不过李雨氓是好心。她是我们最好的朋友。

5日晚上泰达足球队主场对阵辽宁抚顺队，一场硬仗，我会及时向你报告战况。爱你。

就这样在这个午后我立刻将这封信打好并发送给了女儿，希望她能尽快收到。我要让她知道我真的不再悲伤，我期盼着她的心情也能彻底好起来，将心上的所有阴影扫尽。

发走给女儿的信的时候是她的午夜。当一切完成，心安了下来，右眼的眼睑也神奇地不再跳了。我知道这一轮情感的波澜终于过去。但愿我的信能给女儿一个好心情。但愿明早女儿一睁开眼睛，就可以看到波士顿海边的太阳。

心安了下来，不再恓惶，但还是觉得不能够彻底地平静。于是不知道是不是应该给女儿打个电话，何况她明早就要开学了。我希望听到她的声音，希望她能以最好的心情面对开学的第一天。

然后我计算着、等待着能与她通话的那个时辰。我的清晨，她的晚上。在她睡觉之前，告诉她我的爱。我的上午9点半，她的晚上9点半，我就拨通了诺维尔家中的电话。我知道唯有听到了女儿的声音，我才能彻底安心。也唯有那真真切切的女儿的声音，才能让我真正知道她确实已经不难过了。

是John。John立刻就听出了我的声音。他高声叫着，Hi，玫，很兴奋的样子。然后他用英语对我说，若若很好，明天就要上学去了。我竟然听懂了John的话。后来在给女儿打电话的时候，我常常能听懂南希和John的话。然后John又高声喊着若若。过了一会儿，若若才过来，用那么熟悉那么亲切的声音说，Hi，妈妈。她说她已经看到了我的信。

我马上说我真的很好，我没有问题，你千万不要心情不好……

其实这些都是信上的话。

其实这些话女儿早已经看到了。

接下来她便以最好的心情讲述她一天的生活。那是听得出来的好心情。她说那天下午她真的去摘了很多小蓝莓。她说她这里正有一个朋友。Kirk，她的AFS表姐。就是南希在信中提到的那个刚刚从澳大利亚回来的美国女孩。她会骑马。因为是亲戚，所以Kirk一家对若若特别好，她们这会儿正在聊天儿。

若若接着说，今天南希还带她去买了一件T恤衫和一条运动裤，就在港口的一家商店。她还特别兴奋地说，John的秘书玛瑞安带她到波士顿去看了那个Sargent的画展。棒极了。她喜欢波士顿。喜欢Sargent的画儿。她说她给我寄来了好多Sargent画展的画片。她让我一定好好地保存。

问她，准备好明天上学的书包了吗?

她说，差不多吧。

又问她，怎么样，没问题了吧?

她说，我没问题，是怕你有问题。

我又说，我也没问题，好好去上学吧。

后来，外婆和她讲话。问她吃饭是不是习惯了?

她说，不习惯，但会努力适应。

然后放下电话，也是真正的好心情。听到她平静的声音我便也很平静。开学前有朋友来陪她，真好。在那个遥远的地方，在女儿独自一人远离朋友的时候，有新的朋友和她在一起，对我来说是真正的欣慰。我只有一个想法，那就是所有对若若好的人都是最好的人。而任何的朋友，也都是最珍贵的，因为他们能在女儿孤独的时候，想家的时候，想我的时候，给她带去欢乐和温暖。

愿上帝保佑我的女儿。她是世界上最好的女孩儿。

一轮可怕的情感撕扯终于过去，心情好了。我们终于又可以去做我们应该做的事情去了。

怎样的一次疼痛的煎熬。女儿的和我的。

可爱的李雨氓又送来鲜花。

但是还好，我们终于通过努力解决了这个问题。而且特别是通过这次情感的经历，我得知了女儿正在成长。因为我第一次听到了她说："我正在学会生活。这对我的未来是非常重要的。"

想不到这是女儿说的。

想不到在那么遥远的地方，她正在承担起对自己和自己未来的责任。

仅仅10天，女儿竟已悄然长大。

开学第一天

后来才看到女儿开学第一天的照片。她用了一个很大的信封寄来了很多张照片。她在背着书包上学的那张照片背后写着："这是我第一天去学校的样子！"她站在John的美国家庭最常用的那种福特轿车旁，穿着临走前她的朋友们送给她的那件蓝格的外套，短裤。那时候波士顿的天气一定还不冷。女儿很兴奋的样子。她总是很兴奋，总是保持着那种对任何事物充满热情的状态。她傻傻地笑着，对着镜头。她知道那可能就是面对着妈妈。

毕竟是开学的第一天，在美国，在诺维尔。

所有开学的第一天，我都在女儿的身边，10年了，唯有这一次。

照片上开学第一天时的女儿看上去很棒。她仿佛已对她未来的学业充满了自信。很好。仅仅10天她就找到了她的感觉。她好像胖了一些（后来知道她最不爱听的就是这句话，美国又强化了她对这句话的敏感和逆反，据说有时候就是这一句话就能把朋友变成敌人。在女士中，甚至不能用她们身体的胖瘦开玩笑），那可能是10天来的奶酪所致。

无论现代化的通讯怎样快捷，我还是不能知道女儿开学的第一天是怎样度过的。毕竟美国的中学和中国的不一样，在中国，学生的教室是固定的，而在美国，固定的却是老师的教室。所以，选择了不同课程的学生，就要到不同的教室去寻找他们的任课老师。开始的时候，这一定也给女儿这样人生地不熟的外国学生增加了不少难度。她选了英语、写作、世界历史、欧洲历史、数学、化学，还有交响乐队的演奏。这样在每一节课后，她都要上上下下地去找她另一门课程的老师。那么大的教学楼，不同的楼层，曲里拐弯，再加上在整个诺维尔，差不多就没有一个能和女儿用中文交流的人。尽管在波士顿也有唐人街，也有很多的华人，但是在诺维尔这个坐落于古老海岸的宁静小镇，却几乎没有一个华人，甚至连黑人也很少。常年居住在这里的，大多是最早的移民者，那些爱尔兰人的后裔们。所以若若在学校中，就更是只有英语一条路了。甚至，连一直用很慢的语速和若若讲话的南希和John也不在她身边。

不知道她是怎样度过的，这个对她来说既兴奋刺激、充满挑战又困难重重的第一天。她不仅要开始由美国老师用英语讲授的第一课，要准确而及时地找到每一节课的教室，还要找到她吃午饭的自助餐厅（找到餐厅也不容易，因为不同的下课时间要到不同的餐厅吃饭）。如此地反复。这对于一个美国孩子来说也许并不算什么，他们早已经熟悉了这样的学习方式，并且轻车熟路，并且这样走来走去，换来换去，和不同的人组合着不同的班级，反而会觉得这种多变的学习生活很丰富。但是对女儿这样的初到美国的小女孩来说，就不是那么轻松了。

但是我却不能帮助她。不能给予她作为一个母亲的哪怕是一点点的帮助。

那时候才又觉出了美国的遥远。所以我只能在遥远的看不见她的地方关切着她。一种撒手闭眼的感觉。我为她担心为她忧虑又能怎样呢？我哪怕生出一对翅膀也不能飞到她身边。接下来我就只能是自欺欺人地安慰自己了。我对自己说，她已经16岁了，我16岁的时候已经进炼钢厂做了一名三班倒的工人。我还想这可能是让她快快长大的唯一的方式，她应当也需要这样锻炼自己，否则她永远也长不大。我这样想着。我只能这样想。我觉得这样想就能说服我自己了，但是，其实我依然是每分每秒都在牵念着她，想象着这一刻她在干什么，那一刻她又走进了哪个老师的教室……

然后就在我忧心忡忡的那一刻，打开电脑。哦，我马上接到了南希发过来的那封信。就仿佛南希是专为我打开电脑的那一刻而写。在信中，她为我描述了女儿在这个非常重要的第一天中的几乎所有的活动。

我是幸运的。

读着南希的信时我才真正知道我是幸运的。这是南希让我感受到的。尽管，我过去一直说我是个幸运的女人，但是那时候我其实并不真正懂得什么是幸运。

感谢南希。因为她知道此时此刻我真正需要的是什么。后来女儿在说到南希的时候，也用了这样的意思。她说，南希知道我爱的是什么。是的，南希就是这样善解人意的女人。永远是南希，在我最需要的时候，她走来。

亲爱的玫：

让你知道，在星期四，若若在学校里有了一个非常成功的第一天。她的AFS“表姐”可可（她刚刚从澳大利亚的AFS项目中返回）在学校里看到她，并且确信若若能找到她的每一间教室，以及自助餐厅。若若的第一天是轻松的。她还参加了曲棍球运动。那是我们建议她参加的，这可以使她在女孩儿的小组里很快找到朋友。她在开学之前就开始这项运动了。这是一项非常好的运动，对若若来说极具挑战性。只要她喜欢，我们就会鼓励她继续参加这项运动。如果她不再感兴趣，我们将为她找到放学后的另一项活动。我们非常欣赏她的良好的姿态和非常友好的方式。我们相信她在适应诺维尔中学的新生活时，是不会有任何问题的。

若若正在非常积极地加入到我们在诺维尔的生活中。昨天晚上，若若和我有了一次非常有意思的对话，是关于她正在读的世界历史课的。她正在学习的那段历史是关于法国人1900年进入东南亚的。美国关于这段历史的说法和她在中国学过的完全不同。我们谈论每个国家的观点是怎样的。

想不到她是通过两种不同观点的比较后，得出了属于她自己的判断。若若这么早就学会运用这种从两面透视、比较判断的学习方法，这不仅对她来说很重要，对她的同学们来说也很重要，因为她带给了他们一种新的可以用来比较的观点。

这周有3天的假期，我们将在家中过一个安静的周末。若若在开学以来的这个星期很忙，我们要留意她不要太累了。她吃得很好很健康而且心情也很好。我们非常非常地爱她。

她知道了你的心情很好，就特别高兴了。当她听说你因为她的离开而非常难过时，就一直为你担心。我想她的那些忧虑也是必然的，她知道你想念她。但总之她现在知道了你很好，并且愉快地开始了新生活。

另外，你可以每周安排一个固定的时间给她打电话，那时候我们一定会在家中等你。我将如约每个星期给你发E-mail，为了我们共同的女儿。

这就是南希的信。那是女儿开学后的第二天她写给我的。南希细心地为我描述了女儿第一天的生活。南希的描述让我仿佛看到了女儿在这一天中的每一个活动。就仿佛我并没有远离女儿，我就在她身边。而在女儿身边的这种感觉，也是南希给我的。

南希的信还给了我另一个信息。那就是，我感觉到了她和女儿已经成为了最好的，而且是无话不说的朋友。她不仅时时处处帮助她，还认认真真地倾听她，理解她作为一个初到美国的中国小女孩儿的所有的心情，包括她对家乡亲人的想念。这是让我最最安慰的，因为我知道了若若什么都会对南希说。这正是我所希望的。我希望若若能找到南希这样的能倾听她诉说的朋友，我喜欢她们能这么快就彼此熟悉，并建立了深厚的友谊，无话不谈。若若在这样的时候需要一个这样的朋友。我知道若若从此将不会孤独。

南希的体贴还表现在她愿意为我固定一个和女儿通话的时间。因为在此之前，我曾经好几次给女儿打电话却都没能找到她。她不是去了学校，就是和新朋友一道出去玩儿了。我于是很沮丧，那是我心里的焦虑。我没有对南希说，在打电话的时候没能和女儿说上话我是怎样的心情，但是南希就好像在我的心里，她深知没有能和女儿通上话，对一个见不到女儿的母亲来说意味着什么。所以南希才会想到要为我固定那个和女儿通话的时间。但是我还是谢绝了南希的好意，因为我知道我们都是那种愿意为别人着想的人。我不想因为要等我的电话而限制了他们的生活。我希望女儿能随心所欲地到处玩儿。我想只要她高兴，我就是高兴的。

收到南希E-mail的第二天早上，我又用IP卡叫通了晚上在家的女儿。霎时，那么熟悉的女儿的声音就传了过来。问她，你好像在吃着什么？她说是小甜饼，刚刚烤出来的，特别好吃。她很随意的状态，那是听得出来的。那声音让人觉得她已经熟悉了诺维尔家中的一切。她可以随意在家中做任何事情，那已经是她自己的家了。她就是那个家中理所当然的一个成员，一个女儿。她的这种女儿的感觉当然也是南希和John给她的。

她说你怎么又给我打电话，怎么又搅和我呀？

她这样说着，笑着，我知道这是她独有的幽默，这至少证明了她已经从不久前想念家人的阴影中摆脱了出来。

我说，想知道你第一天上学怎么样了？能听懂吗？

她说上学没问题，听课也没问题。她上了世界历史和欧洲历史，世界历史讲了越南战争，欧洲历史学了但丁的《地狱篇》，所以还是挺难的。但是英语课、写作课和数学课，她都能听懂。就是化学课比较难，真的很难，她说可能是因为化学本身就很难。还有轻松的，她参加了学校的铜管乐队，在乐队中负责敲击小铃铛。敲击小铃铛在乐队中也许并不起眼，但那在铜管乐队中也是不可或缺的，甚至是很重要的，需要准确的节奏感和对音乐的深刻的理解。当然这对于学过10年钢琴，又能弹奏出美妙乐曲的女儿来说，并不是一件难事。相信她一定能做得很好。这是女儿自己做出的关于音乐的选择。这是她还在国内时就做出的选择。因为在此之前，女儿一直没有停止过学琴和练琴，但是钢琴是女儿带不走的，所以在美国的一年中，她就不得不暂时告别她的钢琴了。而乐队是她能和音乐继续保持联系的唯一的方式。那些严肃的音乐：莫扎特、肖邦、贝多芬那一类作曲家的经典作品。唯有小小的铃铛连接了那一切，那阳光般的声响，流动着，让女儿继续浸润在音乐的王国中。并且在这个由很多人所构成的艺术集体中，还会培养女儿的一种协作的精神，团队的意识，和一种集体主义的观念。这一点对于任何一个正在成长中的小孩来说都是非常重要的。除此之外，若若每天放学后的3点到5点，还要参加学校的曲棍球运动。她说这项运动真的棒极了，她可以在这样的活动中找到一些新朋友，还可以坐着车到其他的学校去打比赛。

总之若若很好。

在开学的第二天，她好像就已经完全适应了美国的校园生活，并且表现出足够的自信来。她说她这会儿刚刚从海边回来。南希去打高尔夫球了，于是John就带着她和那个哥伦比亚男孩迪戈到海边的餐馆去吃饭。后来若若寄来了那次他们在海边玩儿时的照片。那是非常美的一组照片：在开学第二天的傍晚，在海边，若若和迪戈，还有南希家的那条金色牧羊犬莫莉。若若在那些照片的背后写道："我们总是在日落的时候去海边，车子走在MA（马萨诸塞州），甚至是新英格兰最长的木桥上，我真的很喜欢。"那是一张真正黄昏的照片。若若拍的，漂亮极了。那暮色的天空，有云在翻卷着。那是一种难以形容的色调，紫色，还有棕色，在紫色和棕色之间，是落日的金黄。然后她说："那落日真美！"后来她还拍了很多张这样的照片，无论构图还是色彩，都是最好的。若若说："我只是想让你看看这里的海边，人们可以把车开到海边，过整整一天，通常要收费，但John有会员卡。”然后是她和迪戈在玩着飞碟。他们将飞碟抛出，然后让莫莉去追。沙滩上很静。若若穿着白色的T恤衫和白色的短裤。那时候她还很瘦，腿很长，笑着。很美。她还让莫莉追她，那照片也留了下来。那是她非常喜欢的一张照片，后来我们就把它放在了家中电脑的桌面上。从此只要打开电脑，首先就能看到蓝色的大海，海浪，远处的船，奔跑着的莫莉，还有若若。我的亲爱的女儿。

John用他的数码照相机拍下了这一切，然后放在网上，给我们发来，让我们能在第一时间就在John的网站上看到海边的若若。

若若喜欢海。而美国幅员辽阔，有那么多的陆地和山脉，若若偏偏就能来到这海边，看到大西洋。她真是幸运。

哦，女儿开学了。

只要她好，我就放心了。

只要她什么都好，我也就什么都好。

不久后若若又发来E-mail，说了一些学习的事。后来她就很少在信里或电话中和我谈学习了。她可能觉得学习对于她已不是问题。她甚至一听到我说起要努力学习一类的话就在电话里不高兴。那么遥远，我最怕的就是女儿在电话里不高兴。那样我便会不停地和她说下去，说下去，直到她的心情好起来。那时候根本就不会顾及到国际长途的费用。那是种切肤的焦虑。女儿不谈学习，但其实她在美国高中的所有成绩都是A范围的。她在国内只读完高一，在美国所选的却尽是高三的课程，而且都取得了好成绩。

若若在那封为数不多的谈到学习的E-mail中说，一切都好，只是我现在实在是很忙。功课很多，我又要运动，所以时间总是很紧（后来John在电话中说，若若现在最大的问题就是她睡觉太少了，她总是在学习。总是想做得更好）。她说化学实在是太难了。在一个小测验中，我发现我什么都看不懂，所以就全都选了B。结果我得了34分。所以我放弃了，改学容易些的。而且听说那个化学老师很有趣。若若还说，南希每天都帮我做功课。世界历史（关于越南战争）和欧洲历史（但丁《地狱篇》），总之对我来说都很难，但我会努力的。

但我会努力的。这是女儿不经意的或者是轻描淡写的许诺。可以想见那些深奥的完全用英语教学的课程对女儿这个外国来的16岁的小姑娘会是怎样的艰辛。但是她说她会努力的。她这样说了我知道她就一定会这样去做。我了解她。因为她平常是不随便许诺什么的。

后来南希的信证明了这一点。那是9月16日，若若开学15天之后，南希说，玫，让我告诉你，我们的女儿在她美国的经历中是怎样地令我们骄傲和满意。她继续以她的那种令人愉快的积极的姿态，继续着她新的经历和体验，并很快结识了一些新朋友。她就像喜欢她的那些老师那样，喜欢她所有的同学。昨天晚上，我和John参加了诺维尔中学的第一次家长会。会上有若若每一个课程的老师。他们几乎异口同声地说到了她很好的学习的态度和热情。她每一门课程学习得都很好，而且还在不断地进步。John和我是非常骄傲的家长。我们的女儿令我们骄傲。

从南希那里获得的关于女儿的消息也令我骄傲。老师的好评和南希的骄傲所证明的，是女儿关于“我会努力”的诺言。她不是随便说说的。她真的很努力。

感谢南希为我带来了这么好的消息。

南希的好消息之所以重要，是因为如果南希不说这些，女儿是不会主动告诉我她所经历的这一切的。是南希让我仿佛看到了她。

你当然是最好的

不知道女儿在那个陌生的国家会遇到什么困难，我无法预先想到，但知道她是一定会遇到很多困难的，各种各样的。但无论什么困难，在遥远的美国，也只能靠她自己去战胜了。

收到女儿的第一封信我很高兴。看到了她正在学会独自生活。只是信中谈到她初到美国，在纽约机场独自候机时的那段话，读来让人不能不为她忧虑。

她说，在纽约，飞往波士顿的飞机晚点了。那实在是漫长的等待。我觉得不舒服，因为周围的人让我觉得不舒服，感觉并不很友好。

于是开始忧心忡忡。不知道女儿为什么会感觉不舒服，想那会不会是美国人的“种族歧视”。可能是因为关于这方面的报道看得多了，所以才想到女儿的所谓“不友好”，可能就是美国社会的那个大问题。

但是对女儿这样的好女孩儿也要歧视吗？其实在好莱坞的电影中，通常表现得最多的，是白人对黑人的歧视。那是最深刻也是最尖锐的一种歧视，白人从欧洲移居美洲大陆，一上岸就成为了主人。而黑人从遥远的非洲迁徙至此，也是一登陆就成为了奴隶。所以这种主仆之间的歧视，从一开始就存在了，何况又加进去了种族的差异。白人歧视其他有色人种的事情好像并不多，但是听一些赴美定居的朋友说，歧视还是有的，只不过不那么激烈罢了，很含蓄的，不露痕迹的，有时候干脆仅只是一种感觉。但毕竟黄种人也是有色人种，黑头发黑眼睛。

而女儿就是这样，她有很黑的头发，和很黑很黑的大眼睛。

仅仅是由于女儿在机场的那种周围人群不友好的感觉（后来随着她慢慢熟悉了那里的生活，她就再也没有过那样的感觉，至少她再也没对我说起过），我就开始拼命地为她担心。很怕女儿在日后的生活中，会遭遇这种种族歧视的困扰；怕她在16岁的时候，就被迫接受这种不公正的待遇；怕她原本快乐的天性，会因此而被扭曲被压抑，从而带来一生的悲哀和阴影。

该给她一种信念。这是我读了她的信后，立刻就萌生的一种想法。该给她一种信念，那就是自信。特别是在这个最初的时刻，我知道自信对于一个小女孩儿来说有多重要。相信自己是最好的，以最好的姿态去面对他人。唯有自信才能战胜可能会有的种族歧视，也唯有自信才能战胜自己，和自己的怯懦。

我要让她知道，有色不是罪恶，而种族的歧视才是罪恶。如果真有所谓的种族歧视，那就不是她自己的问题了，也是她无法改变的。那是身外的东西。我要让女儿知道，她身上的那些好的品格，才是最最重要的。这样想过，我便开始不遗余力地对女儿说。无论在电话中，还是在写给女儿的信中，发给女儿的E-mail中，我都会不停地对她说：你要记住，你是最好的，也是最优秀的。南希和John也这样说。你刚刚和他们生活在一起，就让他们为你而十分骄傲了。那是因为你真的是个好女孩儿。只要对自己充满自信，就一定能克服学习和生活中的所有困难。

当然我并没有明确对她说，是因为那里存在着种族歧视，我才希望她自信。不是的，或者不单单是。因为她也并没有对我说起过，她究竟遇到了什么。但无论如何，在初到美国的时候，确立她的自信心，让她为自己骄傲，一定是她能够以积极的姿态融入美国生活的一种最好的方式。她对自己的信念，将支撑她。

我有意强化了这一点。我不停地夸奖她，甚至有了吹捧之嫌。但在那个关键的时刻，我想那样的鼓励一定是必要的。

而且女儿真的很优秀。她具有称得上优秀的很多东西。就单单是能够被选中参加AFS项目，就证明了她是最好的。同时她的有着浓郁文化色彩的家庭，也给了她积极的培养和熏陶，使她成为了那种文化素质很高而且天分也很高的孩子。从小到大，她的学习成绩总是在班级名列前茅，并且她也是以最优异的成绩考上市重点初中和高中的。她还曾在全国中学生作文竞赛中获得第二名，又曾在全市英语口语比赛和英语学科竞赛中获得第一。她从5岁起就开始弹钢琴，今天她已经能够出色地演奏那些大师们的经典之作。她还喜欢读书。她读过那么多中外名著。她还有极富才华的写作能力，她在表现她的思想的时候，总有她独特的视角。她开朗的性格，让她拥有了朋友和友情。以至于在她走了以后，她的朋友会不断地来看望我们并带来鲜花。这些难道还不能证明她是个优秀的女孩吗？并且她漂亮，真的很漂亮。一个这样的小孩，还有什么不自信的呢？

所以我对她说，不论遇到什么困难，什么不愉快的事，或是什么不友好的人，你都不必沮丧，更无须自卑。因为你是最好的。并没有很多小孩儿会像你这样，在16岁的时候，读过那么多书，演奏过那么优美的乐曲，写出过那么有意思的文章，拿过那么多奖，掌握那么娴熟的英语，并且能到那么遥远的美国。所以，相信自己。不要在乎那些不友好的感觉。而对于那些你不喜欢的人，也不必费心和他们交往。让自己的身心始终保持轻松和愉快，这才是最最重要的。

就这样，在最初的日子里，我和遥远的女儿说着，用各种各样的方式。也许女儿并没真的遇到过那种不公正的待遇，但那却是我作为母亲不得不考虑的。事实证明，女儿在美国确实没有受到过种族的歧视，那是她回国以后对我说的。她说美国的人民很友善。诺维尔的人民很友善。对她来说，没有种族歧视。真的没有。

女儿对美国人的认识印证了我对美国人曾经的感觉。那也是我所亲历的，1994年，我作为美国政府“国际访问者计划”的客人第一次踏上美国的大陆。

整整40天，我参观访问了美国从东到南到西的很多城市，每天也是不停地和美国人打交道，到处地对话，到处是友好的面孔。朋友说美国人之所以对你好，原因之一很可能因为你是政府的客人。因为是政府的客人，我得到了最好的礼遇，我不知道有一天如果我不再是政府的客人，他们是不是还会对我同样的好。我也不知道是不是真如女儿所说，美国人就是喜欢那些优秀的人。但总之赴美访问的40天，让我充分感受了美国人的友好和热情，我因此也有了很多美国的朋友。譬如马里兰州的瑟若·安，一位非常友善并且非常喜欢中国的女士。后来她还专门从马里兰州开着车赶到华盛顿，仅仅是为了请我吃一顿饭。记得那是一家非常幽雅的意大利餐馆。烛光，不忘瑟若·安的烛光。再后来，瑟若·安又随旅游团，专程到中国来看望我。再譬如爱荷华的哈瑞和朱迪，他们真诚地把我请到了他们的家，又陪我在美国中部的草原上散步，感受农场上的美丽风光。还有新墨西哥州的“二战”老兵斯凯伦和他那么可爱的外孙女小柯瑞娜。还有纽约的项目负责人彼尔，纽约作家房间送给我鲜花的那些朋友们。他们都是白人。他们都非常好。和他们在一起我确实没有过任何被歧视的感觉。我和他们是好朋友。

想想，其实歧视与否还在于自身。在于你是不是一个品质和人格都值得尊重的人。如果你是这样的人，就没有人敢歧视你，甚至会崇拜你。但如果你的人格不够独立，甚至还有很多令人难以忍受的毛病，那就不单单在美国，就是在中国在自己的民族中，也会同样被瞧不起，甚或被唾弃。

我这样思索着关于歧视与人格，我可以以一个成人的态度去对待可能会发生的那一切。但是女儿不同，她还那么小。尽管她从没有对我提起过，但只要她遇到了一点儿不愉快，我都会首先想到这种歧视的因素。

当然美国毕竟是移民的国家，是很多的种族不断融合的国家。在这个国家中，人们应当已经适应了不同肤色的人们在一起工作或生活。白人、黑人、黄种人，犹太人、意大利人，拉丁裔或者华裔，林林总总，应当说美国已经是世界上最能包容种族的国家了。而且各种种族也只有在美国这样的国家才能迅速地融合。一个典型的证明就是，1995年北京的世界妇女大会上，你如果看到一个肤色很黑的黑人妇女，那她就一定不是来自美国而是来自非洲。这已经成为人们的一种共识，因为美国的黑人确实早已经被其他的种族演变或者异化了，无论是他们的肤色，还是他们的骨骼，都已经和他们远在非洲的祖先迥然不同了。

幸好美国是一个移民的国家。所以美国不会像另外的一些国家那样那么排外。

也幸好女儿是一个优秀的小孩儿，在最初的隔阂、陌生、语言不适之后，她很快就适应了那个国家，适应了那里的生活，并融入了人群。

慢慢地，女儿找到了她的朋友。她为此而很兴奋，她说很多的朋友是她自己找的，他们都很喜欢她。后来她和他们的友谊始终保持着。回国后也一直以各种方式相互联系着。有时候在网上看他们聊天，谈话的桌面突然就弹了出来，然后美国那边的那个小孩就说，嗨，若若，你在吗？你怎么样？我想你。和我说话。

他们的友谊就这样延续着，至今。

是的，女儿很快就不用我担心了。她有能战胜所有困难的勇气，也有征服她身边的美国人的能力。她很快建立了一个朋友圈。她成了朋友们最好的朋友。那是她自己获得的。那是她自己努力的结果。

女儿很快融入了那本不属于她的生活。她让那一切属于了她。

因为有南希

想女儿，却看不见她。那是种怎样的伤痛。美国太遥远了，可望而不可即。所以只能是想着，在波士顿旁的那个宁静的小镇上，女儿与南希和John在一起。那是她的新生活，忙而紧张。一切正在步入正轨，但愿她能在那轨道上，行走得平稳，平稳之后，辉煌。

但思念是不可以改变的。就像我是她遥远的母亲一样不可以改变。

算算女儿已经走了20天。20天中没有一天我不是在努力把自己拉回到正常的状态中。但总是收效甚微，仿佛被一团思念的乱麻缠绕着，快要窒息。我强迫自己开始写作《上官婉儿》。那是我必须要做的事情。工作将帮助我摆脱对女儿的思念。然后用整整一年的时间，完成这部长篇。用艰辛的写作，来填塞那个思念女儿的空间。这样苦着自己，仅仅是为了能不想她，或是少想她。

不停地思念，仿佛在生病。思念是一种病痛，难以治愈的。是因为初到美国的女儿很忙，不能常写信来与我亲近，才更加地想念她。

不知道她每一天在做着什么，而漫长的16年间，我是知道她每一天在做着什么的，甚至每时每刻。那又是一种怎样的折磨。

谁知道我在经受着怎样的折磨。谁知道在每一天的每个时辰我都是在怎样地思念着她。思念让我无望。在无望中度日如年。我想我大概只能这样空悲切，不知道世间有谁能理解我。

但是世间有南希。

幸好世间有南希。

南希就仿佛是女儿离开时上帝专门派来的天使。而天使的使命就是掀动起她那温暖的翅膀，抚慰我的心。

有南希在女儿的生命中，我怎么会感觉不到呢？

是的，就是南希。在黑暗中，南希的信就像是点燃在我眼前的那盏明亮的灯。那灯就燃在诺维尔家中的屋顶上，照亮了女儿，也照亮了我迷茫的心。

是南希让我对女儿的想念有了一个美丽的回应。自从女儿在波士顿机场投进南希的怀抱，从此我便能不停地收到她发送给我的电子邮件。而她的每一封电子邮件所谈论的，都是我们的女儿。她尽可能详细地告诉我女儿每一天甚至每分每秒在做什么，她描述她的状态和心情，甚至她的哪怕是一点点情感的波动。南希不停地写着那样的信。南希那信写出来就是为了让我读的，让我能通过那信看到我本来看不到的女儿。我知道那信所承载的，全是南希美好的感情，她的善解人意，和她对女儿的那么真切的爱。本来我与南希素不相识，但是女儿把我们连在了一起。但真正了解了南希，真正让我们熟悉了起来，让我们成为了朋友成为了姐妹，还是通过南希写来的那些满怀深情的信。

那么遥远的南希，她何以要给我和我的女儿那么美好的感情？

后来知道，因为南希就是美好的。

所以我很幸运。我已经无数次这样对自己说，你是幸运的，因为你认识了南希。世间的一个那么美好而美丽的女人。

从此，我期待着南希的信。

而接到信后，我又总是迫不及待地去翻译它。因为我太想知道南希在信中说什么了，我甚至等不到下午或晚上（一度我把我的工作时间安排为：上午写作，下午打开电脑，晚上翻译南希和女儿的英文信）。因为我知道南希在信中所写的每一个字，都是关于我们的女儿。我一个字一个字地翻译着南希的信。我觉得翻译南希的信对我来说是一种幸福。翻译南希的信才让我真正体会到了幸福的含义。那一点一点破译的女儿的一切。她的生活她的追求她的欢乐。我便是在这样的翻译中了解了女儿的，也了解了南希那意味深长的用意。是南希让我和女儿紧紧相连。她离开了，但就仿佛还在我的身边。是南希用她的满怀深情的文字沟通了我和遥远的女儿。当女儿的行踪一点点变得清晰，当我觉得我并没有失去她，她就近在眼前时，在那一刻，我知道我最最强烈的愿望就是——感谢南希。

9月16日，南希发来E-mail。在那封信中，南希的主题是：《若若在波士顿的新消息》。

亲爱的玫：

请让我告诉你“我们的”女儿在她的伟大的美国冒险中是怎样地令人满意。

我十分欣赏她的非常好的判断力和对于美国文化的学习。我们有过很多关于美国历史的有趣的谈话：譬如美国的制度，譬如我们的自由（通常，在美国我们也是缺少自由的）。我们彼此学习。她把音乐带进了我们的生活，我们肯定将继续让她在家中弹琴。她对爵士乐有很大的兴趣，我们将在她的兴趣的基础上为她安排练琴。她还是学校女子足球队的成员。（我猜是那些足球明星让她对这项运动产生了极大的热情！）她可能还会参加一个女生的合唱队——我将让若若自己告诉你。

今天，John的秘书玛瑞安和她的丈夫带若若到波士顿的美术馆，去看了在那里展出的J. S的油画展。John和我也将加入到这个刚刚开始的晚上。我们非常高兴若若能看到19世纪最好的艺术。今天晚上，我们还将庆祝John55岁的生日。他是幸运的，因为他有年轻的妻子和女儿。

若若为我读了你写给我的信。我更加觉出了我们的亲近。我想我们是在共同分享着我们的女儿。我也更觉出了那能够穿越遥远的力量是多么强大。我们像姐妹。我感谢AFS为我们带来了这个新家庭。

若若是幸福的并且是快乐而健康的，她拥有着所有的爱。那是我们大家给她的。

这就是南希为我描述的。她让我仿佛看到了女儿每一天在做什么，甚至她在想什么。

后来给女儿打电话。后来不停地给女儿打电话也成为了我的一种生命的状态。仿佛那也是我身体中不可或缺的一部分，电话和声音。我想那是我的生命的某种美丽的延伸，是延伸到美国的亲情。

先是南希拿起电话。南希的声音总是那么亲切温和。我们用英语彼此问候。我说了感谢南希的来信，又祝愿John生日快乐。然后南希用温柔的声音叫着若若。南希不像John那样，总是在电话的那一端惊天动地地高喊着，若若——是妈妈——

被呼唤来的若若还是那个样子，她永远是那样不紧不慢地说着，妈妈——

能听到女儿的声音真是太好了。无论何时，能听到女儿的声音都是最最重要的。特别是当女儿远离我的时候，那简直就是一种声音的享受。

女儿说，我们马上就要吃饭了。

不知道为什么女儿和我说话的时候，她好像需要想一想才知道我说的究竟是什么。后来她告诉我，一开始的时候就是那样。到美国后，她先是听不懂美国话，后来又听不懂中国话。再后来就什么话也听不懂了。再再后来又什么话都能听懂了。这是个过程，一个适应话语转换的过程。所以女儿初到美国，有很长的一段时间，和她讲话时她都好像是很费力才能听懂我的意思，而且反应也总是迟钝的。过了很长一段时间后，她才能在这两种语言之间转换自如。那时候，她的英语已经很娴熟。是因为对英语的自由运用，她才又重新恢复了对汉语的灵活掌握。

若若说他们马上就要吃饭了。她还说她昨天去看了一个非常精彩的画展，棒极了。是玛瑞安带她去的。她还告诉我，现在那场很大的飓风已经从佛罗里达北上，并开始袭击他们那里的海岸，网上已有了关于那场飓风的很多消息。那个名为佛洛伊德的飓风已经让佛罗里达出现了有史以来最大的迁徙。公路上的汽车一辆接着一辆，塞满了几百公里的高速公路。人们都希望能在飓风到来之前，逃离飓风所带来的灾难。那汽车的大迁徙非常壮观。若若说，这次飓风尽管凶猛，但当它抵达诺维尔海岸的时候，势头就已经减弱了许多。所以诺维尔没有人迁徙，甚至John还饶有兴味地开着车，专门带她到海边去看了那波涛汹涌的巨浪。后来女儿寄来了在海边被飓风卷挟的照片。那时的大海完全是灰色的，而若若笑着。她还在这张照片的背后写着："9月初，飓风来的时候，John带我去了海边，远处的海看起来很有意思。也是很有趣的经历。"若若认为那飓风是一场好玩儿的大自然的游戏。不过，他们也还是做了一些准备。譬如手电、灯泡，地下室里还有一台小型发电机，以供停电时使用。若若说妈妈你听见了吗，现在屋外就刮着很大的风，还下着雨。

无论如何那是一场灾难，大自然的灾难。然而若若却顾不上体验那灾难，她只是觉得那一切是那么好玩儿。

然后她又说学习不错。

我说南希写信告诉我了。

她又说，对不起妈妈，我实在是太忙了，都没有时间给你发E-mail。

我说没关系，只要有南希。南希说会常常给妈妈写信的，你好好学习就是，不用想着给妈妈写信。真的。

然后若若好像又想起了什么，她说，对了，妈妈，我们去看画展的那个博物馆就是贝聿铭设计的。是吗？漂亮吗？若若知道贝聿铭。记得那是在她就要离开中国的时候，一天，我带她去新华书店买词典。然后在那个纯粹艺术书籍的小屋里，我们就看到了那本印刷十分精美的《贝聿铭传》。他在美国的奋斗。他的生活经历。还有他设计的那些堪称经典的建筑。若若当时就喜欢上了贝聿铭的风格。后来我们把那本书买回了家。从此若若熟悉贝聿铭。她关注这位伟大的华人设计师。后来她才知道原来贝聿铭也住在马萨诸塞州。

若若又说，我甚至没有时间做功课，因为这里的活动实在是太多了，各种各样的晚会。那些爱尔兰人。她说他们那里很多人都是爱尔兰后裔。他们都是红头发。所以他们的聚会很多。而我要参加他们的聚会，所以我的活动也就很多了。

若若还说，妈妈我收到你寄来的包裹了。是吗？那么快？记得那是我8天前寄走的。寄去为南希和若若买的那两双羊剪绒拖鞋和为John买的皮毛一体的手套，是因为诺维尔在东北部，冬天会很冷。想不到这包裹这么快就到了。简直是不可思议。这是我所寄的最快到达的包裹了。问她，喜欢吗？她说那边还是需要这些的。又问，是不是把他们的东西给他们了？她说，给他们什么？我说一双拖鞋是给南希的，手套是给John的。因为没想到包裹会到得这么快，所以还没有顾得上跟女儿说。她说是吗？她说她这才知道。她说还以为都是给她的呢？这个小傻孩儿，我干吗要一下子寄给你两双拖鞋呢？

这就是女儿。你要是不告诉她，她恐怕什么也不知道，也不会自己去想。于是在电话中我要她立刻上楼，把送给南希和John的东西给他们。若若说好吧，我马上去。说着她就放下了电话，去做我要她做的事了。

显然若若还是没有长大，她依然是个总是需要提示的小孩。真希望在美国她能尽快长大，但后来知道她肯定是长不大了，因为，她一离开我们的呵护，就立刻落入了南希和John的无限温暖中，甚至他们更宠爱她。在这样的一种从爱到爱的迁移中，女儿又怎么能成熟呢？

9月28日又接到了南希的信。

亲爱的玫：

若若继续保持一种非常好的状态，她非常轻松地就适应了美国中学的生活。她喜欢曲棍球运动，并且还十分高兴地加入了一个女孩歌唱组——这是一个很好的决定，而且是经过相当激烈的竞争才得以加入的。我们很高兴她能喜欢参加这么多的活动，她是开朗的，并且已经做好了在美国冒险的全部准备！

她在学校里的学习也很好。我喜欢帮助她做一些英语和历史课程中的小文章。有时候和她在一起学习的时间太多，比起让她学习，我更愿意让她睡觉。她在学校里的课程很多，还要参加运动，所以我要求她抓紧一切时间休息。

我也要求她帮助我们做一些家务，比如喂莫莉和奥维尔吃饭，从洗碗机上把碗拿出来。只要一点点提醒，她就能做“好”这些事情！希望不久钢琴就能来到我们家，那样若若就能继续她的音乐了。

在刚刚过去的那个周末，40名AFS学生聚集在夏令营中，讨论他们该怎样调整自己，以适应新的文化以及新的学校生活。这对这些孩子们来说是非常重要的。这是AFS非常细致的工作，他们关心每一个孩子，并注意到他们是怎样去做的。他们也证明了我们的看法——那就是若若已经将她在波士顿的新生活调整得非常好了！

在过去的两个星期里，若若参观了美术馆，并访问了哈佛大学。在未来的这个周末，我们将为她在波士顿寻找欢庆中国国庆节的活动，让她在美国也同样能感受到中国的快乐。

亲爱的玫，我在我的办公室里写这封信，穿着你送给我的那条美丽的棕色丝裙和黄色的羊绒毛衣。它们真的是我最喜欢的衣服——并且我又收到了很多新的礼物！再一次谢谢你的慷慨。我的新拖鞋和John的手套将会让我们的冬季充满了温暖。我们再一次为你美好的心意所感动。

我将继续保持和你的联系，让你及时了解若若和我们在波士顿的生活。

这就是南希！

因为有南希，女儿离开后的日子便不再寂寞。南希不停地写信来，在信中讲述我的在他们身边的女儿。是的，我一直在想，南希本来没有义务在照顾若若的同时还要为我描述若若。不是所有的美国妈妈都这样的，但是南希这样。南希是与众不同的，那是因为南希的心里装着更多的爱。她知道该怎样去爱她的新女儿。她也知道给我写信是另外的一种爱的方式。

因为有南希，我和女儿不再遥远。

因为有南希，我们的心才可能穿越浩瀚的大洋，触摸到对方的跳动。

因为有南希。

仅仅是因为有南希。

后来我就写了那篇文章，为了她——《有个美好的女人叫南希》。

一个很大的变化

一个很大的变化。

来自南希，来自波士顿。

南希将离开她工作了17年的波士顿银行。

不知道这变化对南希来说意味着什么。更不知道这对于John，对于刚刚走进这个家庭的女儿，对于他们未来的生活，又将意味着什么。

南希将离开她工作了17年的波士顿银行。整整17年，就是说，在女儿出生的那一年，南希就已经开始为这家银行工作了。那时候她读完了大学本科和研究生。那时的南希只有26岁。

确实是一个很大的变化。因为南希毕竟已经在这个岗位上做了17年。其实对于更多的西方人来说，这样的变化很平常。因为在西方，任何的工作都在流动中。所以失业或是暂时的失业自然也就是家常便饭了。尤其在美国，应当说已经很少有人像南希那样，在一个公司一做就做那么久。

在接到南希的信之前，有一天女儿在电话中对我说，妈妈你听说了吗？纽约的Fleet银行就要和南希所在的波士顿银行合并了。是吗？我说我没有听说过。可能还因为我不懂银行，所以很少关注银行的事。女儿说这在世界上都是一件很大的事，因为无论是Fleet银行还是波士顿银行都是世界的大银行，都有很高的知名度，所以全世界的金融界都很关注。对于如此之大的金融事件，我竟然孤陋寡闻，可见为什么人们会说：隔行如隔山。女儿说南希不想再在这家银行继续做下去了，她想做一个新工作。

于是心怀惴惴，带着一种中国人的心理，害怕离开铁饭碗，害怕南希不能适应她生活中的这种17年后的新变化。

其实自从南希走进我们的生活，我们就知道她是波士顿银行一位十分优秀的雇员，一个职位很高的部门总管。我们也已经很熟悉她所在的那家波士顿银行的大楼，因为自从5月他们和若若联系上以后，他们便不断地给若若寄来各种照片，其中就包括南希所在的波士顿银行大楼的照片。那是一座很高的建筑，气势恢弘，而就在那座大楼的第9层上，我们知道，就有着南希的办公室。

后来若若在写给南希的信中，特别问到了南希的办公室。她说看到了你工作的大楼，却不知道你的办公室是什么样子的。于是南希马上给女儿写来回信，那是一封很长的信。在信中，南希为女儿详细地描述了她的工作和她的美丽的办公室（后来若若说，南希后来的办公室，比她在波士顿银行的还漂亮）。那是一封写得美妙而精彩的信，令人感动。南希的信总是写得非常好，她的感情和语言。记得后来John说过，南希是非常喜欢写作的。

那是1999年的7月17日。那时候女儿还在急切地等待着飞赴美国的签证。她焦虑万分，不知道最终能否见到南希和John；不知道在未来的一年中，她是不是能和他们生活在一起。于是南希便常常给女儿写信，安慰她，并为她讲述着她和John的生活。南希在信中描述着她自己，她和John，还有家中的猫和狗。这样他们在还没有见面前，就真的已经非常熟悉了。

从此南希和John爱若若，若若也非常爱他们。

南希在那封特别长的信中说，亲爱的若若，John和我昨天收到了你的信，我们都非常高兴，你的信照亮了我们的那一天。

接下来南希便娓娓而谈地向若若讲述她的办公室，她说既然没有我办公室的照片，那么就让我试着为你描述它。

我的办公室在这座37层的大楼中。这座大楼就是著名的波士顿银行，它坐落于波士顿的财政区。波士顿所有的银行、投资公司和保险公司都在这个区域内。我每天早晨上班时乘坐的渡轮的港口，也就在离银行不远的地方。

我们的大楼几乎是在一个大花园中。在那里，很多人坐在长椅上或是草地上，在充足的阳光下吃午餐。我的办公室在这座大楼的第9层，从这里可以看到公园。我的办公室里总是充满了阳光。我每天离开小镇到城市里来工作，而美妙的是，晚上，我又可以从城市回到宁静的小镇，看到John，还有莫莉和奥维尔（家中的狗和猫）。

我的工作是负责银行的贷款，主要是商业贷款。我的客户大部分在纽约和洛杉矶，所以我每隔一周要飞到纽约去一次。所幸的是，我搭乘早上的飞机，通常晚上就能回家。除此之外，我还要每两个月飞到加州一次，在那边一般要工作两至三天。方便的是，在我离开的时候，John通常是在家的。所以你永远不会独自在家，并且，莫莉和奥维尔也总是在家的，因为它们永远不会因公旅行！！

我主要负责向那些拥有很多零售商店的服装公司贷款。你喜欢"Liz Claiborne"，"Levi's"，"Guess"吗？或是"Jones New York"？这些都是美国非常流行的商标。我期盼着和你一道去购物，这样就能知道一个17岁的女孩究竟喜欢穿什么，我也就能够判断究竟该把钱借给哪家公司了。因为我们贷款给他们，是为了让他们工作得更好，并创造出更多的就业机会，以支持我们的经济。

我喜欢我的工作。因为它追随着时尚和人们购物的倾向，所以非常有意思。我们必须要做出最好的商业决定，然后和他们一道工作，以帮助他们迅速发展。

我的办公室里有很多报纸和杂志，因为我要在其中获得当前消费者究竟对什么感兴趣的信息。有时候我也会用一些时间去购物。我总是喜欢穿在办公室里穿的那种职业的服装。晚上穿那些舒适的毛衣和蓝色的牛仔裤。我不喜欢把好多钱用在衣服上，我想会有更好的事情需要我们去支付。这是非常有趣的：我是负责服装工业的银行家，然而我却不太穿他们的那些昂贵的服装。我在更大程度上是一个自然的人。我更喜欢这样。

现在，你和你妈妈的照片就放在我的办公桌上。和John的、瑟若的照片在一起。桌子上还有一台非常好的计算机。后面是一个圆桌。我的办公室里甚至还有茶。所以每到星期三下午休息的时候，我们有时候就会在我的办公室里喝茶。

我通常在5点30分左右离开办公室，6点30分左右回到家。偶尔我会更早些回到家。

在即将到来的一年中，我所在的银行将会改变所有者。所以那时候我的工作将会与现在不同（重读南希那时候的信才知道，其实南希早就告诉了我们关于她的工作将会变动的事。只是我们当时没在意，后来就完全忘记了）。但不论怎样，我想变化总是好的。我将欢迎它。到现在为止，我为波士顿银行已经工作了17年，所以改变一下，做一些不同的事情，将会是非常有意思的。总之无论怎样，我都会非常快乐的。

你到来的时候，我们将去波士顿银行的顶楼餐厅吃饭。那是一个非常好的餐馆，而且在那里能看到整个美丽的波士顿。

我是和一些很好的人一起工作，还有一些非常精彩的助手。你来后，我将会让你见到他们。

非常好的是，John的办公室在家中。他的助手玛瑞安也是一个非常好的人。所以家里总是有人的。而且在我们的房子中，还时常会有一些特别有意思的活动和聚会。

亲爱的若若，我希望我的信能帮助你更多地了解波士顿银行大楼的那些照片，和我的全部的工作。请给我写信。

很多的爱　南希

这就是南希的工作。她为我们描述了它。那么美丽的工作，浸透着南希17年的心血以及她的青春和创造力。

然而南希将离开她的工作。

不知道这离开将会意味着什么。

10月8日那天我收到了南希的信。那时候女儿到美国还只有1个月零18天。

南希的信的主题是：《来自波士顿的问候和一个大的消息》。

南希在她的这封极为特殊的信的第一段，还是首先描述了我们的女儿。

亲爱的玫：

我们的女儿在她美国的家中继续表现得非常好。我们也依然在继续为她而骄傲着。她已经拥有了一个非常出色的朋友圈。在学校里所有的活动中，她都是非常积极活跃的，而在所有的课程中，她也都学习得非常好。昨天我们收到了她的第一份成绩单，不久我们将寄给你。所有老师的评语都是非常正面的。这说明她确实已经调整好了她在美国和她在诺维尔的新生活。若若依然非常的快乐。一个开朗的女孩子，这是非常重要的，因为对他人来说，她会成为一个好朋友，而且，她还会成为她的国家的一个非常出色的代表。总之，若若是中国的一个很好的家庭的反映。

在这样满怀感情地为我讲述了女儿的生活后，南希才说了她生活中的这次很大的变动。

在我的（我们的）生活中将会有一个很大的变化！在为波士顿银行工作了17年之后，下周二我将离开我的工作岗位。到现在为止，我期盼着这种变化已经好几个月了。波士顿银行被Fleet银行所拥有，这样就为两边银行的老职员们创造了一个非常好的发展的机会。新的银行会削减掉一些工作。F1eet银行希望我考虑能到纽约去工作，但无论怎样，John、若若和我，在我们美好的诺维尔的家中，一定会非常幸福的。

为此，波士顿银行在最近的两年中，将会支付给我全部工资——这是让我去尝试新的事情的一个很好的机会（没有财政烦恼）。为着下一个季度，我将每天都要去波士顿。无论怎样，我愿意把我的时间更多地用于孩子们的航海事业上，帮助他们学会怎样起航（我是那个董事会的成员）。我将帮助他们开发一个很长时期的计划，并成为他们的行政管理。总之，我在期待着这个变化——我将用我丰厚的银行职员的工资来支撑我为社会做更多更好的服务。我想，那在若若的生活中也是一个很好的课程——变化是一个很好的事情，它给我们的生活所带来的如此之多的机会甚至是我们难以想象的。除此之外，这种工作的变动将允许我有更多的时间给予我们的女儿，我将珍惜这段支撑我未来生活的重要时光！John和我对于这种变化是满怀欣喜的。

所以，我银行的电子邮件地址将变成家中的。请开始使用这个新地址，或者继续把你的E-mail直接发给若若，她会为我做非常好的翻译。她昨天收到了你的信，并且说你为报纸写了一篇关于AFS和我们的友谊的文章，真是太好了！

昨天是我们的第10个结婚纪念日。我们和若若以及她的朋友丽兹·肯尼迪一道去了附近的一家非常有名并且很特别的小餐馆。那是个非常美好的夜晚！若若送给我们的礼物是两件非常漂亮的真丝睡衣。那是她从中国带来的，她竟然一直把它们藏在她的箱子里。它们是如此高雅，以至于好得让我们都睡过了头！又一次，你的慷慨和友爱环绕了我们。

明天若若的钢琴到达——从此我们的家中将充满她美妙的音乐。再一次感谢你把她送给了我们。作为我们的一部分，我们爱她，同时我们也知道，你和若若将永远是彼此生活中的一部分。

最最温暖的爱　南希

这就是南希想要告诉我的。这个大的消息，这个生活中的很大的变化。读南希的信令我敬佩和感动。那是南希才会有的一种积极而坦然的态度。而在南希的态度中，还蕴涵着一种唯有南希才有的那深深的爱，对所有的他人。

后来南希没有接受Fleet要她去纽约工作的建议。她考虑过了，她不想离开诺维尔。因为她的家在这里。她心爱的丈夫和女儿在这里。她不想因为工作而远离他们，所以南希决定留下来。她还想把更多的时间给若若。

从此，南希果然每天和若若在一起。她说她喜欢每天早晨开着车送若若去上学，喜欢在这个美好的时间里和若若进行美好的谈话。因为南希再不用为银行的工作而不停地飞往纽约或者洛杉矶了。她可以自由地支配她的时间了，而她的时间在某种意义上，是围着若若的时间转的。

后来若若去了美国的很多地方。只要若若有假期，南希和John就会带着若若全国到处去旅行。而很多地方又是南希带着若若单独去的，她们俩，只有她们俩，母亲和女儿。而如果南希依然被她波士顿银行部门总管的工作牵累着，她又怎么能陪着若若到处走？又怎么能在那些美丽的地方留下那么多她们母女的合影呢？那是不能想象的。

从此南希守着女儿。

从此南希管理和安排着女儿的一切。

电话中总是听女儿说，John又出差了，家中只有女儿和南希。

然后就是南希带着女儿到处玩儿，为她买各种她喜欢的名牌的衣服，或是带她去吃饭。

因为她们能长相厮守，南希才会和女儿有了很深的感情。她说女儿是她的最美丽的支撑。在她的生活发生变化的时间里，给她新的力量和焦点。

所以在若若离开美国时，南希才会格外地伤心和难过。她说她怀念若若，怀念和若若在一起时的那所有美好的时光。

南希是在若若即将回国的时候才开始她新的工作的。

那确实是一个变化，南希成了为一些大公司理财的金融顾问。

但是南希依然在心中很深的地方想念着若若。

南希说，和若若在一起的这一年非常美好。

南希说，这是她生命中最美好的一年，因为她的生活中有若若。

有个美好的女人叫南希

南希那么遥远，隔着太平洋，却又那么近，仿佛就在隔壁的那个房子里，对你讲话。能够听南希诉说，是因为女儿。

女儿只有16岁，便少小离家，漂洋过海，到美国，到那个美丽而古老的波士顿去参加AFS组织的国际交流项目。从此女儿孤身一人，去成长，去闯荡。一个非常好的项目，让世界友爱和平成为没有战争也没有眼泪的大家庭。又是一个对女儿来说那么好的机会，让她从此能了解世界，能学到更多的知识，获得更新的眼光。实验中学选送了她，在经历了各项考核后，AFS组织也接受了她。从此，我们便开始了漫长的为她的准备和送行。那些被各类琐事缠身的日子，顾不上流泪，更不知什么是真正的想念。但是当女儿终于登上了UA的航班，当我们隔着玻璃窗同她作最后的告别，从此，便仿佛坠入了一个由痛苦和眼泪交织的巨大的思念的陷阱中，难以挣脱。那是怎样的境地，甚至不能躺下来闭上眼睛睡觉。泪水会不知不觉地流出来。那时候，我真是太想太想我的女儿了。

从此千里万里。那是种怎样的牵挂。所有的冷暖，还有她的遥远的心情。那是无法停止的绵延不绝的一种深邃的思念，是连接着身心关乎着生命的一种难以慰藉的苦痛。隔着大陆和大海，我们望不到女儿生活的那个波士顿近旁的美丽而宁静的海边小城诺维尔，望不见她住的那个被绿草和鲜花环绕起来的白房子。

然后便有了南希。就在我们被思念所困扰的最最艰难的日子里，南希便悄悄走进了我们的生活。其实与南希已不陌生。女儿出发之前，就早已与南希和她的丈夫John有了无数的书信的、电话的、电子邮件的来往。他们说他们一看见女儿的照片就知道了这是他们想要的那个AFS女儿。他们还说在未来的一年里一定会好好地照料她。然后女儿便在30多个小时漫长的飞行后，看见了等在机场大厅里的南希和John。他们高举着用五星红旗做成的大牌子，欢迎来自中国的女儿。从此，南希便开始了在美丽的白房子里陪伴女儿并帮助她开始新生活的日子，和John，在遥远美国的西海岸。

南希就是这样的一个善解人意的女人。那一天打开电子邮件，期盼的是女儿的来信。眼看着那个接收的蓝色信号一点一点地向前推进着，伴随着我们的激动和喜悦。一封英文的信件。竟然是南希！来自波士顿的问候。她说她希望我能翻译这封信，为了让我能了解女儿到美国以后的生活。然后南希便开始向我讲述女儿每一天的活动，南希说我们的女儿正在以一种非常好的姿态开始她伟大的美国历程。南希还说，今后她会每周为我发来一封这样的电子邮件，为的是让我能尽快了解关于若若的所有的信息。

这便是南希。她说她正在感受到一种穿越太平洋的力量。她还说是我们共同的女儿和我们对这个女儿的共同的关心，把我们像姐妹一样地连接在一起。一个那么美好的女人和那么美好的感情。以后我便果然每周收到南希寄自波士顿的消息。关于女儿的，还有他们共同的新生活。女儿怎样开始了她开学的第一天；怎样参加了学校里的曲棍球运动；她结识了哪些新朋友，又去哪里参观旅行了；还有，她是怎样带着若若和她的新朋友们一道去航海；John又是怎样带若若去海边看了弗洛伊德飓风；还有，她和若若关于世界历史的那些有趣的对话；她和John为若若去开的第一次家长会。南希还说，她和John是怎样地喜欢他们的这个新女儿，他们又是怎样地为她而骄傲……

就仿佛女儿并不遥远。就仿佛和女儿在一起的不是南希而是我自已。南希就是我。她替代着我，想着和做着一切我会想会做的事。还要怎样的牵挂？既然在女儿身边有南希和John这样的亲人；既然女儿和他们在一起真的很快乐。

从此期待着南希的信。南希总是很守时，以至于女儿为她的很少发电子邮件都觉得有点不好意思。盼着南希的信。盼着读她写来的那些英文。又盼着把她的每一个英文单词翻译成中文。每一次读南希信时的那种感动的心情仿佛是节日。是南希使那种和女儿痛苦的别离变成了一种非常非常美好的感情。每一次读南希的信都是在享受着那种美好和亲近。那是我从未经历过的。是南希，让我在女儿离别的那段日子里，依然能感觉到那种阳光般的温暖；也是南希，让我们拥有了那种由岁月和美丽编织起来的那么明亮的新生活。

多么好，我们是姐妹。南希和我都这样想。是我们的女儿，使我们在相隔遥远、语言不通而且未曾谋面的情形下，成为了姐妹，成为了亲人。彼此用最美好的感情滋润着，抚慰着，激励着。这是多么好的一种生活，又是多么难得的一种经历。每天想着，在遥远的美国的西海岸，在波士顿近旁的那个宁静而美丽的诺维尔，有我的女儿，有John，还有个那么美好的女人，南希。

女儿寄来的第一个包裹

女儿12月7日生日。

今年12月7日，第一次，女儿的生日要在美国度过，17岁。

进入10月，便开始四处奔波着给女儿买生日的礼物。尽管离12月还有漫长的两个月，但是，在为女儿准备生日的礼物时，必须考虑那漫长的邮路，那阻隔着我们的浩瀚的太平洋。去逛很多的商店，寻找女儿喜欢并且需要的物品。有时候自己去，有时候和妈妈一起去。总之要确保给女儿的生日礼物一定要在她生日之前让她收到。

这样到了10月18日。我在给女儿的信中说，18日真是个好日子，因为这一天，我在邮局寄走了给你的生日包裹，又取回了你寄给我的包裹——你从美国寄回家的第一个包裹。为此，我在邮局内工作了将近一个小时。因为无论是寄走还是取出的程序都很复杂，何况人还很多。

收到了女儿的邮包多高兴。只是这中间经历了太多的曲折，所以拥有它才显得格外珍贵吧。其实女儿的这个邮包在10月12日那天就已经来到了我们这个城市、我家附近的那个邮局。而这个邮局也按照邮包上的地址向我父母的单位天津人民艺术剧院下发了国际邮包的通知单。传达室的工作人员在接到通知后非常负责地通知了剧院，但问遍了剧院的所有人，却没有人认为那个国际的邮包是他们的。于是传达室只好把通知退回了邮局。而也就是在这时，我得知了女儿寄给我邮包的事，她问我是不是已经收到，因为她觉得我们应该收到了。于是跑去传达室查询，才知道确曾有这么一个包裹，但没有姓名，只写着剧院，而剧院又没有人知道，所以只能退走了。我说那可能是我的，于是好心的传达室工作人员就立刻给了我那个曾经登记过的号码，要我尽快到邮局去查找。只是这时已经是16日的黄昏了。那时候邮局早就关门了。

于是怀着莫名其妙的不安等待着。等待着黄昏、夜晚和黎明。其实一个包裹用不着我那么心怀惴惴，仅仅是因为那可能是女儿寄来的，如果是，我知道那里一定装满了女儿的信息和她的爱。

第二天一早就赶到了邮局。尽管仅仅是抱着一种试一试的心态，但我的心还是急切而紧张。而第二天又刚好是我的母校南开大学80周年的庆典，我要去参加母校的庆典，因为很早以前我就收到了请柬，并答应了一定会前往。我为母校的生日而激动万分，因为我爱她，还因为多少年来，南开大学始终是我梦想开始的地方并且始终是我的骄傲。但无论怎样心潮澎湃，对我来说更急切的，还是要首先拿到女儿寄来的那个包裹。那一定是我在17日那天所要做的第一件事，所以我在清晨的第一时间就匆匆忙忙地赶往了邮局。

我是站在邮局门口等着邮局开门的。我非常急切地把那个被退回的邮包的号码交给了营业员。我同时把我的和女儿的各种证件（为了万无一失，我带去了我们的户口本、身份证，女儿的身份证以及她的学生证），也一并交给了营业员。营业员在仔细核对之后，不无遗憾地对我说，实在是对不起，是有这样一个包裹，但是您取不走。为什么？因为包裹上确实没有您的名字。我于是有点着急，我说那很可能就是我女儿寄来的，她在电话中告诉了我。尽管我这样说着，其实并不自信，但是我还是非常诚恳地提出来，我想看一看那个包裹，想知道寄件人的地址是不是就是美国的马萨诸塞州，是不是就是波士顿附近的那个诺维尔。

感谢营业员的通情达理。尽管当时她的确很忙，但是她还是非常善意地把我带到了存放包裹的库房。

是的，我们找到了那个小包。我也一眼就认出了女儿的笔迹。收件人的地址甚至是用中文写的，但是她确实没有写上我的名字。而且在寄件人英文地址后，女儿还特意写了她的中文名字赵若若，可是她为什么偏偏忘记写上我的名字呢？我把若若的中文名字指给营业员看，营业员也确信了这邮包就是女儿寄给我的。但是她还是无奈地摇了摇头，她说没有办法，她不能违反规则，我必须在那个邮件通知单上加盖剧院的公章，才能把女儿的邮包领走。

我看着那个无奈的营业员。我知道她是对的，我也不希望她为了我而违反邮局的规章制度。失误的，还是我那个总是粗心大意的女儿。校庆的时间就要到了，作为贵宾，我不愿迟到。于是我只好悻悻地离开了邮局。原本我是想带着女儿的包裹去参加校庆典礼的。那将会有一种非常特殊的意义，因为女儿告诉我，在那个包裹里，装着他们从哈佛大学为我买的咖啡杯和哈佛所特有的那种紫颜色的T恤衫。但是没办法，我知道今天是无论如何拿不到女儿的邮包了，因为今天是星期天，星期天剧院里是没有人为我盖公章的。

于是我只好匆匆赶到了校庆的会场。那确实是一个激动人心的时刻。所有人的脸上都悬挂着南开大学所给予他们的骄傲和自豪。那是种南开人的骄傲和自豪。母校风风雨雨的80年值得我们为她庆贺。

庆典隆重而辉煌。

一个小小的插曲令我至今难忘。

我坐在前排。然后不久就看见一位看上去十分优雅的老太太被人簇拥着走进会场。后来那老太太就坐在了我的身边。她很慈爱的脸，一看便知她不是一个一般的老太太。她头发灰白，穿着长裙，披一件很大的并且色泽鲜艳的披肩。那天晴空万里，阳光灿烂。所以老太太很怕强烈的日晒，还怕时而会吹过来的风。

我坐在她身边。猜测着她的与众不同。我不知道她是谁，但我知道她一定是谁。那是看得出来的一种身份，令人敬仰的那一种。

因为她是老人，行动不便，于是有风吹过来时，我就会为她拉一拉披肩；她想喝水，我就帮她从桌子下拿出矿泉水，并为她打开。是出于本能，还因为她是那种看上去令人敬佩的那种优雅的女人。她说谢谢，非常亲切地微笑。

庆典进行着。主席台上是各国各大学的嘉宾。所有的发言都赞美着母校的光荣和历史。发言者中最引人注目的是来自美国的陈省身先生。他是美国的数学之父，而他竟然也是南开的校友，在西南联大的时代，所以，他就也成为南开大学值得骄傲的一部分。特别是陈先生又将他晚年的全部精力都投入到了南开大学的数学事业中。那天陈先生的发言亲切而精彩，很震撼人心。他的发言不断博得全场热烈的掌声，大家都为能亲耳聆听陈先生那么精彩的发言而感到无比振奋。我亦然，甚至觉得单单是有了陈先生的发言，庆典就不枉了，就是壮丽的了。

陈先生发言后不久，就离开了主席台，毕竟先生已80高龄。

又过了一会儿，我身边的那位优雅的老太太也被人接走。她被接她的人扶起朝外走。她稍有迟疑，好像想说什么。她扭转头，不忘拉住我的手。那种我们彼此之间才会有的感觉，真是太奇妙了。我们甚至没有对过话，但是她扭转头对我说：刚才发言的是我们老头儿。

刚才发言的是我们老头儿。

然后老太太就离开了。她只是想告诉我她是谁。她想把她是谁告诉我。不知道当时是怎样的心情，惊讶，还有一种非常非常亲切的感觉。本来就觉得老太太气度不凡，那是我能感受到的，却不知道她就是陈夫人，更想不到她会那么亲切地告诉我她就是陈夫人。是的，那种亲切的感觉一直环绕着我。我知道那是陈夫人对我的友好。其实我们素不相识，我们只是毗邻而坐，但那友爱的感觉却使我们彼此亲近。望着陈夫人离去，彼此说着再见，一种真诚的感动包围着我，甚至想过哪一天会去拜访陈夫人，因为她是我倾慕的那种女人。

那时候听说陈先生已决定落户天津，将所有的生命献给母校。后来陈先生果然回来，并在南开大学建立了世界一流的数学中心。只是陈夫人陪同陈先生在那一年冬季从温暖的加州回到天津时，由于实在难以适应北方的寒冷，不久便仙逝于他们天津的寓所内，只留下陈先生一人为天津的数学事业奋斗，可歌可泣，同时令人扼腕叹息。

母校的庆典中关于陈先生陈夫人的故事令人感动，后来我也把这个故事写信告诉了女儿。

我是第二天早晨也就是18日那天才终于取出女儿的包裹的。女儿的包裹带给我欢乐，但我还是在写给她的信中对她说了，无论如何，粗心总是不好的。于是女儿以后的包裹就再没有出现过这样的错误了。就是在那一天，我也寄走了给女儿的生日包裹，那包裹中也装满了我们对她的深深的爱，还有17岁生日的美好祝福。

回家急不可耐地打开邮包。那一刻我真的无比幸福。那幸福的感觉是无法形容的，那是只有经历过那一刻的人才会感到的幸福。那件哈佛标志的T恤衫，那只印着哈佛校徽的咖啡杯，还有她送给她的朋友李雨氓的那本《茱儿》的书。那是因为她记得茱儿是李雨氓最喜欢的美国歌手。而最最让我们高兴的是，女儿一下子就寄来了她的29张照片，每一张照片都棒极了，而且每一张照片的背后她都写了非常有趣而且非常精彩的说明。那些照片记录了女儿两个月来在美国几乎所有的经历。那就是信，与图片一道，为我们描述了她在美国的新生活。

——在波士顿购物街的一家玩具店前，坐在Teddy Bear（泰迪熊）身上。

——这是我第一天去上学的样子。

——曲棍球运动后，在家门口，站在“欢迎若若到家”的牌子前。

——车子走在MA（马萨诸塞州），甚至是新英格兰最长的木桥上，我真的很喜欢。大约可以看出这桥有多长！那落日真美！

——这是一个In' sh Paltv（爱尔兰Party）。因为这里的人几乎全是爱尔兰人。正在跳舞的是汤姆·威廉姆斯（我们的邻居）和他的女儿。大Tom有一个儿子Tommy，他是AFS的头儿（King），但他去年去迈阿密读大学了。他是我的瑞士姐姐瑟若的朋友。我还没有机会见到他，但我非常想见他！

——在海边和莫莉（我家的金色牧羊犬）玩飞碟。这是在那个爱尔兰人的Party之后，南希、John、莫莉和我一起去海边，我们总是在日落时去！

——南希带我们去航海。丽兹和kirk是我的好朋友。kirk是我的AFS表姐，她刚从澳大利亚回来，她是那么好；丽兹是我的好朋友，去年她接待了一个哥伦比亚女孩，她是如此的甜。迪戈是我的AFS朋友，一个很酷的男孩。

——漂亮的Plymoth Plantation。最早的移民在这里登陆，现在是旅游胜地，房子和人都保持着18世纪的样子，人们都穿着18世纪的服装。

——手持印第安人的武器，坐在印第安人的木船里。

——远处是May Flower（五月花），最早的人们就是坐着这条船来美国的。

——在MA（马萨诸塞州），到处都是池塘，到处都很美。

——这是波士顿的“鸭子观光车”。这车是“二战”时的武器，可以在陆地上开，也可以在水里游，所以这就是一个Duck（鸭子）。车上全是AFS俱乐部里的孩子，很好玩！

——我正在水里开这个“鸭子”，每个人都有机会来尝试。开过后你就能得到一个粘贴，我的送给你了！

——这是丽兹。John、南希和我都爱丽兹。

——Boston（波士顿），我爱的城市！

——万圣节。卡特琳娜（俄罗斯女孩）、安追亚（意大利男孩）和我，和我们的南瓜，最右边的是我的。好南瓜！

——Halloween（万圣节）！和邻家的女孩在一起。我扮演的是Y2K Bug，千年虫！

……

是的，那就是信，最好的信，邮包带来的，女儿的一切。

只要她好，就一切都好。

只要她快乐，世界就是美丽的。

在美国长大

16岁是一个需要继续长大的年龄。

然而女儿的成长就突然被异域的留学生活所替代了。而在美国留学，又给予了她新的成长。对我们来说，那是种独立的成长，因为她毕竟离开了我们，离开了温暖的家和舒适的生活。出国学习尽管对她意义重大，但毕竟那是一个完全陌生的国度。她要从此用另一种语言和陌生的人交往，她要努力适应并融入那个陌生的环境，并且要依靠自己独立开始她陌生的新生活……

而当女儿要独自面对这一切的时候，她才只有16岁。

说心里话，我对女儿的独立生活没有把握。因为在她16岁以前，几乎没有离开过家，而且她的生活也一直是由我们管理的。因此我不知道她是不是能够管理自己，对她能否在美国长大也就更没有信心了，但是我却不能帮助她。

然而女儿还是长大了。她所经历的那种由陌生到不再陌生的转换，其实就是她成长的过程。令我惊异的是，女儿竟然有如此出色的适应能力，无疑，这首先来自南希和John对女儿那无微不至的爱。但也正如南希所说，若若是个开朗热情的女孩，对任何人来说，她都将是一个很好的朋友。她会尽快调整好自己，并积极而健康地融入新生活。于是若若以她的本真和努力，很快便赢得了她在美国的新妈妈和新爸爸的爱，赢得了她新的温暖的家，还有她的新朋友和新生活。不知道这些是怎样完成的，那是不经意间的成长。她甚至没有成长的烦恼，或者她烦恼也不愿告诉我们，所以我们总是觉得她是快乐的，以至于很快她对周围的一切就不再陌生了。

一年中女儿尽管来信不多，但是在她的只言片语中，还是星星点点地记录了她的成长。

记得9月的一天，她写来信：

妈妈，上个周末我们去了波士顿，走进一家书店，猜我买了什么？——英文版的《第二十二条军规》，还有福克纳的*The Sound And The Fury*，中文的翻译可能是《喧哗与骚动》。我在看到那本书的前两句“透过栅栏，穿过攀绕的花枝的空当，我看见他们在打球……”时，就爱上了那本书。我本来想买《去吧，摩西》（她出国前曾读过陶洁老师翻译的《去吧，摩西》，她特别喜欢，并总是不停地和我探讨摩西），但是那本书的英文对我来说还是太难了。另外我还买了一本莫奈的挂历，类似你从美国带回的那本猫王的挂历，只不过莫奈的挂历中都是他的画。

还有，我真的很忙，不能常发E-mail，但是我爱你们。

另外，南希去纽约，看了美国网球公开赛，并且给我带回了一件美网的T恤衫，我真的非常喜欢。

听到了，这就是她正在逐渐适应和热爱的美国生活。在女儿的这封信中，我已经读到了她的某种不太鲜明的自信，但是和她初到美国时相比，她真的是已经有了自信了。

为了不让她经常给我们写信，我便只能不断地给女儿打电话。记得也是9月，一个晚上，女儿拿起电话，说南希和John不在家，他们又去给她开家长会了，所以这个晚上她要独自在家。不过有朋友在这里，那个意大利男孩安追亚，还有别的朋友，他们正在商量举行一个周末Party的事。这是女儿家的Party，所以女儿很在乎。她希望她的Party能特别成功。

这时候若若的英语已经恢复了流畅。这说明她的英语已经适应了美国的语言环境。于是她开始如流水般诉说着一个月来美国的生活，她说她已经参加了那个学校里的女声合唱组，非常好。她又说上个周末他们去了哈佛。哈佛真是太棒了，而且她非常非常喜欢那里。

她还告诉我她每天的生活很忙。她要每天早上6点40分起床，然后或者南希或者John开车送她上学。她每天会带John为她做的火鸡三明治，因为John的饭要比学校的饭好吃得多。另外每天下午2点放学后，她还要参加学校的曲棍球运动，学校的曲棍球队还时常要出去比赛，所以要到晚上六七点钟才能回家。回家后就又要吃饭又要做功课，所以每天怎么也要十一二点钟才能睡觉。所以她说她真的很忙，一点多余的时间也没有，甚至连洗衣服的时间也没有。

那么你的脏衣服怎么办？我一下子着急起来。

南希或是John洗呗。

这个小孩怎么能这样呢？记得她出国前，我还专门叮嘱了她洗衣服的事。因为在家里时，她从没有自己洗过衣服，所以我反复教给她该怎样为自己洗衣服，又提醒她首先要学会使用家中的洗衣机，因为不同品牌的洗衣机操作起来也是不同的。不知道女儿是不是记住了我的话，但总之独自生活肯定会改变她过去那种衣来伸手、饭来张口的生活。以女儿对她学习方面的适应和管理，我想她一定也能够照顾并管理好自己的日常生活了，包括自己洗衣服。想不到来到美国，她竟然又掉进了一个温柔的陷阱中。南希和John是那么宠爱她，以至于让她放弃了这个本来能让她尽快长大的机会。结果等到一年后女儿回国，在洗衣服这一点上她竟然一点儿长进也没有。真是让我很遗憾。显然是我们大家对她的爱，拖延了她管理自己的进程。

说完学习和生活的问题，女儿又说到了哈佛。她说哈佛大学实在是太棒了，她也太喜欢那里了。她告诉我南希和John在哈佛为我买了一件哈佛的T恤衫。那种哈佛所特有的咖啡色。她说不久他们会给我寄来。

这个周末她会在家开好她的Party，她会请很多很多的朋友来，她要让她的Party很特别。接下来的周末她就不会在家了，因为整个马萨诸塞州的AFS小孩都要聚集在一个野营的地方，南希和John也会陪她一道去。在那里，她会结识更多的来自世界各地的朋友。

然后到了10月。

10月的时候，她已经开完了她的Party，也从她的AFS学生宿营地回来。她在写给我的信中说：

> 妈妈，一切都好。我现在依然很忙。总有许多的事情要做。明天，我们还要有一场曲棍球比赛。我真的爱上这项运动了。因为我可以锻炼身体，和朋友聊天，坐在校车上去拜访其他的学校。
>
> 上个周末太棒了，所有马萨诸塞州的AFS学生聚在一起。拉丁美洲的小孩棒极了。他们的舞跳得简直可以说是疯狂，就像是电视上的那种（外国人跳的）体育舞蹈，甚至更疯狂。我那天晚上很高兴，因为那些拉丁小孩都说我跳舞跳得很好。
>
> 我有很多朋友，自己交的朋友。他们都是非常好的小孩。大都是一些高一的学生，但是我喜欢他们，他们也喜欢我。
>
> 后天，我要去波士顿、哈佛广场，和丽兹一起去。
>
> 我的英语可能很好，我总能得到一个不错的分数。

仅仅到了10月，女儿就真的非常自信了。那字里行间透露的，全都是她对自己的信心和满意。很高兴能经常收到女儿这样的信。这至少能让我日夜惦记她的紧张心情得到了某种程度的缓解。也许女儿并不是为了让我别为她担心，她是想让我确确实实地相信，她能行。

不久又给女儿打过去电话。

先是南希对我说，玫，若若是非常好非常好的女儿，我们大家都很爱她。然后John又拿过来电话，说，若若除了她的房间很乱之外，她真的很好。再就是她的觉睡得太少了，我们一定要想方设法叫她早睡觉……

然后若若的声音加进来。她问我，你能听懂他们说什么吗？我把我听懂的告诉了她，于是她立刻用英语告诉南希和John，我妈妈的英语不错了，于是电话的那边立刻发出了一阵欢呼声。

她说周末AFS小孩的野营非常好。她认识了很多新朋友。她和世界各地的小孩们玩得很开心。她说今晚他们刚刚从宿营地回来。她很累，南希和John也很累，他们今晚决定要早睡觉。

然后若若说了她的学习。她说要学的课程其实还是挺难的。但是她会努力的。我说还是要努力学习，她立刻不高兴了，她反对我说她在美国最主要的任务是学习。于是我只好又说她当然应当把主要的精力放在玩上。我这样说过之后她才又笑了。

是的，我知道若若已经很努力了，而且她本来就是个知道努力的孩子，我干吗还要督促她呢？她已经最大限度地克制了自己的“玩心”，以至于从小到大，她几乎就没有彻底放松地去玩过。学习学习总是学习。从学钢琴到学英语再到一年一年的课程。记得有一次女儿愤怒地对我说，她不开心，因为她已经连玩的时间都没有了。说到不能玩的时候她甚至流下了眼泪，那种委屈极了的感觉。她梦想的生活是由玩组成的，但看来她的梦想是永远实现不了了。但作为对玩的梦想的怀念，她决定拒绝任何人对她的学习的督促，包括我。

说了主要的事情还是玩后，女儿才同意和我继续对话。其实我很怕她在电话中会不高兴，因为她如果因我而不高兴，会让我很长时间不安心。所以我必须立刻就将女儿的心态调整过来，我要她在这个电话结束前就能化干戈为玉帛。

幸好女儿不是那种犟脾气的小孩，很快她便高兴地告诉我，她们的那个由15个女孩组成的女声合唱小组每星期三都要练习，而她在学校管弦乐队的演奏每一天都要练习。所以妈妈，我真的非常的忙，活动也特别多。要上学要运动要做功课，还要有很多很多的家庭活动，出去吃饭，和朋友聊天，因此每一天的生活都是非常紧张的，所以我真的没有时间给家里和国内的朋友们写信或者发E-mail。她说她收到了我们的信、外公外婆的信还有朋友们的信，只是，也许……

女儿正在积极地融入到美国的生活中，而且她已经做得非常好了，她正在成为她的新生活的主宰。其实我是欣赏她这种积极进取的生活态度的，尽管我时常会在心里抱怨她为什么总是不给我们写信。她有她的生活。她要生活得好就必须全身心地给予生活，那样生活才能接纳她。而她只有成为了新生活的一部分，她才能生活愉快。我理解在新的生活和人群中成长的女儿为什么会那么忙。我知道她要应付的事情实在是太多了。而只有她完全应付自如了，她才算真正融入了她的新生活。而融入一种陌生的环境又是需要付出时间和精力的，她要和亲人亲近，和朋友友好，我们总不能让她终日躲在自己的房间里只忙于给我们写信吧。她要适应的是美国的生活，而不是纠缠在亲人之间的儿女情长中。这时候用感情困扰她当然是不合时宜的。我知道此时此刻对女儿来说最重要的是什么。

于是我说，你不用给我们写信，真的不用，我也会向你的朋友们解释的。不要为家里的事情分心，我们都特别好，也不像开始时那么想你了。再说我每周会给你打电话，能听到你的声音，知道你生活得很好很快活，知道南希和John和你的朋友们都很爱你，就足够了。妈妈也就放心了。我说我只希望你能在美国快快长大。

就这样，想她，充满了矛盾的。每天打开电脑，都希望能读到她的信，但又怕写信会耽误了她那么紧张的时间。我想这就是一个母亲的爱。后来没有多久我就让自己懂得了一个母亲真正的爱应当是怎样的，那就是只以女儿的“好”为前提。爱她并不意味着每天守着她，无条件地伺候她。不，不是这样的。那么，爱是什么？那就是女儿能好。只要她好。

仅仅一个多月，女儿仿佛就成熟了许多，她甚至已经能够任意安排自己的生活了。

在美国，女儿长大了，以她特有的方式。那是在我们身边所不能获得的一种成长。那成长中包含了一种健康的、自信的，如阳光一般的美国精神。

瑞贝卡的钢琴

北京，4月，最美的季节。我们坐在长城饭店的大厅里，等着杰瑞和瑞贝卡。

那天很冷，4月中少有的寒冷，漫漫风沙侵袭着北京的灿烂。杰瑞和瑞贝卡在那个有点寒冷的早晨去了长城。尽管黄沙漫漫，但他们还是惊叹地说，长城太美了！长城太伟大了！

杰瑞和瑞贝卡是女儿美国的朋友。因为他们首先是南希和John的朋友。杰瑞是父亲，瑞贝卡是杰瑞的小女儿。瑞贝卡就是为了她的父亲，才策划了这次随那艘巨大的英国游轮旅游东南亚并到中国来的。他们在北京只能停留短暂的两天。他们从美国出发前就给若若发来了电子邮件。John还特地接通了若若和杰瑞的电话，约定了我们在北京见面的时间。若若很高兴。因为杰瑞和瑞贝卡要来。因为她爱杰瑞和瑞贝卡，爱他们的那个美好的家庭。因为在美国的一年中，他们曾给予了女儿最慷慨的馈赠——那架瑞贝卡的钢琴。

女儿从5岁起就开始学钢琴。那是因为我在她5岁的时候就为她买回了那架钢琴。从此钢琴就成为女儿生命中的一部分。从此冬去春来，四季流转，钢琴从没有离开过她的生活。现在她的钢琴依然摆放在家中的厅里，陪着女儿长大。女儿是那么爱她的钢琴，以至于当我们说起想为她换一架大一点的钢琴，她都会流着眼泪拒绝，说不。那是她的琴，只属于她。她太喜欢她的这架钢琴了，并且永远不会离开它。但是，离别还是到来了，因为她要去美国，整整一年，她当然带不走她的琴。

于是，这就成为女儿到美国去的唯一的缺憾。因为在南希和John的家中没有琴。而此前若若在国内从来没有停止过她的钢琴课，也从来没有停止过每天的练琴。后来我们就只能寄希望于诺维尔中学的琴房，期望着女儿能够在学校的琴房中坚持练琴。为此我甚至为若若带去了好几大本钢琴的曲谱，我希望，在美国，钢琴依然是女儿生活中的一部分，能带给她每一天的欢乐、阳光和好心情。当然我们也想到了在学校中练琴的可能性也许是没有的，这就是女儿为什么在选择诺维尔高中的课程时，选择了乐队。她希望在乐队每天的排练中，能亲近音乐，能坚守她生命中关于音乐的那宝贵的一部分。

这样女儿来到了美国，带着她心里的那流转的旋律。南希和John感觉到了这一点，感觉到了在女儿的生活中没有了钢琴就不再是完整的。他们感觉到了是因为他们是那么爱女儿。全世界不是每一个AFS家庭都能感觉到这一点的，也不是每一个AFS家长都能够想方设法不遗余力为那个AFS学生补上这缺憾的。

然而南希和John却做到了。所以他们是世界上最好的AFS爸爸和妈妈，是女儿最亲的亲人。因为只有亲人才会在孩子需要的时候，尽心竭力地去满足她。不知道是通过怎样的努力，有一天，女儿所期盼的钢琴就翩然来到了女儿的面前。就像是在女儿5岁的那个难忘的冬季，在那个迷蒙而清冷的夜晚，我们把女儿的钢琴带回了家。不知道女儿是怎样在美国再度享受了那拥有钢琴的历程。后来重读南希和女儿的来信时发现，那个伟大的钢琴到家的过程竟然已经被她们一天天地记录了下来。

8月27日南希在信中说：

星期天若若在邻居家的钢琴上演奏。John听着，他流下了眼泪。他是如此地为他的这个新女儿骄傲（我们甚至崇拜她），我们都非常喜欢她。那是女儿刚刚到达美国的那个周末。她到那个陌生的国度中才刚刚两天。

9月11日若若在信中说，今天John带我去了一家钢琴店，他们想给我买一架钢琴，有个男孩可以教我弹爵士乐。

9月16日南希说，若若把音乐带进了我们的生活，我们肯定将继续让她弹钢琴。她对爵士乐有很大的兴趣，我们将安排她的钢琴课。

9月28日南希说，希望不久钢琴就能来到我们的家，那样若若就能继续弹琴了。

10月1日若若的信，我也许很快就会有一架钢琴了。因为John和南希的一个朋友要搬家（他们住在一所有着200多年历史的老房子里，屋里有5个壁炉，棒极了，家具都是最古朴的颜色），所以他们能把钢琴借给我一年，听起来很棒，是吗?

10月8日南希的信，明天若若的钢琴到家。从此，我们的家中将充满她美妙的音乐。谢谢你把她送给了我们。她是我们的女儿。我们是那么爱她。而且我们也深知若若是那么爱你，你和若若将永远是彼此生活的一部分。

10月10日若若的信，今天对我来说是一个快乐的日子，因为我的钢琴来了。我将能在家中更多地弹琴了。John正尝试着为我的演奏制作录音并用E-mail传送给你。尽管他一直在非常努力地尝试着，但我还是不能确信你是不是能够听到我的琴声。

尽管我没有能从电脑中获得女儿的琴声，但是我却感觉到了，那每日萦绕在诺维尔家中的女儿的钢琴声。那是女儿，是南希和John，是瑞贝卡一家共同争取来的，那女儿的钢琴曲。

就这样，杰瑞家的钢琴就留在了诺维尔，留给了若若。

从此若若在美国的生活中便也拥有了钢琴。钢琴使若若的生活重新变得欢乐而完整。她是那么喜欢瑞贝卡的钢琴。从此那钢琴陪伴她。从此，莫扎特、肖邦和格里格们的伟大乐曲陪伴她。

后来，若若一家几次到杰瑞在南塔基特岛上的家中做客。南塔基特岛是一个越来越昂贵的岛屿，杰瑞在南塔基特岛上的房子原先是他家的别墅，后来他们的两个女儿都长大了，搬出了家，杰瑞和他的妻子芭芭拉就卖掉了他们在诺维尔的那座有着200多年历史的大房子，干脆搬到南塔基特岛上去住了。那里宁静美丽，远离尘世，那是杰瑞他们晚年最好的家园了。

后来若若也跟那个家庭中比她大许多的两个姐妹瑞贝卡和伊丽莎白成为了好朋友。她在和伊丽莎白一起照的那张照片背后写道：和伊丽莎白在南塔基特岛海滩。她是新罕布尔什的报社记者，负责政治专栏，所以她见过很多政界要人，而且她要为所有总统候选人写报道，然后在报纸上发表。新罕布尔什在总统选举中的位置非常重要，因为新罕布尔什是美国第一个选举的州，其他的州大都向新罕布尔什看齐。所以伊丽莎白见到了所有总统候选人，她是重要的，而且她是那么好。

照片上的若若是那么漂亮，而且南塔基特岛的海滩也是那么漂亮。秋天那棕黄色的茅草，远方是蓝的海，一望无际，直到天海相交的那道蓝色的海平线。那是大西洋。

女儿寄来的另一张照片，是她穿着渔民的服装和杰瑞一家在一起。身后是杰瑞家的大房子。若若在那张照片的背后写道：我们住在朋友的家中。他们也是我们在诺维尔的邻居。我非常爱他们那家人。他们送给我他们的钢琴，带着我去摘小红莓，还教我做圣诞的小点心。在照片上，我们穿上渔民的服装，去挖凿牡蛎，并且我们还捉到了一些扇贝，所以我们就生吃了它们，实在是太有意思了。

这就是杰瑞一家带给若若的欢乐。她是那么爱他们，以至于后来一听到杰瑞和瑞贝卡要来，她就忙着为他们买礼物。因为她知道杰瑞一家所带来的，将永远是他们对她的爱。

后来杰瑞和瑞贝卡果然来到了中国。后来我们果然在长城饭店的大厅里见到了他们。

这是一种怎样的美好。这在很多人看来是难以想象的，令人震惊的。是的，有几个家庭能像杰瑞和John那样，能把如此慷慨的爱给一个陌生的小女孩？是的，如果没有伟大的爱，是无法做到这一切的。

如今一年已经过去，但每每回忆起钢琴到家的那个时刻，仍旧被深深地感动着。想想那个美丽的过程，从女儿抵达诺维尔，到杰瑞家的钢琴来到家中，这期间只有50天的时间。而在这50天中，南希和John没有一天不在想着该怎样为若若恢复她一直不曾间断过的钢琴课。仅仅是因为爱。仅仅是因为爱他们便会想尽一切办法来满足女儿所有的愿望。他们或是满怀深情地听她演奏，或是带她去钢琴店，而最终又有杰瑞一家的爱参与了进来，若若便获得了她的美国的钢琴。她多么幸运。

然后她从音乐老师那里接受了一首很大很难的曲子，为了在学校明年的春季音乐会上演出。

后来在网上看到了John发过来的若若弹琴的照片。便是在那张照片上，看到了杰瑞家的那架伟大的钢琴。棕黄色的，一种非常柔和的色调。女儿每天练习着，那些熟悉和不熟悉的乐曲。那是她的钢琴。那是他们大家的钢琴。是杰瑞的，是芭芭拉的，是伊丽莎白的，是瑞贝卡的，是南希的，是John的，当然也是女儿的。那钢琴里浸满了爱。

琴就在一楼的客厅中。在一楼客厅中的那个美丽而温暖的角落。

想若若每天就是坐在那温暖而美丽的角落中，弹奏着，那些永远令她的亲人骄傲而感动的乐曲。

而在钢琴旁的，蹲在那里的，永远是莫莉，那只金色的牧羊犬。

不知道为什么莫莉总是蹲在钢琴边听女儿弹琴？它就那样乖乖地蹲在琴凳

旁，倾听着。真是太神奇了，因为自从女儿开始弹琴，她的钢琴上就一直摆放着一幅几乎是同样画面的画作。一个很小很小的小姑娘，她大概只有5岁，就是女儿开始弹琴的年龄。因为只有5岁，那个小姑娘的腿甚至被高高的琴凳悬着，踩不到踏板。但是她弹琴，天真而稚嫩的。而在钢琴的旁边，就是一只像莫莉那样的牧羊犬。女儿弹了多少年钢琴，那画就陪了女儿多少年。那画依旧在钢琴上，并且已经成为了钢琴的不可分割的一部分。那是钢琴的一个完美的延伸。那么美，想不到那美的画面竟成了现实。这是怎样的转换。如今女儿长大了，她的腿长长了，她可以坚实地踏在钢琴的踏板上了。她去了美国，有了小狗莫莉，又有了杰瑞家的钢琴。

她是多么快乐，和瑞贝卡的钢琴在一起，和爱在一起。

女儿不在家的日子

慢慢地开始适应这种没有女儿在身边的生活。

而要减轻因思念女儿所带来的苦痛，对我来说只有一种方式，那就是用做更多的事情来转移我的注意力。难以想象如果没有别的事情可做，而每时每刻想着我远去的女儿会是种怎样的情景。那是种折磨。我努力克制着自己。我要求自己去做那些我本该去做的事情，譬如写作，还有那些不该做而还是去做的事情。这样其实仅仅是为了占满我心灵的空间，所有的空间。那原本是被女儿充满的。

我真的已经开始了我的写作。我知道这是女儿最希望我做的。为了她的愿望，我写。除此之外在10月到来的时候，我又主动去做了一些我本来不会去做的事情来分散我的注意力。我先是用了5天的时间为报纸写了一篇很长的报告文学。紧接着我又作为天津市举办的世界体操锦标赛的一名特殊的作者，采访了大赛中的各种主持人，包括中央电视台的孙正平和宁辛。那是一段我让我自己非常非常忙的日子。我不仅要到体育中心观看体操比赛，要在现场采访那些辛勤工作的主持人，还要在他们休息的时间，到饭店去和他们聊天。总之，繁忙的采访和写作，差不多占据了我思维的所有空间，以至于在那段时间里，我竟然真的顾不上想念女儿了。接下来不久，我又参加了我的母校南开大学80周年的校庆，那也是一段令人难忘的经历，母校的光荣历程让我们激动了很久。

于是女儿就这样被“遗忘”。或者，思念女儿的苦痛就这样被缓解了。当然我依然想着她并且惦记着她，但是这种思念已经变得很健康了。在那样的时刻，我知道我太需要这种健康的心态了。不能总是那样自己折磨自己。

健康的思念状态是：在观看“世体赛”的时候，我会将女儿最喜欢的俄罗斯体操名将聂莫夫和体操皇后霍尔金娜的表演拍成照片，我会买各种关于这次“世体赛”的纪念品，譬如T恤衫和纪念的徽章给女儿寄去；我会把我在母校校庆时听到的数学家陈省身先生精彩的讲话记录下来，写信告诉女儿，让她在遥远的地方也能和我一道共享这人类的思想与文化……

我这样努力使自己获得解脱，但是如果一些天接不到女儿的信，我还是会沉不住气，心绪恍然。我在这个金秋10月的日记中曾写道，她让我想念，也让我生气。因为她总是很少写信。当然我知道她很忙，就像我们大家都很忙一样。但没有她的消息，心里就惶惶的。是因为爱她才怪她。于是梦见她，连续梦见她。因为太想了，所以会做梦。感谢她来入梦。而梦里见到，白天就更是惶惶。我一定要给她打电话，一定要听到她的声音，一定要听到她亲口对我说，她很好，特别好。

然后在女儿的晚上，就拨通了她的电话听到了她的声音。声音是她走后唯一我能够感触到她的东西，除此我不再拥有她的任何东西，我甚至看不到她的微笑……而电话多么好。那种和女儿通过电话之后的踏实感和安全感让我满足。尽管那感觉的获得是昂贵的，是以高额的电话资费支撑的。

进入10月，最先是国庆节，而且是50年大庆。记得国庆节一早就和女儿通了电话。告诉了她我们大家正在电视上看天安门广场盛大的阅兵式。

然后在10月1日的晚上，我就收到了若若《国庆节快乐！！！》的E-mail。那是她代表南希和John的国庆节祝福。她在那封信里说希望你们节日快乐。我一切都好。因为我的生活很快乐。周末的时候，一对英国口音的夫妇来家里吃饭。很难想象我是多么喜欢他们的口音，那种英国的口音。丈夫是化学家，喜欢文学。他在牛津上的大学，而他告诉我，哈佛才是最好的。此外我还见到了John的表妹和她的男朋友。那个男朋友曾经是一所非常有名的加州大学的校长。他大约65岁，也许更多。他有7个学位，知道所有的事情。他并且自己造字，非常酷。总之我总是能遇见很酷的人。所以我的生活总是很有意思的。

国庆期间，作为礼物，我还收到了John在网上为我们发来的女儿非常沉静美丽的照片，很艺术的那一种，是在照相馆拍摄的。无疑那是南希和John最喜欢的照片，因为发送这些照片的那个标题就是：一张照片胜过千言万语！！！

然后John在照片的下面写道，这是世界上最漂亮的女儿。你看她是不是正在成为明星？希望这对于你们的节日来说是最好的礼物。

后来知道那是女儿为她的诺维尔中学年刊拍摄的照片。后来女儿也在她的信中问我，妈妈你觉得我漂亮吗？我说真的很漂亮，并且你的漂亮的照片带给了我们长长的欢乐和幸福。

收到照片，看到了女儿，本来应该心满意足了，可是反而又迫不及待地给她打了电话。那是她的晚上，电话打得很长。从她的声音中听出了她感冒了（那是女儿在美国一年中唯一的一次感冒），于是着急，问她，是不是不舒服？她立刻说她已经好了。她反复说她真的已经好了。不知道在听到女儿感冒的声音时是怎样的一种忧虑，好像连天空都立刻变得灰暗。她病了，不舒服，而我又不能在她的身边照顾她，这是最让一个母亲难受的。

她说妈妈你真的不用担心。她说你想知道我的学习吗？你要是再乱着急我就不和你说了。她说我的英语继续很好，最近欧洲历史也赶上来了，刚刚得到了一个100分。她还说她在音乐小组里的表现也非常好，音乐老师特别喜欢她，并且这个周末她的钢琴就会到家了。

她还特别说了一些在马萨诸塞州读大学的事。她说这里的大学太好了，你只要走进这里的校园，就会觉得你如果不能到这样的大学读书，将会是终生的遗憾。所以她特别希望能到美国来读书。她说John答应我临走之前在美国考一次托福。而且他们也会在她来美国读书的问题上帮助她。她说在这里可以边上大学边打工。甚至这里给别人看小孩每小时都可以赚6美金，这还是赚钱最少的。美国正在使女儿改变着她的价值观念，她甚至已经觉得打工赚钱是一件能够帮助她成长的事情了。

若若还介绍了她的朋友们。她说那个哥伦比亚男孩迪戈确实不错，还有丽兹，丽兹也是她的好朋友。这个周末丽兹就会住在他们的家里。而且从周五开始，他们要连续放假4天，因为这是美国的哥伦布节。哥伦布显然在美国的文化中很重要。因为是他航海发现了美洲大陆，所以在某种意义上说，没有哥伦布也就没有美国。所以哥伦布将主宰着美国。他将是美国永远的父亲。

总之女儿很好。她说她可能希望我给她寄一些CD过去，她说她会写信告诉我她想要听的是什么。但是最终她还是没有要她原先的那些CD盘，因为她欣赏音乐的品位，已经和她在国内时大相径庭了。

若若说最近他们刚刚给我寄来了包裹。其中有给我的哈佛T恤、哈佛水杯、一封信，还有她送给李雨氓的一本关于美国歌手茱儿的书，她知道她的朋友真正喜欢的是什么。

她还告诉我两个月来，她总共才花了80美金。因为她没有什么可买的，但是南希和John为她买了很多东西，并为此花了很多钱。

若若还说了南希波士顿银行将要和纽约银行合并的事。她告诉我南希已经不想在那家银行做了，她想找一个新工作。但在此期间，银行将为南希这样的资深主管人员提供一年半的全工资。

南希去了南卡罗来纳州，今晚才会回来。

然后她说到莫莉和奥维尔，就像是在说她的兄弟姐妹。她说莫莉在她的房间里睡觉。奥维尔是坏蛋，她总是和奥维尔打架。

诺维尔已经很冷。她要穿长裤和绒衣了。问她要不要什么衣物，她说她什么也不需要。

她最后还说他们去摘了苹果，摘了很多很多苹果到家里来。

电话中主要是若若在说。听得出她非常开心，她的心情是舒畅的。而让我特别高兴的是，女儿已经开始独立思考她的未来。譬如她想在美国上大学，譬如她想在美国考托福，譬如她想到了要边上学边打工。总之她开始设计自己，哪怕那仅仅是梦想。

我欣赏女儿这样的姿态。因为有了目标她才可以为此而努力。想想我生她养她把她带大，事实上也只有一个愿望，那就是她能读最好的大学，受最好的教育。我们一直在为此而奋斗着，如今女儿也加入到这个为她的前途而奋斗的行列中，我怎么能不为她的这一份对自己的责任而欣慰呢？

几天后网上又出现了女儿的另一组照片。她戴着很“酷”的五颜六色的头套，并且和她的好朋友丽兹在一起。和那些很“酷”的照片一道，女儿又写来了信，她说，嗨，妈妈，这些照片是我。你觉得怎么样？我用英语给你写信，所以你不得不改变你的阅读方式，你觉得这个主意怎么样？

那是10月10日。若若说今天我们去了一家商场买东西。我买了一条CK牌的牛仔裤，它看上去很酷。丽兹·肯尼迪——不是前任总统肯尼迪的亲戚——和我们一道度过了周末。她是个非常好的女孩，我很喜欢她，将来我想让她来中国。

今天对我来说是一个重要的日子，因为我的钢琴来了。从此我每天都可以在家练琴了。John正尝试着为我的演奏制作录音并E-mail给你。尽管他一直在非常努力地工作，但我还是不能够确信他是不是真的能成功。

照片上的我看上去怎么样？但不论怎样，我依然是几个星期以前离开你的那个甜女儿。我希望你好，并期盼着不久再和你说话。

喜欢接到女儿这样的信并且和她通电话。我们已别无选择，因为这就是我们的生活。有一天我发现因为常常在日历上记录下和女儿的各种联系，结果日历上遍布着各种密密麻麻的记号，来来往往，热闹非凡：若若的电话、南希的信、若若的E-mail、我写给他们的信，或者寄来寄去的包裹。如此频繁的各种方式的联络，在日历上显示出了一派热火朝天的气象。单单是10月18日那一天，先是早晨和若若通电话，然后是去邮局取回了他们寄来的包裹，同时又寄走了若若生日的包裹。下午给女儿写信，说他们寄来的包裹所带来的是怎样的爱。晚上在电脑上给她发E-mail。第二天清晨又跑到邮局发走了给女儿的信。

如此地繁忙着，那是因为我们深深地想念而又不能在一起的生活。每天的生活。

当完成这一切，我便又开始写日记：

> 今天是20日，若若离家已经整整60天了。想60天后，她在美国的生活一定已经很适应了。60天已经度过，一年的时间就一定也能如此转瞬即逝。就像是眨眨眼睛，这个小女孩就已经离开了两个月；那么再眨眨眼睛，她肯定就能回家了。所以一切都是能度过也是能承受的。就像我们这样。

为了两个月——8月20日到10月20日——又和女儿在电话中说话。这一次打电话真的没有任何事情，只是想用她自信的声音来证明这两个月的光阴。

她说她很好。她马上就要吃晚饭了。她说这里有一个瑞士姐姐家的朋友来哈佛讲学。他懂中文。于是这个懂中文的瑞士朋友便开始在电话中和我用中文交谈。他的中文竟然如此之好，他说他是在北京语言学院学习中文的。他说今后如果有机会再来中国，一定会来天津看我们。后来女儿一家和这个朋友一道去了一个非常漂亮的岛上玩。后来我在若若寄来的照片中，看到了这位来自瑞士的中文说得非常好的朋友。

然后南希接过来电话和我讲话，她并且要那位瑞士的朋友为我们做翻译。

她说玫，我们就像是最好的姐妹。她说我们是那么爱若若。瑞士的朋友果然把南希的英文翻译得极好。接下来南希又和那个瑞士朋友用德语对话。南希用德语说他们明天会一道去哈佛，而南希的德语也是瑞士朋友翻译给我的。就这样在朋友间，在英语、德语和汉语的不停转换中，生活充满了欢乐。

后来若若才接过来电话，她问我，你听懂他们说的那些话了吗？是不是很有意思？她说确实一切都很好。只是诺维尔的温度一进入10月就已经到了0℃。所以她只好穿上那件黑色的外套了。她还说她胖了。我说你不要太胖。然后她就笑了。还说这里的甜点实在是太好吃了，她难以拒绝。她又说她现在自己就会烤那种小甜点了，非常好玩。她喜欢做，也很喜欢吃，所以她只能长胖了，但是她对于她的胖好像一点儿也不怕。后来父亲说，在高寒地带，人就是需要一些脂肪御寒。

她又问我是不是喜欢他们在哈佛给我买的那件T恤衫？问我是不是喜欢哈佛所特有的那种颜色？她又说她参加了那个女生的合唱组。她们的合唱组在一次橄榄球的比赛前还演唱了美国的国歌。并且她现在可以在家中每天坚持弹琴了。

这就是女儿在美国的第60天。

然后他们就开始吃晚饭了。在他们的电话中，听得见背后的那种家里来了客人的兴奋和欢乐，那么熙熙攘攘的。而且显然若若已经完全融入到了这样的家庭氛围中。真是好极了。这是我最最愿意看到和听到的。这就是60天后的女儿。她很快乐，并且已经满怀了生活的信心。

就是这样，若若很忙，我们也很忙。大家都在各自做着自己的事情，并且在其中追求尽善尽美，包括对若若的想念和照料。其实生活就是这样的。

我今天早上8点起床。开始做各种各样的事情。因为很忙，竟也觉得生活是如此之好。我要努力享用我所经历的每一天。我要好好工作，我想若若也会喜欢我这样的，在她不在家的日子里。

万圣节化妆舞会

10月的最后一个周末是万圣节。而万圣节一开始，就等于是拉开了美国冬季接踵而至的各种节日的序幕。11月的感恩节，12月的圣诞节，1月1日，全世界的新千年，还有女儿在12月7日的生日。总之一个节日挨着一个节日，那将是女儿最欢乐的时光，也将是她的美国经历中最华彩的乐章。

之所以熟悉万圣节，是因为1994年我到美国访问的时候，刚好赶上了万圣节，而且是在纽约。而纽约对于国外的来访者，本来就是个不太安全的城市，所以接待我们的项目官员特别提醒了我们，在万圣节的那个晚上，最好不要上街。

但是无论如何，万圣节的夜晚还是充满了诱惑。特别还因为那是在纽约。想一想，纽约的万圣节的夜晚，那将是怎样的刺激。

而在此之前的旅途中，我已经感受到万圣节那浓浓的味道了。因为所到之处，满眼皆是南瓜。特别是在长岛那些漂亮的房子前，每一个房子前的花园中，都用南瓜和稻草人装饰得非常漂亮。尤其是我们在长岛入住的那家叫做East Norwich Inn的乡间旅店，服务台上悬挂的那张巨大的蛛网，就更是提示了我们，这个令人疯狂的万圣节就要来了。而纽约的夜晚，将更狂欢……

于是在女儿的万圣节即将到来的时候，给她写信，说我所经历的纽约的万圣节。在给女儿写着这些的时候，突然发现，我得以在1994年访美，得以有了在美国的经历，对我和今天同样在经历美国的女儿来说有多么重要。至少，这让我们有了很多关于美国包括美国人、美国的城市以及美国节日的那些共同的并不陌生的话题。

若若接到我关于万圣节的信后，一定是把我的经历告诉了南希。于是南希在写给我的信中说，若若告诉我你访问美国时在纽约看到的那种万圣节游行。那是非常奇异、非常怪诞的美国式游行！12年前我住在纽约时也看到过这样的游行！男人们是疯狂的——而又充满了创造力！那是种同性恋的游行。而这种同性恋的游行通常是在万圣节的时刻达到高潮。万圣节的本意是用来驱鬼，但同时也给了人们一个“发泄”的机会。

后来女儿在电话中告诉我，他们全家正在准备万圣节。过两天他们还要去买南瓜和稻草人。他们要在房前房后的花园里营造出万圣节的氛围，还要把南瓜刻成比鬼还要可怕的样子。万圣节还是个令小孩子们快乐的节日。因为他们可以提着篮子到处去要万圣节的糖果。若若虽然已经16岁了，但她还是个孩子，所以她为了这样的一个堪称“酷”的节日兴奋极了，她说他们这些AFS小孩和美国的朋友们，会有一个非常精彩的化妆舞会。

后来John很快就把万圣节舞会的照片放在了网上。那是一个有点疯狂而且一定是非常有意思的舞会。所有若若在诺维尔的朋友都聚在了一起。那是一个十分灿烂而且色泽鲜艳的舞会。很出格的化妆，但却充满了孩子们非凡的想象力和创造力。大概也是一种释放的方式。这样的化妆使孩子们很感兴趣，怪异中又充满了一种诙谐的色彩。譬如迪戈扮做了一头“大奶牛”，丽兹装作了一只“小蜜蜂”，阿娜伊斯穿着非常性感的红裙子，而若若则出演了一只“千年虫”。还有邻家的那两个非常可爱的小姑娘，她们正掀动着天使的翅膀，提着草篮要好吃的糖果。

不知道若若做“千年虫”是一种怎样的感觉。但是在那个世纪末，“Y2K”肯定是最可怕的，因为谁都害怕他们的电脑被“Y2K”袭击。所以若若的“Y2K”才能够在万圣节上大放异彩。其实谁也不知道那个真正的“千年虫”是什么样的。但是若若把它想象成了那种头上缠着电线，脑门上写着“Y2K”，眼睛是金属色的，而胸前挂着键盘的危险分子。做了“千年虫”使若若很开心。那是万圣节带给她的欢乐。

后来南希又写来信，她告诉我，上个周末是万圣节。她说，我想若若喜欢万圣节中的每一分钟！她将会带着万圣节的欢乐回到中国！鬼节！朋友们都很“鬼”！

“诗意的年代”

刘仪伟打来电话。这真的令我惊异。不知道打电话的刘仪伟是不是就是中央电视台那个很特别的讲着怎样做菜的小男生。后来知道果然就是那个刘仪伟。他因为将饮食讲得很文化而拥有了很高的收视率。他是川大的毕业生，对两晋文学尤为热衷，特别是他小小年纪就已经在北京的演艺圈里混了10年。他在“半边天”栏目中所做的节目也非常棒。我所看到的那一集，是介绍一位专做中国传统服装的现代女性。那种很特殊的调子。

因为就是那个刘仪伟所以我告诉了他，女儿是怎样地喜欢他的做菜节目。特别是在去美国前的那个夏季，她差不多每天都要和外婆一道等着看刘仪伟在电视中做菜。她尽管从来不会做菜，但却总是对做菜的节目情有独钟。于是刘仪伟当即答应，立刻寄过来两册他刚刚出版的《刘仪伟白话天天饮食》。一册送给我的母亲，另一册送给我远在美国的女儿。后来我在给女儿一家寄圣诞礼物时，把刘仪伟的书也一并给她寄了去。她收到后果然非常高兴，她要我向刘仪伟转达她的谢意。后来回国时她又把刘仪伟的书，转赠给了在美国家中同样热爱做饭的John。

刘仪伟打来电话是希望我能参加一部由他做制片人的电影。这是一部很先锋的电影，也很有探索的意味。导演是曾在国际上拿过很多大奖的吕岩。电影的前一部分由作家们以笔会的方式表演。讨论什么是诗意，以及这个年代是不是还有诗意。显然这是个企图浪漫的主题。下一个部分就进入真正的电影了。由王志文和一个漂亮的女演员共同完成。他们邂逅于这次作家的笔会。只知道他们曾经相爱过。结局是什么？不知道。可能是开放式的，叫人去猜。尽管最终刘仪伟的电影未被通过，但作家们还是纷纷被请去了四川郫县，在一个美丽的度假村里友情出演。每天吃着真正的川菜。

和我乘同一架飞机的是美国来的阿城，还有王朔、林白和刘仪伟。到了度假村就看见了先期到达的徐星和丁天。都是久违的朋友了。紧接着是从上海飞来的陈村和须兰。正在成都的马原也是每天走读。其间又来了一位叫尹岩的女士。尹岩从法国回来，非常时尚。后来她时尚地做了《健康之友》。她是法方的代表。再后来她的名字又出现在《ELLE》上。想来她已经非常得心应手于这类国际性时尚杂志。最后赶来的是方方和棉棉，那时候“诗意的年代”已进入尾声。听棉棉讲话很令人震惊，很多在座的作家都有这种感觉。我觉得能认识棉棉很重要。

后来，在四川的美好日子里，吕岩和刘仪伟的电影似乎已不再重要，重要的是多年不见的朋友们又可以聚在一起每天聊天了。

在接到刘仪伟的电话后，我并没有立即答应他。因为当时已答应了湘泉之友报社去湘西，几乎是在同一个时间，而湘西又一直是我想去的地方，湘泉之友报社也是几次盛情邀请。但最终我还是选择了四川。因为对我来说，四川的事情和朋友似乎更有意思。当然第二年我还是随湘泉之友报社的朋友们去了湘西。

因为要出门，便首先想到了女儿会孤单。其实女儿根本就不在我身边，不知道为什么还会有女儿会孤单的感觉。只是觉得一旦我走了，就连用电话或电脑和女儿联系的机会都没有了。所以心里恓恓惶惶，那种断了音讯的恐惧，因此特别特别惦念她。

11月，虽然天气还不太冷，但已是那种真正的秋天。很灿烂的那种秋天，辉煌而壮丽的。没有满目凄凉，秋在寒冷中英勇挺立。尤其走在家门前的那条小街上，总有很温暖的秋风吹来。但是有一天，突然之间风便刮得很大，并且将满街的落叶卷挟。然后就是黄色的叶的雨，迷迷蒙蒙的一片，让人睁不开眼睛。冬季就这样到来了。想着女儿是在夏末离开我的。她走了已经3个月。想诺维尔那里一定也是一片秋的烂漫和英勇，而她的家更靠北，会更冷吧。

接刘仪伟电话的第二天，便给女儿打了电话。告诉了她要和刘仪伟拍电影的事。她当即很兴奋，说太好了。还要我尽快把刘仪伟的“做饭书”寄给她。

在电话中得知南希和John 9号时也会离开女儿到伦敦去。尽管他们只是短期的旅行，我还是为独自留在家中的女儿焦虑了起来。她要独自在家，而且在那么遥远陌生的地方。不知道为什么会这么凑巧，我们竟一下子全都要离开女儿。我6号离开天津，他们9号走。我最快也要12号返回，而John回家的时间是15号，南希接下来还要到瑞士去。这样从9号到15号，女儿就会有整整6天是独自在家的。独自在家的女儿很让人担心，我想如果这时候我能不去四川，就能够每天给女儿写信或是打电话了，在遥远的地方陪着她。

后来证明我的担忧是多余的。因为南希和John在临走前已经为女儿安排好了一切。他们把他们的这个宝贝女儿妥善地交到了好朋友的家中保管。女儿将住在丽兹家，可可家。丽兹家和可可家也都为女儿安排了非常有意思的活动。另外的一些时间她将和南希的妈妈一道在他们自已的家中度过。事实证明女儿独自在家的这些天的确很精彩。所以对女儿来说，那可能也是她的一个自由自在的“诗意的年代”。

出发前又给女儿发了E-mail。

妈妈明天就要离开家了，去成都一周左右，所以恐怕只能回来后再给你打电话了。这期间你也刚好不在家。南希写信告诉我了，说他们去伦敦期间你会住在朋友家。希望你每一天都能生活得快乐。相信你不会有问题的。小鬼当家。这样你也许能更快地成长。独自在家一定要好好照顾自己。这也是你成长中非常重要的一部分。记着妈妈非常非常爱你。无论走到哪儿我都会想着你。只是走后就不能给你打电话了，但你就在我心里。这是永远也不会变的。

这样带着对女儿的思念上路。到成都后也曾几次尝试着给女儿打电话。我知道她什么时候和外婆在家，什么时候住在她的朋友家。但是尝试过各种办法，终因郫县的遥远而没能和女儿通上话。我们住的美丽的度假村甚至连IP电话也打不了。

于是，尽管那是一次很好的经历，令人难忘，但终因惦记着独自在美国家中的女儿而归心似箭。拍摄刚刚完成，我便立刻提出了回家的要求。我知道那时候女儿可能已经回家和美国外婆一道住了，所以我要快点回家守着电脑和电话。守着电脑和电话就等于是守着女儿。我知道那会让我在感觉上和女儿更近些。

回家后的第一件事就是在电脑上给女儿写信。这是最快的和女儿联系的方式了，我要让她知道我已经回家。

想不到第二天就收到了女儿的回信。她的信很长。她那么详细地为我讲述了她独自在家的全部经历。她说她生活得好极了，还说很高兴你在四川也玩得很开心。

因为收到女儿的信才知道她已经回到了家。于是第二天一早我就给女儿打去了电话。我太想太想她了，想立刻就听到她的声音。

女儿很高兴的样子。那时候John已经从伦敦回来，这样她就不得不结束了独自在家自由自在的生活。她问我，是不是看到了她的信，外公外婆是不是也看了她写给他们的信。她还问我，是不是能读懂她的英文，又说南希和John已经想好了一条去意大利的旅游路线，那时我们将会在意大利会合。女儿所说的这些虽然仅仅是一个设想，但却是美好的，令人期待的，因为女儿知道，我最最渴望的就是能到意大利去旅行。

若若还让我告诉李雨氓，说南希和John在英国为她买了“曼联队”的T恤、手套和围巾。那是若若最喜欢的，她相信也是李雨氓最喜欢的。所以她认为李雨氓会为她得到的非凡的“曼联队”礼物而欢呼的。

现在好了，我们都回来了。从此就远远近近地守候着她。

一个真正的“诗意的年代”，在我们的家中。

因为我们有女儿。还因在女儿的身边有南希和John。是他们在关爱着我的女儿，也是他们在创造着我们这个世界的诗意。

有七面山墙的房子

赵若若

10月31日，Holloween（万圣节）。

我在万圣节的前一个周末，和朋友们一起去了一个叫Salem的地方。Salem应该算是美国一个非常有名的小城镇。因为那里便是众多“女巫”和她们的猫一起被绞死的地方。很可怕。但那已经是太久太久以前的事了。

我和我的朋友们在Salem的街上晃来晃去。反复把头伸到随处可见的各种绞杀女巫和猫们的绞首架中，摆出各种惊恐的怪相，拍了很多照片。

不过我们在Salem还是做了一件有意义的事情，那就是我们走进了霍桑的故居。走进了他曾经住过的房间，看到了他曾经用过的银器，还穿过了他曾经使用过的冰冷的暗道。于是觉得霍桑就在我身边了。因为我曾经读过他写的《红字》，这座房子让我仿佛感受到了霍桑的思想在跳跃。但忽然想到他的《红字》并不是在这里创作的，他在这里写出的其实不过是一部不太有名的小说*House of Seven Gables*（《有七面山墙的房子》）。于是，霍桑又顿时在我的眼前消失了，甚至他的思想也被他带走了，只留下这座老房子中的一张大床，一些生了锈的银餐具和那条阴森可怖的暗道……嗨，我不能就这样眼看着他走了。为了抓住那个正在远去的房子的主人，我便转身冲进纪念品店，疯狂地买了许多印有霍桑头像的纪念品，以至于同行的朋友们都以为我疯狂地爱上了一个死人。当然我没有。因为那是霍桑！

穿过花园，便要和这个有点古怪的地方说再见了。回头看这座有七面山墙的房子，便觉得它的确很不寻常。再看，竟看到霍桑正倚在他二楼客厅的窗户前向我挥手，甚至还有微笑，那种休·格兰特式的英国绅士的微笑。我吓坏了，拔腿就跑。我当然不会看到一个死人，连他的魂灵也不会看到，那一定是女巫在作怪。

在离开Salem前，我和我的朋友Liz进了另一家礼品店，又是一个古古怪怪的地方。看店的是一个50多岁的小老头儿，皱皱巴巴的，戴着一副比玻璃瓶底还要厚的眼镜。他就是通过这样的眼镜上上下下打量我和Liz的，仿佛他生活在一个很遥远的年代，而我们就像是什么天外来客。我们经过他身旁往店里走，又看见一个穿紧身皮裙，紫红色头发的女人正在和一个有文身的彪形大汉说话。那女人的眼睛竟然也是紫红色的，真是太神奇了，我正想走过去和她讲话，却被突然抓住我的Liz拽走了。

Liz把我拖了出来，很紧张地小声对我说："看到了吗，那个老头儿的耳朵会动！"

"所以呢？"

"什么所以呢？你不觉得这很可怕吗？"

"这有什么大不了的，很多中国人的耳朵都会动。"

"OK，可并没有多少美国人的耳朵会动，再说，你看见那个女人的眼睛了吗？"

"她的眼睛怎么啦？"

"Rooster（我的名字）！红颜色的眼睛！"

"紫红色的，很有个性。"

"一个很有个性的女巫吧！（A witch with a lot of attitudes！）"

后来知道这一次我们来Salem的原因，其实就是为了让我们这些国际交流的学生知道，究竟什么是万圣节。但连Liz这样的美国小孩儿在这里都被吓得周身发抖，看来七天后的万圣节就真会是名副其实的鬼节了。

而Salem这个地方，霍桑有七面山墙的房子和礼品店中那些奇奇怪怪的男人和女人，还仅仅是美国人所热衷的这个鬼节的序曲。

独自在家

独自在家对女儿来说也是一段很重要的经历。

但是刚刚得知女儿将独自在家的消息时，那油然而生的焦虑和担忧简直无以言说。于是想起那一年我在纽约的一段独自一人的可怕经历。和一个朋友去世贸大厦，在空中花园分手，朋友去办自己的事，而在约定的时间朋友未能准时赶来。那一段焦虑万分的等待几乎令我绝望。我觉得我可能再也回不到我的饭店了。陌生的纽约，我独自一人，而语言又不通。我被丢失了。后来就写了那篇《丢失在空中花园》。

而如今女儿就要独自在家了。也是在美国，在一个那么遥远的地方独自在家，于是特别特别地牵念她。不知道在未来的几天里，她将怎样独自度过她自己的生活。

那是在11月3日的电话中，女儿竟然非常兴奋地告诉我，南希和John9号要到伦敦去，我就能一个人在家了。她这样说着，就好像一个人在家是一个非同寻常的节日。

一个人在家？我一下就慌了。

是啊，你不用着急。John5天后就会回来，南希要在瑞士多待一周，去看望若若的瑞士姐姐瑟若一家。

我说，你怎么能一个人在家呢？是的，我太担心她了。毕竟女儿要独自生活，不知道她会不会照顾好自己。

大概是听出了我的焦虑，女儿便立刻安慰我，她说妈妈，真的没关系。她的美国外婆会来和她同住，她可能还会住在丽兹或可可的家中，她们都是她的好朋友。而且她还会去照看邻居家两个非常漂亮可爱的小女孩，为自己挣一点零花钱。总之一切会安排得非常好，她要我一定别为她担心。

可是，她怎么能独自在家呢？过去在家的时候，她几乎从没有独自在家过。家里不是有我就是有外公外婆，总之总是有人陪着她。

也许是听出了我的慌乱，女儿又努力告诉了我很多别的事。

她说她现在的功课不错。英语刚刚又拿到了一个A。几天前，John帮助她和迪戈做了一个捕鼠的驱动器，很成功。这也是作业。女儿说，不过这样的作业没有John她是完成不了的。另外，她的曲棍球运动下周还有最后一场比赛，然后这项运动就停止了，因为诺维尔的天气已经很冷，冬天就要到来了。接下来学校里还会有室内篮球、体操、田径或是其他的体育项目，她还没有想好要参加哪一项。她还说，上个周末她还和邻居去哈佛，观看了那里一年一度的划船比赛，非常棒。她又说，万圣节过得高兴极了，照了很多照片，John很快就会把它们放在网上。

这时候，听到John在旁边提醒若若告诉我，过几天，他们将会带着若若到哈佛去见一位美国AFS组织的负责人。因为AFS组织要在哈佛召开一个很重要的会议。南希说，他们之所以能获得这个非常特殊的邀请，是因为John一直在非常努力地为AFS组织工作。他们将带着若若一起去，他们相信，对若若来说，那将是一种非常精彩的体验。后来他们寄过来照片，是他们一家和AFS主席的合影。那一次会面一定很重要也很正式，因为John穿了西装（平常John是很难得穿西装的），而南希，也认真做了她的头发，女儿穿着毛衫和长裙。

John又一句一句地让若若翻译后对我说，若若的房间实在是太乱了。他说他要拍一张照片放在网上，他要我一定要批评她（后来我们果然看到了那张很乱的房间的照片，那是她的本色。她的朋友们也看到了，竟把她说成了“乱室英雄”。我当然批评了女儿，只是不知道这样的情形后来是不是有所改观）。John又说若若现在做饭很好吃，特别是她烤的那些小甜点。所以John认为，若若有时候是一个非常好的女儿，但有时候又是一个坏孩子。不过若若英文课的成绩总是特别好。还有，最近音乐老师给了她一个很大很难的曲子，要她练习。所以她从此要每天坚持练琴了，因为那曲子是为了参加学校明年的春季音乐会的。

若若在那次的电话中最后问我，妈妈，我想染头发行吗？染成紫色。我立刻说还是别染了吧。她好像有点不高兴。但紫颜色怎么会适合你呢？可是紫颜色很好看，她固执地说着。那么南希是怎样说的呢？我问她。她才说南希也不想让她染头发。她尽管有点不开心，但最终还是听了我和南希的劝告。后来南希在写给我的信中说：和你一样，我也对她说不要把头发染成紫色。她知道了她的两个妈妈的想法是一样的。她听了我们的话，她是我们的乖女儿。

当天晚一些时候我收到了南希的信。南希在信中也说到了他们要去伦敦的事。

下个星期，John和我将去伦敦旅行，拜访我们在那里的好朋友。我们非常想带上若若，但无论如何，若若的签证就是不允许她离开美国，所以是非常遗憾的。John在伦敦只停留5天，我在那里的时间会长一些，因为我要去瑞士看望我们的AFS女儿瑟若。请不要担心若若。因为我母亲将和若若一道住在我们的房子里。若若还有一些天会住在诺维尔另外的AFS家庭中。我们将会让你知道我们全部时间的安排，我们在伦敦的电话号码，还有诺维尔另外那个家庭的电话号码，以便于你能和若若联系。我们离开期间，他们会对若若非常负责，也会把她照顾得非常好。请千万不要担心，因为她是和那些非常爱她并且非常好的人在一起。

有了南希这样的信。那么我还有什么可担忧的？前提是我知道他们对女儿深深的爱。有了爱，担心就一定是多余的了。

后来知道在John回来之前的日子里，若若先后住在了丽兹和可可的家，她们都是她最好的朋友，所以她能和她们住在一起真的很开心，也真的很像是一个可以自由自在的节日。她每一天的生活也是异常丰富和充实的。事实上，南希和John在临行前，就已经为他们的女儿安排好了那一切，甚至为她安排好了每一分和每一秒。

之所以担心还因为，我自己在那些天也要离开天津去四川。尽管我的出门并不会影响到女儿，但是在感觉上却还是会觉得我是离开了女儿，她在遥远的诺维尔一定会觉得很孤单。而在我离开家的几天后，南希和John也要离开她到英国去，那我们的女儿不是就孤单又孤单了吗？但事实证明我的担心确实是多余的。我们的女儿不仅不孤单，反而生活得更快乐，她甚至希望能把这种独自在家的日子继续过下去。那才是真正的“小鬼当家”。她最向往的生活。还有长袜子皮皮，像孤儿一样自由自在，那可能是所有小孩都梦想的。

总之女儿后来的来信令人欣慰。此前她已经收到了我从四川回来后立刻就给她发过去的那封E-mail。那时候John还没有从伦敦回来。她读了我的信，她知道我们是怎样在牵挂着她。

很高兴你在四川玩得很开心。（从这一刻、这句话开始，她就只用英文给我写信了）南希和John去了伦敦。现在是星期天的晚上。John明天晚上就会回家。每一件事情将再度有规律起来。这个星期我很快乐。在他们离开的日子里，星期三晚上，玛瑞安带我和丽兹去了波士顿的音乐厅，我们去听了一场音乐会，非常棒。星期四，我们去了一个叫Galled的小镇，那里很有魔力，而且美国的那位著名的作家——霍桑就是在这里出生的。霍桑写过《红字》。我们参观了他的家，那里是他的故事《有七面山墙的房子》发生的地方。那是个非常美丽幽雅的地方，不久我会寄给你一些明信片。星期五晚上，我照看了两个邻居家的女孩。她们是这个世界上最甜的女孩。我非常爱她们，而且，我得到了60美金（我照看她们从下午4点到午夜12点），为此我真的很高兴。星期六，我的AFS姨妈带我去了新罕布尔什州，在麻省的北部。她骑马，而且她能够让马跳跃。她在那里教课。所以我就到处看，非常有趣地观赏着。新罕布尔什是如此的美丽，而且那里的农场是那么辽阔自然，灿烂迷人。你一定会爱上它。可是我想你应该更爱波士顿，因为那里才是你的城市，也是我的。南希说未来的什么时候，我们将一道访问意大利。南希认为你绝对的"酷"。今天，我朋友的妈妈带我到波士顿的电影资料馆去看了一部关于埃及的电影。她是个很酷的朋友，一个高一的学生，她的祖母是印第安人，所以她有很多美丽的饰物，我非常喜欢这个女孩。

我现在发E-mail给你，所以我就不能完成我明天的作业了。那是真的，不过没关系，我只是想告诉你我很好。很久没给你写信了，因为我实在是太忙了。

无论如何我爱你，我也真的爱南希和John。

（别嫉妒！！！我爱你。）

接下来，女儿又给外公外婆写了信。

很抱歉我一直没写信。我希望你们都很好。不知道外公的牙怎么样了，我一直非常惦念。妈妈告诉我外婆总是睡得很晚，那样不好。不知道是不是电视节目太多了。不知道你每天做什么菜，我想知道。我在这里吃饭很好，吃得很多，也很健康。但事实上是吃了太多的脂肪和糖，但那是无法拒绝的。这里的甜点真是太好吃了。总之我想让你们知道我爱你们。好好照顾自己，别为我担心。

谢谢若若发来了这样的信。

真的，感谢女儿，在我们最为她担忧的时候，她那么及时地告诉了我们她每一天的生活，让我们知道了在南希和John不在家的时候，她是没问题的。

女儿长大了。因为她长大了她才会这样把她每一天独自在家的生活详详细细地写给我们，她才会说，这个星期我很开心。而在他们离开的日子里，我的生活是这样的：星期三……星期四……星期五……星期六……星期天（也就是写信的这一天）……而明天，John就要回来了……

带回他和南希的爱。

是的，只要有爱，独自在家，当然也同样是美好的。

女儿的生日

我在女儿生日这天的日记中写道：今天是若若的生日。17年前，她就是在这一天来到世界上的。我们大家都爱她，也想她，但是却看不见她。想她的时候就想哭。但愿她在17岁这一天，能被很多很多的爱环绕着。

因为时差，若若的生日要在我们的时间7日午夜才开始。而我也只能在8日的清晨（也就是7日的晚上）才能在家中找到她。所以我一直等待着8日的清晨，等待着女儿在家中欢庆生日的那一刻，等待着她的17岁，等待着在那一刻给她打电话。

12月1日收到了南希的信。那时候南希已经在为女儿的生日做着准备。她知道这对于女儿有多重要。南希的信中充满了爱。

若若的生日就要到来。我们给她的礼物之一，就是带她去访问我的发型师。她正在让她的头发长长。她想让她的头发在生日的那天变得有些特别。我想我将允许她让头发有一种暂时的颜色——没关系的，它们将会被洗去。我想这是她这个年龄的孩子特别想做的事情。这也是我对她这个充满了想象力的请求的一个回答。那是她的年龄。

若若正值花季。她把阳光带进了我们的生活。她为我们带来了笑声。昨天晚上她唱歌、跳舞，像典型的美国孩子那样。John和我都说：“我们的女儿是万里挑一的！”

星期四晚上，若若将去看一个叫做《美好生活》的戏剧。这个周末，我们将带她去南塔基特岛。再一个周末，我们将去纽约并访问纽约的AFS总部。我还为若若买了芭蕾舞剧《胡桃夹子》的戏票。那是最好的圣诞芭蕾。假日期间，她将是很忙的。圣诞节对她来说是最最有意思的。

若若所给予我们的比我们给她的更多。在我的生活发生变化的这段时间里，她的到来给我带来了力量和新的焦点。我喜欢每天早晨开着车送她去学校，这是我们讨论未来一天的一个特别的时间。我们相互保持着积极和乐观的态度。我保证我会非常好地照料我们的女儿，她是我们共同的珍宝。

若若的成绩卡几乎都是A。你难以想象我们是怎样地为她骄傲。我会把这个成绩单放进我们将寄给你们的圣诞节包裹中。老师们的评语都是肯定的，他们都说若若在他们的教室里是出色的并且快乐的，她是她非常好非常好的家庭的折射。

我们在伦敦和苏黎士的旅行非常愉快。我希望未来的哪一天我能在欧洲见到你。瑟若的妈妈，瑞士的Ouchj也很想见到你。是AFS把我们这些妈妈非常特别地结合在一起，我相信你也会喜欢她的。

谢谢你送给我的美丽的白丝巾，还有John的领带。John在感恩节戴着这条领带，那是他最喜爱的。我将等到新年的晚上再戴那条白色的丝巾。

请把我们的问候带给你的父母。若若收到了外公的信，她非常高兴。

读南希的信对我来说简直是一种享受，一种美的享受。她总是尽量详细地为我讲述着女儿，听她的描述仿佛我就在女儿的身边。她是那么爱若若。后来我曾问过自己，我是怎么知道南希是爱若若的？就是通过那些信，在信中她对若若的那种永恒的欣赏的态度。那可能就是爱。没有爱，是不会有那样的欣赏的。

接到南希的信后，我给若若打了电话。知道她那个晚上要去看《美好生活》，所以就特意晚一点打这个电话。但电话是一定要打的，因为若若明天就要去南塔基特岛了，不知道他们什么时候会回来，我怕会听不到女儿16岁的最后的声音。

拨打第二次电话时才找到若若。铃声响起，好像第一个拿起电话的，永远是John。John说他现在最重要的事情，就是督促若若一定要在11点以前睡觉。

然后若若过来，她说她要告诉我她这个学期的成绩出来了。这是一个好消息，而且她知道这肯定是我最关心的。4个A和2个B。一个非常不错的成绩。学校里并没有因为他们是AFS国际学生而使用不同的衡量标准。他们和纯粹的美国学生是一样的，所以若若真的是一个非常优秀的学生。她为此而赢得了学校的“荣誉早餐”。问她，什么是“荣誉早餐”？她说是因为她学习好。这是对好学生和好学生家长的一种奖励的方式。校长邀请他们全家一道共进早餐。这是最高的荣誉了。这是女儿赢得的。

哦，非常棒！这就是若若。其实作为母亲，我已经无数次感受过这种女儿为我带来的荣誉了。为此，我曾写过一篇叫做《感受光荣》的散文。感受光荣，一个母亲的真实的心境。记得当她获得全市英语口语竞赛第一名的时候，当她在天津市英语学科竞赛中获得一等奖的时候，我是怎样地因她而骄傲。如今这骄傲又延伸到了美国，延伸到了诺维尔，延伸到了南希和John的家中。是的，那是种发自生命的欢欣鼓舞。想那也是南希和John的由衷的欣慰和骄傲。若若在美国能取得如此好的成绩，首先要归功于他们。那是他们对她的辛勤培育和呵护照顾的结果，当然，也是若若努力为自己争取来的。

“荣誉早餐”，多么好，这应当是美国给若若的最好的生日礼物。

想着那个“荣誉早餐”的时刻，想着南希和John和若若怎样骄傲地走进那个早餐的大厅，想着诺维尔中学的校长是怎样在致词中感谢这些为学校赢得荣誉的孩子和家长，想着这将给女儿未来的生活带来怎样的信心和勇气，想着这一切，想着由南希和John所亲身体验的那个激动人心的时刻，心中就充满了明媚的阳光。

谢谢，我们的好女儿。就像南希说的，若若所给予我们的，远比我们所给予她的要多得多。

接下来若若又说，她生日的那天，可能正是他们这个地区的冬季音乐会。在这个音乐会上，他们学校的乐队要演出，所以她很可能要参加完音乐会才能回家。然后他们就要准备去纽约的行李了。女儿为此而很兴奋，因为毕竟是去纽约。其实女儿是去过纽约的。那是她初到美国。她所踏上的美国的第一站，就是纽约。只不过那一次是路过。在纽约的肯尼迪国际机场转机，再飞往波士顿她的家。所以女儿还不知道真正的纽约。她要见过纽约才会知道，纽约为什么会是那么令人激动的城市。所以后来给女儿写了信，说等着她讲她所看到的纽约。女儿在纽约要停留四五天，南希和John也一起去。南希在她的信中也对我说了，她说是因为她有时间。她希望能更多地陪若若。

然后就到了12月7日这一天。这一天我们在家里、在我们自己的12月7日为女儿庆贺她的生日。而就在我们为她庆祝的时候，她却在诺维尔家中的甜甜的睡梦中。不知道她在那个从16岁转换到17岁的夜晚都梦见了什么？会是一场茫茫的大雪吗？每一年12月7日的那一天都是中国节气中的“大雪”。“大雪”，多么好，这一直是我最最钟爱的一种美丽的意象。美而洁白的，于是，女儿降生了。我喜欢在每一年12月7日的日历上读到“大雪”的字样，“大雪”就意味着女儿。在清冷的明媚中，早晨，我拥有了我的宝贝。

我知道当我们的7日在午夜结束的时候，女儿在美国的7日才会到来。太阳绕着地球转着，当转到诺维尔上空的时候，女儿生日的一天便开始了。

不知道这样的一天女儿是怎样度过的。分分秒秒地想着。想着便打开电脑上网。期待着John，希望John能告诉我们那一天的分分秒秒。John是值得期待的。果然，John从来没叫我们失望过。上到John的网站上，蓦然地，我们就看到了那个迷人的7日。John用10张照片为我们演示了女儿在7日的那一天。从清晨，到午夜。感谢John，让我们在惦念中一下子就看到了女儿的那么多照片。John并且在每一张照片的下面都做了有趣的说明。

——美国7日的清晨，女儿在吃早餐。她戴着一顶镶着金色花边的像皇冠一样的蓝帽子。那帽子漂亮极了。她说，我的生日就是这样开始的，在这一天，我是王。

——一个美丽蛋糕的特写。这是女儿生日那天得到的第一个蛋糕。蛋糕是若若美国的外婆送来的，外婆专门赶来为中国的外孙女过生日。

——若若和外婆的合影。她傻傻的但是很甜的样子。若若和南希的妈妈在一起。她和她的这位美国外婆显然已经很熟悉了，并且彼此相爱。不久前南希和John去伦敦的时候，就是外婆来陪若若住在家中。后来若若回到中国，当她在家中度过18岁那个生日的前夕，早早地，她就收到了外婆从美国寄来的漂亮的生日卡。她很高兴，也很感动。因为外婆记得她的生日。因为外婆想念她。因为外婆怀念和她在一起时的那些幸福的时光。

——若若坐在外婆送给她的美丽的蛋糕前。笑着，说她不得不吃它了。照片中的女儿看上去好像胖了许多。她穿着白色的T恤衫，小肚子鼓着。是真的要减肥了。我的宝贝。美国的奶酪和甜饼就真的那么难以拒绝吗？

——这是一张冬季音乐会的照片。也是圣诞音乐会。舞台上是若若学校的那个管弦乐队在表演。所有的演奏者都戴着圣诞的帽子。红白相间的，那种圣诞特有的色彩。若若在乐队的左边。她在专心地敲着小铃铛。记得音乐老师说过，女儿是音乐天赋最好的演奏者。那一定是圣诞的乐曲，《平安夜》或是别的什么。圣洁的，安详的。那是女儿很早就弹奏过的乐曲，也是她喜欢的。那乐曲带给她宁静的心情。这心情这会儿在美国。

——Party热烈的场面。那是南希和John在音乐会后专门为她举行的生日Party。很多的朋友。差不多若若所有的朋友都来了。客厅里装饰了气球和彩带。那是南希精心为女儿布置的。南希和Jonh在乎女儿的生日。他们要她在最快乐的环境中，有最快乐的心情。

——若若和她的伙伴在一起。可可和丽兹，她的好朋友。所有的孩子都那么真诚地笑着，簇拥着女儿。

——若若在生日聚会上与南希和John在一起。若若甜甜地站在他们中间。南希和John都紧搂着她，搂着他们漂亮的女儿。

——女儿在弹钢琴。杰瑞家的钢琴。那也是女儿的礼物，一个大大的礼物。小狗莫莉在女儿脚下。他们在唱着什么？Happy birthday to you?

——她自己。她自己站在她的第二个生日蛋糕前。那蛋糕上是用奶油雕刻出的17岁。棒极了。哦，她生日的那天真是漂亮极了。还有她的那么迷人的笑容。很难想象这个那么美的女孩会是我的女儿。后来很长的一段时间，我总是开着电脑，让屏幕就停留在女儿的这张照片上。走来走去能看见她。就是在桌前写作，只要一回头，也能立刻看见她的17岁。

感谢John。因为John在女儿17岁时给我们带来的这如此贵重的礼物。是John让我们在最最期盼的时候，在女儿生日之后的第一时间，就看到了她，和她美妙的17岁。

是的，我等待着那个时刻，一直等待着那个8日的清晨。清晨终于到来。从清晨就开始给她打电话。家中总是没人。其实我是知道家中没人的。我知道他们这会儿在音乐会上，也许若若正在演出。但是我还是不停地打着电话，隔一会儿打一次。因为我实在太想听到女儿的声音了，我不想错过她的生日聚会。

那天刚好是我需要上班的日子。我不能再等在家里了。但是我知道即使离开家中的电话，我也还是能继续和女儿联系。因为这个世界上有个伟大的人发明了伟大的IP卡。所以我就不用只守在家中有国际长途线路的电话机旁。国际的IP卡是在任何电话机上都能使用的，于是我上班。在班上也还是不停地打着电话。我知道若若是一定要回家的，不论多晚。在这样的日子，我是一定要和她通上话的。

这样，直到中午12点。当我再次敲击了电话键盘上的数字键后，上帝呀，John终于拿起了电话。

John一拿起电话我就听到了电话那边那一片美丽的沸腾。那热闹的景象，生日的喧嚣，是感觉得出来的。那么感染人的，令人兴奋的。

John也很兴奋，比平常更兴奋。John一听到是我，便立刻高声喊了起来：RuoRuo——RuoRuo——，并大声向在家中为若若狂欢的所有的人宣告：是——妈——妈——！

于是电话中立刻一片轰鸣。喊叫声口哨声铺天盖地，好像“是妈妈”是一个多么伟大的消息！

然后才是17岁的女儿！她说她太高兴了！所有的朋友都来了！现在是南希和John在音乐会后专门为她举办的生日Party！棒极了！你听到了吗？

女儿激动的声音！

我说我在办公室。我说祝你生日快乐。

她说她很快乐。她没有忘记问老任好。我便立刻找来老任和她讲话。

她又问编辑部的阿姨们好，编辑部的所有阿姨逐一在电话中送给了她生日的祝福。

还有外公和外婆，也一定要问他们好。

哦，女儿17岁。南希和John与朋友们在美国为她欢庆，而我们在这个欢庆的时刻给她打去了电话。这很多很多的爱，女儿被环绕着。伟大的17岁，就这样在爱中度过。

圣诞的美丽时光

南希说，圣诞对若若来说是最最美丽的时光。

那时候圣诞节还没有到来。然而南希却已经早早为若若预订了芭蕾舞剧《胡桃夹子》的座位，南希说，那将是最好的圣诞芭蕾。

知道诺维尔的家中在做着所有圣诞的准备。对南希和John来说，圣诞节当然每一年都要过，但这一次的不同在于，家中有了若若。若若于是就成为了这一年圣诞节的主要人物。一个来自东方的可爱的小女孩。一切都是围绕若若的。于是，便有了各种各样的聚会，还有，那棵美丽而挺拔的、需要装饰的圣诞树。

其实，我们早就认识了家中的那棵圣诞树。那时候才刚刚进入12月。那时候那棵树还生长在土地中。那是John放在网上的一张非常有趣的照片。在晴朗冬季的某一天，南希、若若和莫莉站在一棵漂亮的枞树前。那就是他们在寒冷的丛林中为自己选择的圣诞树。那树在圣诞节前夕的某一天，将会被他们搬回家。那大概是他们为圣诞节所做的第一件事，当然也是最最重要的事情。因为，在西方，最重要的节日是圣诞节。而圣诞节中最重要的，也是最具象征意味的，自然就是圣诞树了。节日间所发生的每一件事情，都会在圣诞树下：打开圣诞节礼物，聚会，或者Party。

于是圣诞树无比重要，要事先选定，然后再兴致勃勃地把圣诞树接回家。为此，Jonh也饶有兴趣地把另一张关于圣诞树的照片放在了网上。这一次拍照的那个人就不是John了，因为在照片上，John正躺在地上，侧身用锯去锯那棵漂亮的圣诞树。John的样子很费力，而若若却站在一边，对着南希的镜头傻笑着。又一张照片就是若若和John抬起了那棵树，他们要把它带回家了。是南希用镜头记录下了这一切。南希说，那也是若若圣诞经历的一部分。

为了即将到来的圣诞节，我曾经不断地给若若打电话。那时候若若还没有放假，但是不知道为什么，那些天的晚上家中总是没有人，就好像圣诞节已经提前到来了。17日，18日，19日……直到21日的上午，我才终于在电话中找到了我的女儿。此前，我也曾给她在电话中留言，她大概就是因为听到了我的留言，才在19日那天给我发了E-mail。但是不知道为什么，女儿的那封信我好几天后才收到。

幸好在电话中终于听到了女儿的声音。我觉得要是再听不到她的声音，我可能就真的要发疯了。有时候就是这样，我越是听不到她的声音，就越是想听到她的声音。于是不停地打电话，就仿佛是陷入了某种误区而不能自拔。还因为几天前我曾经梦见女儿。在梦中女儿好像不开心。于是忧心忡忡。母亲的那种近乎自虐的担心。那担心分分秒秒地折磨着我，因为我无法知道现实中的女儿究竟怎么样了。

所以听不到女儿的声音就不能安心。不能安心就翻来覆去地给女儿打电话。电话中如果找不到女儿就更是不能安心。这不仅是一种心理的怪圈，简直是为自己设计的恶性循环。

幸好在电话中终于找到了女儿。而女儿在电话中的声音一开始竟显得有些迟疑。我于是又立刻担心起来，怕她真的有了什么不愉快。问她怎么了？她说没有啊。那怎么会听上去心情不好，情绪低落呢？后来女儿说可能是因为你太想我了，所以才会对我的声音那么敏感。她说妈妈，我没事，真的没事，我确实很好。后来才知道女儿之所以语速缓慢，是因为她已经有半个多月没有讲过汉语了。而她在美国，如果没有我在电话中和她讲中文，她是没有机会和任何人说中文的。所以她的中文荒疏了，以至于一时难以转换过来。而我们之所以两周没有联络，是因为她一周去了南塔基特岛，另一周全家又去了纽约。

女儿是说着说着才逐渐兴奋起来的。她说她和南希刚刚从波士顿回来。她们现在正在打一个包裹，那是他们将要为我们寄来的春节的包裹。她说她听到了我们给她的电话留言。她说她现在真的很好。她告诉我圣诞节他们会在家中过。从现在起就要开始一个10天的长假了。新一年的1月3日他们就开学。那时候新的学期就要开始了。放假期间他们还会去缅因州。而明年2月学校再度放假的时候，她的瑞士姐姐瑟若就会从苏黎世飞来，那时候他们全家会一道去佛罗里达。之后瑟若还要到墨西哥，在那里她要熟悉她的西班牙语。若若说他们那里也有澳门回归的消息。她还说这会儿John不在家，他到纽约州办理公务，明天才能回来。最后，她没忘了问我，妈妈新房子怎么样，是不是有阳光。我告诉她阳光好极了。特别是她的那个房间每日被阳光照射着。从清晨，到黄昏。还有，窗外到处是美丽的风景。

终于听到了女儿的声音，我真的好高兴。

女儿说，放下电话后，她就要做作业去了，她的作业很多，她也真的很忙。

听到女儿声音之后的那种喜悦的程度是难以言说的，是只有远离儿女的母亲才能体会得到的。因为这种摸不着她也看不到她，又觉得她好像是不开心的日子实在是太难熬了。熬着这样的日子时就觉得，她还那么小，我干吗要把她送出国？我是那么心疼她，惦记她，终日情牵梦绕的，何苦要自讨这份罪？后来想，反正她是要回来的，而她只要一回来，我就哪儿也不让她去了。从此就形影不离地守着她。让她待在我身边，每天都能看到她。总之不管怎样，我要让她回家。家有舒适的房间，充满了阳光的。在家中同样可以成长，至少亲人能长相厮守……

其实我也知道这是不可能的，极而言之罢了。那是因为我太想念女儿了。女儿在一天天长大，她会有她自己的生活。我怎么能永远守着她呢？如今她独自在外，可能也会有遇到困难的时候，或者不开心的时候，但无论什么，那将都是女儿成长的过程。有时候，一个人只有在逆境中，才能更加的奋进。

几天后收到了女儿19日的信。信发得晚了，是因为John的计算机出了问题。若若说John因此而很沮丧，因为他的所有工作都在计算机上。所以John的心情不好，他甚至都没有陪南希和她去南塔基特岛。

若若在信中满怀了一种生活的激情。

妈妈，一切都好吗？我一切都好。

上上个周末，我们去了南塔基特岛；上个周末，我们又去了纽约。两个地方都相当冷。我们在南塔基特岛上捕捉扇贝和牡蛎，并且在岛上漫步。我们去了那里的圣诞商店，买东西。我为你买了雅诗兰黛的香水。我们还看见了圣诞老人，从老爷爷那里得到了圣诞的礼品。在那里，我还看到了差不多是美国最古老的房子。我们是和一些朋友在一起，他们是我们的邻居，还记得吗？杰瑞一家。我的钢琴就是他们给我的。John没有去，因为他的计算机出了问题，所以他的心情很坏。所以仅仅是南希和我去了。但是我们玩得还是很开心，因为这里真的是非常有意思。我喜欢南塔基特岛。

上个周末，我们去了纽约市。妈妈，想知道我对纽约的感觉吗？我觉得纽约是世界上最“酷”的城市。在那里，我的感觉是如此之好。我们看到了自由女神像。吻你。

中国画里的白房子

想不出在女儿赴美之前，还该带些什么样的礼物给南希和John。我们去买了一些衣物，诸如羊绒、真丝一类。另外的就想不出了，不知道他还能有什么新意。

他是男人，有时候很粗糙。但是他说，女儿从中国离开就要带中国风格的礼物。他当然不会在衣物上有所选择，他想到的，是要选择几幅有意思的中国画送给南希和John。

于是他首先奉献了一幅画家朋友送他的《漓江山水》。那是一幅青翠欲滴的典型的中国画。有思有神，绝妙异常。而漓江随着美国前总统克林顿的来访，在美国似乎也很有了知名度。何况，漓江真的有天下绝妙的山水，是外国游客最最热衷的旅游之地，于是那画就更有了象征的意义。他去将画裱出，果然又是一派景象。若若看后也惊呼喜欢，因为毕竟是中国画，是漓江，是中国的文化。

《漓江山水》固然美妙，包括他后来请画家朋友们画来的那些梅松竹或是花鸟鱼虫什么的，典型固然典型，但画来画去却总是大同小异，没有令人眼睛一亮的感觉。于是他觉得不满意，他认为这些显然不足以表现我们对南希和John的情谊。有一天他终于想出了一个绝妙的主意，那就是请他的朋友再画一幅女儿美国新家的中国画。因为那时候南希和John已经寄来了他们的各种资料，其中包括他们房子的照片。那是一座白色的房子，在绿树和鲜花的环绕下，非常美。于是他认为南希家的那座白房子是应该入画的，而且要用中国画的那种传统的技法来画。他说那一定是非常有意思并且有意义的。用中国画来表现欧式的洋房，这本身就是中西文化的一种融合。而且，如果有朋友来家中看到了那幅画，他们就可以说，这就是我们的家。

他的想法真好。这是他的匠心独运，一个有意思的创意。我们为之惊喜。那时候距离女儿起程还有差不多一个月，我们便赶紧拿着女儿美国新家的照片去找他的战友加四川老乡——一位非常杰出的中国山水画家向中林。

向从部队转业后，就一直是国际商场画廊中的专职画家。向只画四川山水，那茫茫山林和嘉陵江水。那都是一些极具特色的画作，而且向的用色在中国画中也是最大胆最热烈的。他创造了自己的风格。在众多画中一望便知哪一幅是向的作品。并且向曾多次在境外举办个人画展。

前去拜访向时，他事先打好了电话。他和向是多年的朋友，所以向在拿到白房子的照片后便欣然许诺，说他会好好想想，需要找到那种独特的方式和角度。

不久他取来了向的画。向的画果然不凡。那灵动的笔触，让南希和John的房子在形似的基础上简直是飞扬了起来。那真是他的最好的礼物，也是最最有创意的。若若看后，也格外喜欢。

原本，是想让女儿把这幅画带到波士顿的中国城去装裱的。那样可以让南希和John自己选择他们所喜欢的衬底。但是想来想去，他觉得这幅画还是要在国内裱好，他深知中国画裱前裱后的感觉是完全不同的，所以他希望他的礼物拿出来时就是非常精美的。

将向的画裱好，已经是若若走前一周的事了。他将《漓江山水》用中国画独有的那种挂轴的方式装裱，而向的画则需要到美国再去配一个漂亮的镜框。

这样，若若带走了《漓江山水》和向画的白房子。

后来，向的那幅画果然给南希和John的生活带来了惊喜。那是他所预期的。他在策划着这一切的时候，其实就已经想见了南希和John在看到自己家房子的这幅中国画时，会是怎样的喜出望外。

很快南希来信，说了那些礼物。她说那些画是那么好，特别是我们房子的那幅画真是美极了。那是我们一直期盼的，而又是我们所不敢奢望的。我想那是你们和我们穿越了遥远时空的共同的想法。

接下来在诺维尔的家中，就是要为向的画找到一个精美的也是最适合那幅画的镜框。这镜框一定是很难找到的，或者是因为一开始南希和John将所有精力都投入到了对女儿的照料中，所以他们很久没有能找到那个镜框。大概是到了12月，他们才将那幅画装进了一个非常漂亮的镜框中。从此那幅画在女儿的新家庭中闪光，并陪伴着他们的生活。

南希说，我们的那幅画，给他们带来了很多的欢乐。

从此那幅画悬挂在南希和John和女儿的房子中。我们仿佛看见，那画联系着很多人：是他的礼物，是向的倾情挥洒，是为了南希和John，为了女儿和我，也是为了诺维尔那么美丽的风光。

后来他们全家人在那幅画下拍了照片。那是我最喜欢的一张他们全家的照片。若若坐在南希和John的中间，他们看上去是那么欢乐幸福。在他们自己房子的照耀下。

一年后John送女儿回国。John要在中国停留10天。这10天我们要为John安排各种有意思的活动。还是他提出来，带John去向的家。让John亲眼看到中国画是怎样创造出来的。

这当然又是一个好主意。后来John果然去了。我们陪着John，女儿做翻译，听向讲解中国画制作的流程。John果然无比震惊。在向中林大气磅礴的画前留影。而在向整个作画的过程中，John始终用他的数码相机拍摄着整个的过程。整个令John惊叹的过程。后来向中林画的那幅画就又送给了John。

这便是中国的文化。他的礼物。他的礼物不是一般意义上的那种艺术品，而是有着深刻文化内涵在其中的，而且是与南希和John的生活更接近的一种艺术。

John回国后立刻把向绘画的照片放在了网上。那是John的一次前所未有的中国之旅，也是John探寻中国文化精髓的一次伟大的经历。

不久，John还会来，并且会带来南希和他们的瑞士女儿。不知道那时候他又会怎样安排他们的中国之旅，又会让他们看到怎样的中国文化。我们期盼着。

千年的那个夜与昼

地球环绕着太阳。

或者太阳环绕着地球。

总之夜与昼轮回，遥远便注定了我和女儿不可能在同一时刻共度千年。

于是早早地把一张剪报寄给女儿。因为那报纸上登载了中央电视台将24小时全程播报世界千年的消息。这就意味着在听到我们的新千年钟声之后，如果我们能继续坚守在电视机前，那么12个小时后，我们就能看到女儿在美国的那个千年的庆典了。这是个多么令人兴奋的消息。

就为了这千年一回的时刻，我们激动万分。而遥远美国的那个千年庆典，又不知会把女儿带入怎样的节日狂欢中。

于是我们期待那个激动人心的时刻。不单单是期待我们的，还满怀激情地期待着女儿的。这样我们的那个千年的时刻便被拉长了，仅仅是因为女儿在遥远的美国。这样我们守候着，从夜晚到凌晨，又到那个阳光普照的午后。午夜里不停的鞭炮声，而中央电视台的大型节目，也果然昼夜回环着。从太阳最早升起的那个地方，直到日落在世界的那个最后的角落。

1月1日的上午，便急着给女儿打电话。一种等不及的感觉，只想能听到她的声音，与她分享千年的欢乐。一分一秒地换算着时差，终于已经是她那边的晚上了，很晚，但家中却始终没有人。知道他们一定是去了波士顿狂欢，因为这样的时刻太特殊了，千年才有一次，是值得人们为它疯狂的。于是只好给女儿留言。用中文和英文各说一遍“Happy new year”。然后就和他到街上去了。想看看新千年到来之后，世界是不是改变了样子。我们出门的时候已经是下午了，出门前的最后一刻我还给女儿打了电话，但家中依然没有人。

后来女儿给外公外婆打来了电话。祝愿我们大家新年快乐。妈妈告诉我女儿打来电话的时候已经是下午3点了。也就是他们的深夜3点。足见美国的人民是怎样地激情万丈。当然新千年是值得他们如此彻夜狂欢的。

不久女儿发来E-mail，说妈妈我收到了你的电话留言，给老任那边打了电话，可惜你们不在家了。所以又给外公外婆打电话，祝愿他们新年快乐，当然也祝你们新世纪快乐。女儿还告诉我，昨天晚上他们全家去了波士顿。还有她的好朋友阿娜伊斯和可可。她说可是我们不能在那里待到午夜，因为John认为那里是危险的，会有炸弹或是别的什么不安全的东西，谁知道。所以我们只能回来，在朋友家度过了那个惊心动魄的时刻。

晚些时候，南希也发来了她和John的《我们新年的问候》。

当我们在波士顿进入新年的时候，请接受我们最美好的祝愿。若若加入了波士顿的这个等候新年庆典的活动。但是不久我们还是离开了这里，因为要参加邻居家的一个非常热烈的午夜庆典。

我们的女儿继续在我们的生活中闪光。为了能够分享她，我们要深深地感谢你。我们是怎样地因她而骄傲。是的，她确实给我们带来了很多欢乐。我们是多么希望我们能像一家人那样，在一起庆祝2000年的到来。

在这里，我们只是想让你知道，当午夜到来的时候，在波士顿——我们将和你们，和你的父母，和若若，一道分享新年的欢乐。在我们的心里，你们将和我们在一起。

然后是新千年的第二天，天空变得晴朗。人们继续在兴奋中，就像是电视台依然在兴奋中。我为这千年和百年写了《千年的那个夜与昼》和《百年不朽》，都在新年的这一天发表。那激动的心情自然也是跃然纸上，因为我真的是很激动。唯一的遗憾是不能和女儿在一起，但他们的来信已经弥补了这缺憾。想女儿能在美国度过激动人心的这一刻，我们的欢乐才是丰富而完整的。

后来坐在电脑前就看到了女儿在新千年的那些照片。女儿对着镜头使劲地笑着，举在眼前的是一个2000年字样的银色眼镜。她说那是2000年最好的礼物。那晚的波士顿也是人山人海，热闹非凡，到处是一派心潮起伏的热闹。夜空中闪亮的是艳丽的烟火，街上到处是打着新千年招牌的游行的人群。然后他们一家去了朋友家的晚会。当然是很晚才回家，通常在这种惊心动魄的时刻人们是不用睡觉的。最后的一张照片是南希、若若与莫莉以及奥维尔在一起跳舞，照片的下面是John在无奈地说，可惜假期就这样结束了。那肯定也是若若的无奈。

然后是3日。

新千年的第3天若若就真的要开学了。

于是在若若开学前的那个晚上给她打电话，是想对她说，新的一年就要开始了，要好好学习一类。

知道若若在开学前的这个晚上肯定在家。我几乎知道若若所有的日程安排，说起来连若若都觉得惊奇。有时候她自己甚至都忘了随口说过些什么，但是我牢记。我记得她说过的每一句话甚至每一个字。我记得她提到过的每一个朋友，也记得她说过的每一个时间的安排。所以我知道在什么样的时间能找到她，女儿果然在家。

南希和John已经听得出我的声音，他们兴奋地说，嗨，玫，新年快乐！

接下来是若若。我亲爱的女儿。我告诉她我在网上看到了她所有的照片。

她问我怎么样?

我说有几张漂亮极了，特别是把头发梳起来的那些。

她立刻笑着说，怎么是几张漂亮?

我于是赶紧说，不是几张，是都特别漂亮。

她于是笑着。她的那种特别的笑，我那么熟悉的。我还知道她是在开玩笑。

女儿确实很漂亮。她也希望被承认漂亮，特别是被我承认。尽管她是开着玩笑说这些的，但是我知道她真心希望自己是漂亮的。这是所有女孩子的愿望，不，是所有女人的愿望。总之女儿大大的眼睛，圆圆的脸，不论她是怎样的漂亮，但还是我的那个小姑娘。

女儿告诉我她未来的日程。明天开学，但是在大约50天之后，他们又要放假。这一次放假的时候，他们大概会去佛罗里达，特别是迈阿密。想想多令人激动。那时候若若的瑞士姐姐瑟若也会来，他们会全家一道去佛罗里达度美丽的假期。到了4月的时候，她可能还会有一个假期，那时候他们很可能又会去加利福尼亚旅行。加州是John的家乡，在美国西部。那里有漂亮的洛杉矶和旧金山。很可能她还会赶上在美国放暑假。那么在暑假的时候，他们会带她回科罗拉多的乡间别墅。那也是她的家，并且她一直期盼着能回科罗拉多的家。想这些大概也都是新千年送给女儿的礼物吧。让她总是在路上，让她走遍美国……

然后对她说新学期开始的时候要进入状态，好好学习。是因为女儿说“玩”说得太多了，于是便下意识地对她说到了学习，也确实觉得学习才是第一性的，是个不得不说的话题。想不到女儿立刻就不高兴了。其实是应当想到的，她从来就不喜欢我对她说学习，一说就肯定不高兴。她说我不理你了。然后在电话中就真的不说话了。

后来想想才悟到，我也许确实不该对女儿再说什么学习了。她长大了，她已经不用提醒。而且她本来已经很在乎学习，也很努力了，所以她不想听我再唠叨。何况她的学习成绩已经让我们总是为她骄傲了，我干吗还要惹她不高兴呢？

后来女儿主动转移了话题。她说在她的生日和圣诞节期间，她得到了很多很多的礼物。这些礼物中所浸透的爱和友情让她很感动。我对她说妈妈也很感动。特别是在女儿远离我们的时候，那爱和友情便是一切。

接下来，在过遍了美国的各种节日之后，女儿问我，妈妈，春节是哪一天？她说在春节那天，她一定要在家中举行一个Party，欢庆她的新年——中国的新年。

她又问我新房子怎么样了。我说新年前，我们就完成了装修，非常好，等着你回来。

然后是1月3日，女儿去上学。

3日那天下起了雪。那雪是夜里开始下的，白茫茫一片，漂亮极了。覆盖了所有的物体，包括楼房和街道。外面冷极了。但雪很好，那种白色的物质，形状也很美。从天上飘落下来的那种感觉，令人心驰神往。

后来天晴了，很蓝的天，空气也清新，阳光明媚，但积雪却很难融化。

不久，这雪就跑到了波士顿。我是这么以为的，但是女儿说，那天的天气很暖和，波士顿下着雨。

John的礼物

冬季。在美国读书的女儿有一个长长的假期。并不是说那假期有多长，而是在那段不长的时间里，她有很多很多的活动，包括她的生日，她的纽约、缅因州之旅，她的圣诞节和她的2000年庆典，充塞着那段假日的时间，每一天都被安排得满满的，甚至有一次她竟然一天之内参加了3个聚会。时间便被这样无形中拉长了。所以，12月中的这10天，她都是在欢乐、兴奋、有意思的旅行以及各种各样的聚会中度过的。可惜我们隔山隔海隔着天空，不知道女儿在快乐的时候会是什么样子。于是思念着想象着那看不见的景象。

但我们还是看到了。那是John。是John为我们送来了那份非常重要也是非常珍贵的礼物。在网上，女儿各种各样的照片，那么清晰，色彩斑斓。那所有生动的笑容和姿态，仿佛遥远的女儿就在眼前。是John把它们及时放在了他的家庭的网页上，让我们随时随地跟着她，知道她在哪儿，正在做什么。记得在女儿生日的第二天，我上网去搜寻John的网址。大概是希望能看到女儿。想知道她不在我身边的那个生日是怎么度过的。我并不期待就能看到女儿，那只是一种心中的愿望。然而，骤然之间，在女儿的名字下，就开始一张一张地下载起图片来。真是太不可思议了，女儿在波士顿刚刚过完生日，几乎是同步，我们竟然就在网上看到了她。她生日那天的照片依次排列着，从清晨到夜晚。早上她美国的外婆和姨妈专程送来的第一个蛋糕；晚上她戴着红色的圣诞小帽，和乐队的学生们一道在学校的冬季音乐会上演出；演出后南希和John在家中专门为她举行的生日晚会；那些为她的生日而来的快乐的孩子们；房间里到处悬挂的五颜六色的气球；聚会上她和年轻朋友们共同分享的又一个美丽的蛋糕；她站在蜡烛前，被美国的新朋友们簇拥着，笑着。她的那神态真是美极了，也幸福极了。照片上看不到John和南希，但是这一切却都是他们为她安排的。他们为她拍照。John又善解人意地及时把它们编排在网上，仅仅是为了让我们在第一时间看到女儿，看到她生日这一天的所有景象。

后来，女儿又被南希和John带着去了纽约。也差不多就在他们回家的当天，我们就又在网上看到了女儿在自由女神像下、在时代广场欢乐的身影。接下来，是他们一家人去挑选圣诞树。是他们把那棵美丽的枞树带回家，在树上挂满了可爱的五颜六色的小饰物。John在网页上，精心为女儿选择了那种非常圣诞的色彩。那种热烈的红和鲜艳的绿。还点缀着各种被好看的纸和漂亮丝带捆扎起来的礼品盒。John为这个栏目起名为“若若的第一个圣诞节”。当我们点击了这个无比亲近的题目，便有一张张色彩斑斓的照片如潮水一般向我们涌来。遥远的圣诞节就这样被下载了下来：女儿穿着那身象征着圣诞色彩的衣裙；她在波士顿的大街上，在家中的圣诞树下，在亲戚朋友的聚会上，总是被南希和John的爱包围着；在全家人圣诞节的合影中，南希紧搂着女儿，女儿抱着绿眼睛的小猫奥维尔，脚下是那个漂亮的金色牧羊犬莫莉。只是没有John。但说明中写道，John在摄影机的背后。

很快又在网上更新的新照片说，圣诞节后他们一家又去了美国最北部的寒冷的缅因州。去了朋友家的一个养着小猪、小鸡和牛羊的农场。女儿还在缅因州参观了南希当年读书的伯顿大学。后来她在E-mail中说，她是那么喜欢南希的大学，她说那里才是真正的安静和美丽。

从缅因州回来的第二天，就是2000年那个激动人心的夜与昼。我们在中央电视台24小时的直播中，在零点的钟声敲响后，就开始满怀期待地等候着，12个小时后女儿所在的那个城市新年的钟声。然后又是John。我们就知道John不会叫我们失望的。所以我们上网，就仿佛有约在先。果然那蓝色的新年在屏幕上铺天盖地。这一次John选择了蓝色。可能是因为他们的家就在蓝色的海岸。那个白天他们全家在波士顿度过，那里有非常狂欢的场面。女儿刚从那里回来，就在电话中问我们，是不是在电视中看到了他们在唐人街首先迎来了中国的新千年。照片上有华人们舞动的灯火辉煌的中国龙，有人们在期待波士顿钟声时那激情的场面。后来他们回到了家，又到朋友家去聚会。再后来他们又回到了家，那是“New Year 2000”中的最后一张照片。画面上是南希拉着小狗莫莉，若若抱着猫咪奥维尔。文字的说明是John写的，John说：南希和若若带着莫莉和奥维尔跳舞，以此结束了伟大的庆典！

John一次又一次在网上为我们发送的那些女儿的照片，让我们度过了一个又一个幸福的时刻。就像是南希一次又一次为我发来的那些关于女儿的电子邮件。这些网上的照片让我们非常直观、非常立体地感受到了遥远的女儿。那色彩，那质感，那切近的感觉，就仿佛我们伸出手就能触摸她。我们在电脑上把这些照片收藏了起来。想女儿的时候就打开电脑，就像翻开那本记录着往事的相册。我们还盼望John能在“每周更新”的那个栏目中，放上更多更新的照片，不，我们不能对John的要求太多了。只要有John的网站在，我们就知道他们永远和我们在一起。

在信中说了我对John的感谢和感动。为了他的细心，也为了他能理解我们对女儿遥远而绵长的思念。

信中还说了，这一切美好的感觉都是因为John。John本身就是美好的。John的美好将通过因特网，时时刻刻与我们同在。

关于女儿的日记

1月11日

刚刚给女儿打过电话。她的声音很快乐。她说她正在家中看VCD。航空寄去的减肥香皂收到了。诺维尔那天的天气很暖和。不是下雪而是下着雨。他们的家在海边，属于海洋性气候，所以总是很温和并且很潮湿。

她说又认识了一个南美的男孩。从哥伦比亚来回访他曾经住过的AFS家庭。她说她已经有了来自全世界的朋友，所以她今后就可以到全世界周游了。

她说她想把头发染上一缕紫色。一个有点过分的要求。但是我说我不管，因为那时候她正一心想着染头发，直到2月终于把它们染成了那种漂亮的金棕色才罢休。她又问能不能再扎一个耳朵眼，这一次被我坚决地阻止了。

然后她又问新房子怎么样了，她又说刚刚收到我们寄给她的贺年卡，还有她的中国朋友们写给她的信。她要我一定要代她向朋友们问好，因为她们写给她的信都很长，让她非常感动。她想念她们，只是她真的太忙了。她说她现在是非常正规的学习，每天的作业也很多，而她又希望能有一个好成绩。所以她是一定要努力的。

20日他们一家要去迈阿密。她的瑞士姐姐也就要飞来了，她是多么渴望能见到她。

她最后说，她真的也很想我们。

1月19日

上午又和若若说话。此前刚刚给她发走了一封很长的信。铃响后是南希拿起电话。南希那么清晰的声音，她说，玫，你的声音那么近。

然后若若走过来。她说他们那里现在天气已经很冷了，波士顿的气温已经是零下20℃。但屋里还是很暖和，再加上只要出门就坐车，所以也就感觉不到寒冷了。但是她告诉我，听南希说，今年是诺维尔最冷的冬季，也是这些年来最冷的。12天前还下了一场很大的雪，小孩子们都很快乐，她也和邻家的小孩一道出去玩了。

这时候他们刚刚吃完晚饭。

若若说她收到了我的关于SAT（美国升学考试）的E-mail，说现在他们这里高二、高三的小孩整天都在说SAT或是ACT。她说这样的考试不适合她，因为她是外国的学生，而对一个留学生来说，最重要的还是要考托福。所以她可能不仅要参加美国的SAT考试，她还会在美国考托福。

若若还说她现在每天都去健身房，她说她发现训练才是减肥最好的方法。

又问若若还需要什么，若若在电话中立刻扭转头高声喊着，南希——妈妈问，你还要什么吗？若若的英语是那么娴熟那么好听，然后是远处的南希说，她真的什么也不需要了。南希又说，玫已经非常慷慨了。南希再度说，她喜欢我送她的那件重磅真丝的长裙。

然后若若在电话中告诉我，南希喜欢的裙子样式和你喜欢的完全不一样，你喜欢的是那种下摆很大的长裙，而南希喜欢的更多的是那种职业装。总之若若很快就了解了南希穿衣的风格，后来我们给南希买衣服，我总要首先征求若若的意见。

若若还说他们今天刚刚在邮局寄走了给我们的包裹。那是他们全家送给我们的中国新年的礼物。她说她还给她的老师们寄去了恭贺春节的贺卡。

几天前，她还和在康奈尔大学当教师的田晓菲通了电话。晓菲的丈夫在哈佛，是非常著名的学者。晓菲是后来才调来哈佛的，她不愿因她丈夫的关系来哈佛教学，尽管她自己就是哈佛非常杰出的博士生。所以她宁肯先到康奈尔大学去当教师，而且她教得非常好。若若说晓菲在电话中对她说，以后她放假回来的时候，她愿意和若若在波士顿相聚。晓菲在若若很小的时候就见过她，并且她那时就非常喜欢她。若若也为有晓菲这样的姐姐而很骄傲。

1月26日

一早就给若若打电话。这电话让我太高兴了。因为女儿在刚刚进行的考试中，又得到了一个非常好的成绩，甚至比上一次的还要好。在她选学的6门功课中，有5门她都得到了A，只是欧洲历史得了B，可能是因为太难了。但无论如何她还是非常了不起，因为那时候若若在美国学习才仅仅5个月。5个月来她要适应语言，和土生土长的美国孩子们一样上课。她5个月后就成了学校最好的学生，让我们怎能不为她骄傲呢？若若因此又赢得了校长的“荣誉早餐”，又一次赢得了学校的最高荣誉。

这就是我的宝贝女儿。她总是在不经意间为我们这些爱她的人带来惊喜，她怎么会这么棒呢？

所以还有必要总是在电话中督促她努力学习吗？也所以才懂她为什么总是一听到我说学习就不高兴，因为她自己就已经知道努力了，她不希望听我这样的妈妈再唠叨。

总之若若很优秀。总之我的女儿又为南希和John赢得了一次属于他们的荣誉。

1月28日

告诉她我收到了他们寄来的那个很大的邮包，那些春节的礼物。告诉她我们所有的人都非常喜欢他们寄来的礼物，特别是女儿的那些照片真是美极了。那才是最最珍贵的，是女儿送来的最好的礼物。因为那礼物送来了她，她自己。

为南希购物

在2000年2月的日记中，我写道：我觉得我必须记录下这种购物的新感觉。我喜欢购物，才会有购物的感觉，但现在的感觉和过去不一样。我觉得我好像正在不断地消失。过去买衣服，主要是为自己。后来有了女儿，便消失了一半自己，更多是想着女儿，想着她需要的是什么，跟着她的潮流走。这是母亲的消失，很美丽并且高尚的消失。我没有怨言。

然而自从女儿去了美国，购物的心情就更加不同。因为我要想的，就不单单是女儿了，还有南希。因为她爱女儿，那么深深的爱。而我在遥远的中国无以回报，便只能是买一些中国的礼物送他们。而在颠簸的邮路中，似乎也只有衣物是最适合邮寄的。

于是为了南希，我会过一段时间就到街上买一些礼物给他们寄去。便是在这样的购物中，我更大限度地失去了我自己。不是刻意为之，而是出于自愿。每每在商店中看到什么好看的服饰，我首先想到的都会是南希。想这件衣服穿在南希的身上是不是好看，想衣服的尺码对于南希是不是合适。这样，慢慢地我就真的越来越不在意自己了。后来就干脆彻底忽略了自己，在女儿离开的一年中，我几乎没给自己买过什么。

我的这种不断为南希选购礼物的行为，久而久之，竟然也慢慢感染了我的编辑部的同事们。于是凡是我们一道上街，走进商场，她们看见那些优雅服饰后的第一个反应，竟然也是南希。她们也会说这种色彩适合南希，那款样式南希穿上一定漂亮。于是便在那些优雅、漂亮、合适的衣服间挑选着。那一刻我们心里想着的全是南希。仿佛南希就在我们中间，是一个我们熟悉的朋友。其实她们和南希素不相识，仅仅是因为我经常提起南希。当然她们也都看见过南希的照片，知道南希是一个非常非常美好的女人。

母亲亦如此。女儿在美国的一年中，不知道她为她的外孙女和南希买了多少礼物寄过去。逢年过节，她就会说，该给她们寄点什么了，然后就上街去买。那也是她的心意。总之我们都喜欢为南希买礼物时的那种美好的感觉。

说起来这种为南希购物的感觉在女儿出国前就有了。那时候是为了女儿能送给南希和John最好的礼物，便不辞辛苦地奔波于各种大商场之间。那是个春末夏初的季节，所以总是会有各种丝绸服饰展销在天津举办。我每一次必定欣然前往，或者独自，或者和母亲一道，在拥挤的人群中寻找着。那种总是在寻找并且总是有收获的感觉。南希特别喜欢的那件真丝睡衣和重磅真丝的长裙，就是我在那样的展销会上为她买到的。其实从那时起，心里就装上了南希。而且我想我们一定是特别相知的，因为有时候我在不知道南希的尺码的情况下，竟然能买到她非常合适的衣服。我为此而得意，并为此而非常快乐。一种幸福的感觉。就像是我在为自己买东西。

接下来就是带着那些买来的东西往邮局跑。后来我常去的那家邮局的营业员都认识我了。他们非常精心地为我服务。我说我在邮局寄走的那些东西不单单是物质，那也是一种精神，一种深深的爱。为此我写了那篇《在邮局寄走爱》。后来那文章在我常寄包裹的那家邮局被当众宣读，于是他们对我更加周到和热情。他们说谢谢我对他们的理解和鼓励，但是我还是要感谢他们给了我那种寄走爱的环境和感觉。有时候这种感觉真的很重要，因为这牵涉到了爱。

后来我发现，这简直是一个充满了爱和美好的链环，被一个一个的程序组合着。首先要拥有的，是一种想送给他们礼物的真诚的意愿，然后才会有动力，才会拿出很多的时间在商场游荡。为爱的人寻找那些爱的礼物。寻找时的那种好心情。再然后才能走进邮局，寄走那份爱。而接下来的那个环节就让人不耐烦了，那就是你必须焦虑地等待着包裹的到达。这是一个最最漫长的环节。而且快与慢的主动权不在自己的手中。寄走的包裹有时候会出其不意地很快抵达，但有时候又慢得让人觉得那包裹肯定是已经丢失。有时候陆上、海上或空中，会飘着我的三四个包裹，但有时候那些包裹也会莫名其妙地聚集起来，一道涌进他们诺维尔的家门。然后就会传来收到包裹的消息。那是种让人兴奋也让人放心的感觉。因为我们已经等得太久了。再接下来就是期盼着表扬了。那可能是我的一个坏毛病。那是从小就养成的一种习惯，希望在做过之后获得肯定，无论做什么。我知道我的这种总喜欢听别人说好话的心态有点像孩子，但是我就是每一次都在那里殷殷地等待着赞美。

南希也许了解我。在很多事情上，她确实了解我，就像是我们已经认识了很久。所以南希从不吝惜那些赞美的语言，她说："玫，你太慷慨了。""我们都被你的爱意淹没了。""那是我们不敢期望的，但是我们却得到了。""我们被你的美好感动着。""为了你最诚挚的爱，我们感谢你。""你的无微不至环绕了我们。""谢谢你漂亮的丝巾，它们是那么高雅。""收到你的新书，它们是如此精美。""在照片上你会看到，我穿着你送我的最漂亮的长裙，在我们女儿的毕业舞会上。"……

这就是我想要的。南希知道，所以她给予了我。

给南希买衣服，通常都是根据我的感觉为她做选择。唯一的一次，是女儿在请求。她说她希望我能为南希买到一种叫"Pashmina"（后来知道那是一种真丝和羊绒交织的面料）的披肩。她说她们在波士顿的一家商店看到了那种围巾，只是太贵了，最低也要140美金，但是女儿希望南希能拥有一条那样的围巾。所以她打来电话，希望我能在中国为南希买到。于是奔走于市区内各种高档的商店，大概有一周的时间，我跑遍了所有可能找到“Pashmina”的地方，但是却最终没能找到。我想也许是天津的商品还不够丰富，也许是这里干脆就没有生产过“Pashmina”。最后我不得不放弃。放弃的时候我心里也很失落。我知道这样首先会让女儿失望，因为她是那么想让南希得到那条围巾。一想到女儿失望时的样子，就觉得心里恓恓惶惶的。

然后我便开始想方设法地填充那失望，也是在最大限度地为女儿重建希望。接下来我又重新奔波于那些我曾寻找过的商店，在那里发现女儿和南希都会喜欢的那些其他的围巾：真丝的，羊绒的，方的，长的，大的，小的，总之适合南希的。精美的甚至是昂贵的，五彩缤纷，应有尽有，可以搭配各种服装。适合南希的那种所特有的色调和气质，那种赏心悦目。在第二轮的奔波后，我终于可以把那些令人炫目的围巾装进一个美丽的盒子里寄走了，寄往波士顿。然后急急忙忙地在电话中告诉女儿，我知道那是她最最盼望的。

果然，她说，太好了！

但是不知道为什么，那个装满了围巾的盒子竟然一走就是3个月，太慢了。那本来是我最在意的一个包裹，也是在路上走得最长的，真是急死人了。我们不停地在电话中谈论着这个包裹。有一阵我们真的以为那包裹已经丢失了。

那包裹1999年12月5日寄出，到转过年来的3月才收到。当女儿终于收到包裹的那一天，我长长地出了一口气，一种如释重负的感觉。天哪，想不到我那么殷切希望南希收到的美丽盒子，竟然让她那么久以后才收到。

终于到了3月6日，给若若打电话。那时候他们刚从科罗拉多滑雪回来，拿起电话的是南希。南希一听就知道是我。她立刻说，噢，玫。紧接着她又用中文说，你好，玫，谢谢。为了说明她的谢谢，南希又用英文说了一些话，我猜她一定是收到了包裹。

接下来女儿证实她们确实看到了那些美丽的围巾。南希非常喜欢，特别是那条紫颜色印花的真丝方巾，南希说真是漂亮极了。后来女儿去参加她的毕业舞会，那个傍晚稍冷，南希还把她最喜欢的那条紫色丝巾借给了女儿。在那个装满各式围巾的美丽盒子里，唯有一条红色的羊绒围巾是给女儿的，但是女儿也把它送给了南希。她在电话中对我说，她平时很少戴围巾，况且南希又特别喜欢红色。

不久南希也写来了信，她说谢谢你这么漂亮的礼物。她说这些围巾每一条我都喜欢。它们是如此的高雅美丽。玫，你的慷慨让我又一次感动。

然后我就觉得很满足。因为整个传递着爱的链环是如此顺畅地运转着。而在那链环间所浸透的，全都是我们彼此的深情。

真心地喜欢为南希购物。只要走进商场，就会觉得南希和我在一起，她就在我的身边，和我一道分享着女人购物时的快乐。尽管看不到她，但在观念上我们就是在一起的。我们形影相随。

我曾在我的日记中很多次描述了为南希购物时的那种美好的感觉。后来在一堆稿件中，又无意间发现了我写给南希的信的一些草稿。

——祝贺你和John结婚10周年的纪念日。这是人生美好的一天。能想象得出你们和若若在那个幽雅的小餐厅中庆祝时那美好的景象，也能想象得出若若在送给你们结婚10周年纪念的礼物时那傻傻的样子。不过她还是一个聪明的女孩，她知道应该在怎样的时刻把她珍藏的礼物送给你们。不要谢我。很多礼物是若若和我一道为你们挑选的。那种买东西的感觉真好。是为你们，但就像是为自己。在炎热的夏季，那也是一段美好的经历。

——亲爱的南希，非常高兴能在各种不同的商场中，在川流不息的人群中，为你去寻找你可能会喜欢的围巾。寻找的过程也是选择的过程，同时也是一种享受的过程。毕竟我是在各种美丽的色彩中穿行。只是最终没有能找到“Pashmina”，非常遗憾。所以我只能依照我的眼光，按照我认为你戴上会美丽的那种标准，为你选择。把它们送给你，是我的心愿。我相信你一定也会喜欢的。因为在挑选它们的时候，我知道你就在我的身边。

在邮局寄走爱

我已经很久不去邮局了，特别是很少在邮局寄包裹。如果不是女儿远赴国外，在邮局的大厅里寄走心情的那种感觉，对我来说也许永远是陌生的。女儿刚刚离开家3天，我就急急忙忙跑到邮局给她寄走了一个小包。那么急切，仅仅是因为发现她忘带了一些东西。于是想只有邮局能帮助我。其实我为女儿寄走的那些东西并没有那么急，甚至并不是她所必需的，那或者仅是一种思念。第一次，女儿一出门就走得那么远。当包裹寄出，骤然之间的那种平静，悬着的心仿佛被谁放了下来，那是种从未经历过的感觉。才知道，原来邮局是如此的美妙，它能够让你感觉到希望。从此，想着那小小的包裹漂洋过海，想着漂走的是我对女儿的那一份思念。

这是我为女儿寄走的第一个包裹。坐在邮局的长椅上填写地址和各类表格。做着这些的时候使我有了种非常美好的体验。我想到了南希在为我的女儿不断寄来包裹的时候就曾说过，慢慢地，她已经非常喜欢到邮局为她即将到来的新女儿寄点什么的感觉了。那时候女儿还在中国。1999年5月16日的那个晚上，女儿第一次接到了南希和John从波士顿打来的电话，从此便不断有他们的邮件寄过来。有照片、衣物、送给女儿的书、关于马萨诸塞州和波士顿这座古老城市的画册，还有女儿即将就读的那所中学繁复的课程表。就是南希到洛杉矶出差，她也会从那里不同的邮局为女儿不停地寄来各种美丽的明信片。那是南希的心意。她还特意为女儿买了一件绣着他们居住的那个海边小镇诺维尔字样的蓝色T恤衫。她要女儿穿着那件衣服来美国，为着他们接她时，一下子就能在人群中找到她。在南希寄来的诺维尔的资料中，小镇上的那个邮局被放在显著的位置上。南希在那张邮局的照片下对女儿说：今后，你将会不断地在这里把你的信寄回中国。那是一座线条无比简洁的白色房子。宁静而整洁的停车场。南希和John不知道有多少次从那里发出他们对中国新女儿的关切。而我知道，从此我寄给他们和女儿的思念也是最先到达这座白房子的。那里是我们爱的驿站。

是南希喜欢邮局的感觉让我也喜欢上了邮局。后来我才知道，特别是女儿走后，那不仅仅是一种感觉，而是一种生命的需要。是因为我和南希都有的那种对我们的女儿的深情。从此邮局成为了我经常进出的地方，寄信和寄包裹。因为寄得很多，便进过很多邮局；因为进过很多邮局，慢慢地便有了比较，变得挑剔。我觉得给自己惦念的人邮寄礼物是需要一个非常宜人的环境和一份亲切温暖的服务的。因为在某种意义上，我们寄走的是感觉、是心情、是思念，所以，环境和气氛的好坏就变得无比重要了。所以我才会非常挑剔地选择。那些嘈杂拥挤的、工作人员脸色不好的邮局，即便我已经走了进去，也还是会拿着我要寄的东西走出来。

那种让我觉得亲切的邮局是有的。比如解放北路上那家离我工作单位很近的邮局，就是我经常光顾的地方。我愿意到那里寄东西，首先是因为那里是我们这个城市中一座非常典雅的建筑，有将近一百年的历史了。那是原先租界中的一家曾经很辉煌的麦加利银行大楼。很多年来我一直非常喜欢那里。有时候觉得走进去就是一种文化的享受。一层一层向上的石阶、华丽的廊柱和浮雕、辉煌的大厅和穹顶、有着那么斑驳的美丽图案的落地窗，是那种沧桑的感觉在诱惑着我走进去。但我知道这些外部的条件其实都不是最重要的，重要的是，这里有明亮而宁静的空间，有可以坐在那里填写地址和单据的长椅和茶几，还有邮政人员亲切的微笑，以及他们细心周到、不厌其烦的态度。

便是这里可以寄走爱。后来我就总是到这家邮局来寄东西。记不清我已经坐在那个宁静大厅的长椅上，填写过多少次女儿的英文地址了。每每走进这里，我都会怀着一份最好的心情和最深的感情，给女儿，给John和南希，也给我自己。有如此好的氛围与心灵相配合，这一点很重要，这样的感觉很重要。能有这样的邮局，真好。

因为有了这样的邮局，我便更加喜欢给女儿寄东西，也不再觉得进邮局是一件很辛苦很麻烦的事了。我也真的像南希那样，非常喜欢到邮局去的那种感觉了。尽管，当今世界上流行的是那种更迅速更便捷的电子邮件和因特网，但邮局是不可替代的，这种古老的邮递方式是不可替代的，而从邮局那个地方寄走爱的感觉也是永远不可替代的。

在邮局寄走爱。这是多么好的一件事。

彼此适时而至的礼物

一直在电话中焦虑地问着女儿，是不是收到了我几个月前寄去的那些邮包。每一次电话我都会问，后来问得连我自己都烦了，更不要说那种失望的心情。那时候，女儿已经有四个不曾收到的邮包漂泊在海上。那茫茫的太平洋，不知道会把我的邮包带到哪儿。那四个邮包分别是11月初和12月初寄走的，如今已经到了2000年的2月，女儿那边竟然还是杳无消息，让人觉得既无奈，又渺茫。那是我们力所不及的。

想想女儿不能将那些礼物放在圣诞树下，不能看着南希和John在圣诞第二天的那个早晨打开那些礼物，她会多么沮丧。于是我的心情便也沮丧，于是，似乎也只能是在电话中锲而不舍地询问着。

不知道为什么永远是那个令人失望的回答：没有，没有收到，还是没收到……可是已经3个月了。难道3个月之后，那包裹还要在海上漂泊着吗？这漂泊后来简直让我愤怒。而原本我是那么喜欢漂泊这个词，甚至喜欢漂泊的那种自由的意象和状态。但是现在漂泊已经让我讨厌了。为什么要永远漂泊？让爱漂泊？不，我愤怒了，但是我却只能在电话中不停地安慰着女儿，说，别着急，再等等。反正我们的礼物在船上，在海上。想一想，无论如何帆船和大海总是最美的。

然后春节临近。我觉得我再也不能忍受那种“还是没有收到”的折磨了。

于是我宁可把漂泊的包裹想象成已经丢失，尽管这样的丢失是很令人痛苦的。因为那丢失的不仅仅是物质的包裹，更是我们的爱。包裹是可以丢失的，但爱怎么能丢呢？于是在春节的前夕，我便又重新启动了一轮爱的程序：去转商场，Go shopping！依然是物质。而这时的物质确实已不单单是物质，而是深深的爱和一种抗争的意识了。向漂泊挑战。

这一次选择的礼物是：女儿的羊绒毛衣，南希的一条很大的并且很优雅的羊绒披肩和一件美丽的真丝长衫，John的是一件羊毛的衬衣。因为波士顿在北方，北方的冬季总是很冷的。

是的，我又买了礼物。春节的礼物。然后我就立刻跑到邮局寄走了它们。这一次，我觉得我仿佛是在和邮局赌气。一个很大的纸盒，而我竟用了航空的方式邮寄。后来我意识到我其实不是在和邮局赌气，而是在和海运或者陆运那种缓慢的邮寄方式赌气。航空邮寄的那一份潇洒和痛快淋漓，真是让我开心。单单邮费就是280多元。航空就意味着我是在邮寄280元的信件，但是我很快乐。在邮递员称过包裹告诉我资费时，我甚至连想都没想邮费是不是太贵了。

我承认我是怀着某种义愤走进邮局的。但是当航空寄走了我的那份春节的礼物，我便立刻平和了。便是这样，我用航空调整了自己的心态。我想我倒是要看看航空和陆运海运究竟有什么不一样。我想航空应该是有信誉的，所以也就应该是有保证的。

然后我等待，寄希望于邮局，也寄希望于畅通的邮路。我坚信这个春节的包裹一定能在春节期间抵达美国亲人的手中。我这样期待着，很高的期望值。这样，一天两天……八天十天……

想不到春节临近的那个傍晚，我们竟又从剧院的传达室拿到了一张国际包裹的通知单，是女儿寄来的。这真是太令人激动了。还是和上次一样，收到通知单的时候邮局已经下班，要等到明天。可是我好像已经等不及了，因为那是女儿的包裹，还有女儿的爱。

这是女儿寄来的第二个包裹。这是他们在圣诞节期间寄出，而我们在春节期间收到的包裹，是最好的礼物，春节的礼物。

尽管心很急切，但还是要等。等漫漫的冬季的长夜，等太阳的遥远的升起，这样直到第二天清晨。然后一早就急匆匆赶到了邮局。这一次女儿没有任何疏忽，她把地址和姓名都写得准确而详细。于是我非常顺利地取到了这个春节的包裹。那是一份沉甸甸的爱。

抱着女儿的包裹，真想立刻就打开，想知道女儿寄来的到底是什么，想看看里面到底有没有女儿的照片。但终究还是克服了这种小儿科的心理，飞快地把包裹带回了家。而我一走进家门，就再也忍不住了。我要做的第一件事，当然就是立刻打开包裹。

这真是一个令我快乐兴奋的早晨。

我小心地打开纸盒。纸盒里一片灿烂辉煌，所有的礼物都被精美地包装着。那么五颜六色、绚丽多彩的包装，使得那些礼物看上去就像是一件件完整的艺术品。那完整的美丽甚至是我们不忍破坏的。

但我还是拆开了那些彩色的包装。噢，送给外公的是一个鲸鱼骨做成的书签，那书签上刻着“五月花”号轮船，非常的“新英格兰”风格。外婆获得的是一件绣着诺维尔字样的深蓝色绒衣，显然诺维尔的字样连接着她那遥远的外孙女。然后是一个带有简易录音设备的镜框。镜框里是女儿漂亮的照片，而留言是女儿在向家人致春节的问候。那是他们送来的最好的礼物——女儿、女儿的照片和声音。

然后看我的礼物是什么。一个很大的盒子，打开，噢，又是女儿的照片！她是那么漂亮，又是那么快乐。这是南希和John专门送给我的。这当然是最好的礼物：让这个春节的盒子里，到处是女儿的照片。还有什么比这样的给予更宝贵的吗？然后是那个印满了莫奈画作的通讯簿。这个通讯簿是如此的精美而华贵。那水中的睡莲，瓶中的向日葵，还有梦幻一样的风景……这样的通讯簿怎么能真的使用呢？

再然后是女儿送我的化妆品，雅诗兰黛。女儿知道我喜欢的品牌是什么。她为我选择的是两支口红和不同颜色的唇线笔、一个有着无数色彩的化妆盒，还有一瓶玫瑰色的指甲油。而且女儿在盒子上还写着：妈妈，你还有三个礼物，因为太沉，只能走海运了。

而后我便期盼着海运。海运的节奏果然很缓慢，以至于又给人一种被丢失了的感觉，最后只好用彻底的放弃来安慰自己。收到海运的包裹是在整整两个月以后。得到的时候是那种失而复得的感觉。依然的雅诗兰黛，一瓶标示着“Pleasures”（快乐）的香水，一瓶护肤霜和一个精美的化妆镜。“Pleasures”一直是我非常喜欢的香型，女儿也深深铭记在了心中。我知道这就是爱，女儿的爱。我还知道，可能唯有女儿，才真正知道妈妈喜欢的是什么。

后来记起女儿曾经在电话中说到过，她为我买了雅诗兰黛的化妆品，是在她特别喜欢的那个南塔基特岛上。

而在所有的礼品中，最最激动人心的，还是女儿寄来的照片。女儿把它们非常认真地放在了一个精致的相册中。这相册真好，从此总是放在我的身边。女儿除了在每张照片的背后做了详细的讲解和描述（中文和英文），还在相册的扉页上给我们写了那段话。

她说这里是她的主要经历，很有趣，但不是她的全部经历，因为有些照片她一时找不到。照片背后有解释。我们会知道她的生活是怎样的。

是的，这才是最最重要的。于是我就坐在厅里，在到处都是包装纸的厅里，如饥似渴地读着女儿的相册，一张一张地读，爱不释手。那些中文的讲解当然很好读，但是遇到女儿用英文写的那些句子，就要花费很多时间了。因为我必须借助于英文词典，才能读懂女儿的那些话。我要不停地查看那些英文的单词，我不能把我对女儿美国生活的了解只局限于图片上。我要知道她那天在干吗，她为什么要去那儿，她被拍下来的时候想的是什么。

就这样，坐在那里一动不动，全身心地投入到女儿的经历中。竟然一晃就是好几个小时。

在这好几个小时中，跟着女儿的照片，仿佛是我在经历。那感觉真是好极了。

后来在那个上午的晚些时候，我给女儿打了电话，告诉他们我们收到了包裹。这是无比珍贵的春节的礼物，特别是若若的那些照片。

对电话中的南希说了感谢。

然后是若若，亲爱的若若。我对她说礼物好极了，照片也漂亮极了。我们都非常非常爱她，想念她。春节就要到了，对我们来说，这是春节最好的礼物。

若若也高兴极了，兴奋地问着，外公喜欢那个书签吗？外婆穿上那件绒衣了吗？你喜欢雅诗兰黛的口红吗？那些莫奈的画……

叫人不可思议的是，在大年三十的那一天，我的已经在大海上漂泊了不知道多少天的两个包裹，竟然同时到达了诺维尔的家。本来我对那包裹已经不抱任何希望，我也并没有指望它们会带给我在美国的亲人春节的问候。但是那包裹就那样，在那样的时刻，阴差阳错地来到了女儿的家。包裹的突然到来，无疑为他们的春节增添了一种不可思议的色彩。女儿当即就兴奋地给我发来了E-mail。

她说，妈妈，我们刚刚收到了你寄来的两个包裹。我们非常喜欢那些礼物。南希也特别喜欢她的毛衣。原来是圣诞的礼物，现在变成春节的了，真的很好玩。我猜邮局一定是有意把这些东西扣押了下来，等到春节再给我们。谁知道呢？不过这样更好，让我们在春节的前夕感觉到了你们深深的爱。你说呢，妈妈？

照片背后的故事

若若10月28日寄来她的照片。这一次她把照片放在了一个非常漂亮的相册中。在相册的扉页女儿写道：这是我的主要经历，很有趣，但不是我的全部经历。因为有些照片我一时找不到。照片背后有解释——

——在哈佛大学，与朋友们在一起。大约是9月。上面是约翰·哈佛的塑像。

——这就是哈佛的校园，最远端是他们的教堂。

——和女朋友们去摘苹果。大约是10月初的时候。摘了许多苹果，做了许多苹果派。

——这里是Cranberry bog，我不知道Cranberry的中文解释是什么，大概是小红莓。它们生长在沼泽里。10月的时候，人们向沼泽中灌水，所以这些Cranberry就浮出了水面。我喜欢这里。

——南希说这是她见过的最漂亮的Cranberry照片。远处，你能看见小松树，我们从那里砍了我们的圣诞树。

——这是他们还没有向Cranberry bog灌水时的情景，野鸭在那里走来走去。

——这里是马萨葡萄园，小肯尼迪的飞机就是在附近失事的。马萨葡萄园是麻省附近的一个大岛，非常美丽，有很美的海滩。

——这是他们的灯塔。

——这位绅士是鲍伯·格斯曼。他就是从瑞士来的瑟若家的朋友。他的中文和英文都非常好。他主要是研究中国三国时代的历史。这是我们和他在马萨葡萄园的小飞机前。他到哈佛来讲课，所以顺路来拜访。他是个非常有意思的人。

——这是那里常见的树的样子。绿色植物缠满了树枝，很美，但却杀死了树。镜头里是南希和John。

——这就是南塔基特岛，波士顿附近的另一个小岛，比马萨葡萄园小得多，但它是最最美的地方。我们在12月初去了那里，去参加那里的一种仪式。我喜欢这地方。这是南塔基特岛非常有名的灯塔。

——我在这里为外公买了象牙的书签，手工雕刻的，那书签原来是钢琴的琴键。

——在南塔基特岛，试着成为一名船长。

——我们住在朋友家，他们也是我们在诺维尔的邻居。我非常爱他们一家人。他们送给我了他们的钢琴，带我去摘小红莓，还教我做圣诞小点心。在照片上，我们穿上了渔民的服装去找扇贝，非常有意思。

——和丽兹在南塔基特岛海滩。她是新罕布尔什的报纸记者，负责政治专栏。所以她见过许多政界要人，而且她要为所有总统候选人写报道，然后在报纸上发表。新罕布尔什在总统选举中有非常重要的地位，因为这里是美国第一个选举的州，其他的州都会向新罕布尔什看齐。所以丽兹见到了所有总统候选人，她很重要，而且她是那么好。

——这是查尔斯河，远处是哈佛的船坞。这是10月末。这项运动是查尔斯河上的赛艇比赛，全世界的大学都会把他们的船队派到这里来。

——如此美好的一天，阳光，只是有点冷。

——同一天，和我最喜欢的美国食物——面包圈在一起，就是那种早餐的快餐，全美国都是。我非常喜欢他们的面包圈。我要把它们带回中国！哈哈！

——9月初，飓风来的时候，John带我去了海边，远处的海看起来很有意思。很有趣的经历。

——去莱克星顿，那里是美国独立战争发生的地方。照片上是AFS的朋友们。

——Home-coming舞会。这是感恩节前非常重要的舞会。所有的人都要打扮起来，就像照片上那样，去跳舞。我并不是非常喜欢这样的舞会。

——这是我在世界上最喜欢的男孩——布瑞德·辛普森。他是个非常酷的男孩，而且很坚强。这是我第一次见到他，在9月初，我们一道去参加航海俱乐部的Party，那是南希工作的地方，在这里，免费教小孩子们学习航海。

——在Salem。鬼节之前。这里是女巫和海盗出没的地方，这是我和一位海盗先生的合影。

——我和丽兹被送上女巫的绞首架！！OK！

——和吉奥姨妈去新罕布尔什，看她的骑马训练课。新罕布尔什是如此的美丽。11月初。

——新罕布尔什驯马场的风光。那里的草大约齐膝深，非常漂亮。

——这就是我的吉奥姨妈，和她的马乔治。她是个非常好的骑手。

——和南希、John在自由女神像下。

——过生日，和美国外婆在一起。

——和南希与John，我17岁！！！

——纽约！纽约！

——在纽约，南希带我们去参观了一个服装设计的地方，左边的那个男人是杰夫，他是个服装设计师。一个非常纽约化的男人，穿着黑衣服，金黄色的头发。他为Izod公司工作，Izod是做高尔夫球服装的。原先是鳄鱼的牌子，现在独立出来，John有许多Izod的服装。

——与好朋友在自由女神像里，最高的地方。

——爱丽斯岛。所有到美国来的人，在旧的时代，都要首先在这里登陆。

为什么身边没有她？

只有我知道我是怎样想念着她。

只有我理解为什么古人会说“每逢佳节倍思亲”。

这是被我深深地体验着的。我思念她，我亲爱的女儿。

春节是欢乐的时光。全家人聚在一起，难得的相聚，在饭店里吃年夜饭。

我本来很快乐，和家人有说有笑。我知道这是年三十，我也知道不论什么样的节日，若若都是不会在我们中间，这是个已经被我接受了的现实。

但是当大家举杯，不知道为什么我突然哭了。那是禁不住的眼泪，不自知的。我真的不知道怎样就泪流满面了。那不是我想做的。我不想哭，也不想在欢庆的时刻让大家不高兴。但是不知道为什么，眼泪就是不停地流下来。是的，我想若若，我想我的女儿，我太想太想她了。过节的时候家中所有的人都在，为什么就偏偏没有她？

流下眼泪才知道我有多想她。

是的，我太想我的女儿了，而我平时竟没有在意。可能是因为太忙了。在春节前的这段日子里，我要开会上班，打扫家中卫生，特别是还要为新家采买各种生活必备的物品。每天疲于奔命，还要赶写被报刊逼迫的各种文稿……

无论是生活的空间还是大脑的空间都被装得满满的。那么女儿在哪儿？

其实在我的繁忙中，也是包括为女儿所做的那些事的。譬如给她写信、发

E-mail、打电话、买礼物和寄包裹，甚至去买IP卡……而在我为她不厌其烦地做着这些的时候，我竟然不觉得我是在想念她。

直到年三十，所有的事做完了，身心停了下来，家人们坐在一起，于是生活空下来，大脑也空下来。无事可做的空旷。当面对着即将到来的节日和假期，我才知道，我是多么想念她。

眼泪不停地流，不论别人怎样劝。后来我尝试着不想她，忘记，试着换一个话题，和别人说话，可说着说着，眼泪还是流下来。

其实就在一小时前，我还收到了女儿的信。

妈妈，刚刚收到你的包裹。非常喜欢你寄来的东西。南希也特别喜欢她的毛衣。我想一定是邮局故意把这些礼物扣了下来（这些包裹在海上漂泊了3个多月。我每天都在等待着它们到达的消息），等到春节的时候再给我们，谁知道。

John离开家去了佛罗里达。他是如此的忙，以至于错过了春节。他觉得很抱歉，但即便如此，他还是错过了春节。

昨天南希带我去买东西。我得到了一条非常棒的裤子和一双阿迪达斯的运动鞋（她总是给我买很多东西）。所以我非常快乐，再加上今天我还收到了你寄来的衣服。我觉得所有的东西都很“酷”。

明天我将去一个小学校，给一些美国的小孩子讲中国的春节。而且这些小孩子还要穿上过节的服装，所以一定会非常有意思。

傍晚南希将带我去波士顿的中国城。我们将在那里吃晚饭，并看看在那里我们还能有一些什么样的有意思的活动。回来后我将去参加丽兹的生日聚会。明天我还将有另一个Party。星期日南希大概还会再一次带我去波士顿，因为早晨那里将会有一个“龙”的游行，所以这个周末将会是非常

“酷”的。

好了，妈妈。我爱你，并且告诉外婆外公我也非常爱他们，希望你们能有一个快乐的新年。问候大姨一家，舅舅一家和老任。问候刘仪伟，张效瑞，假如方便的话，告诉他们我是他们的“迷”。

再一次，非常非常地爱你。希望你有一个属于你的了不起的一年。

收到若若的春节问候我真的很高兴。高兴她想着在大年三十的这个晚上用网络传送来她的问候，对所有亲人朋友的问候。于是读过若若的信后我便立刻给她写了回信。我希望远在诺维尔的女儿也能听到我们对她的春节祝福。告诉她我们真的很想她也很爱她。

亲爱的若若，现在是大年三十这一天的下午5点，再过一个小时大家就都要来了，到“百饺园”去吃年夜饭。

昨天我们已经住在了新家。感觉非常好，只是你不在。我把你空空荡荡的房间收拾得非常干净。你的房间总是阳光灿烂，你一定会喜欢。

终于收到了包裹真是太好了。就这样，圣诞节的礼物变成了春节的礼物，不过更有了中国的“年味儿”。很高兴你和南希都喜欢你们的礼物，其实还会有一个真正春节的包裹，是我用航空寄走的，也许你们很快就能收到。

刚刚李雨氓又送来了一盆杜鹃花，粉色的，满枝的花。我给李雨氓在她送来的杜鹃花前拍了照片，洗印后给你寄去。感谢李雨氓，她总是让妈妈如此感动。

妈妈真心感谢南希。请转告她，谢谢她在春节期间带你去中国城吃饭，还给你买了那么多你喜欢的礼物。她是在替我为你过春节。她真好。

请代我问候南希——中国新年的问候。也向佛罗里达的John问好。他错过了这个春节没关系，你说妈妈欢迎他们到中国来过真正的春节。

明天12点后我们会分头给你打电话。新家的电话已经装好了。今晚我们会回那里。暖气热极了。你回来后，冬天住在这里就不会冷了。

人们一会儿就来。我要化化妆，等着他们。

爱你，永远爱，心里装着你去参加亲人们的聚会。我会代你向所有的人问好——你的春节的问候。

这就是我的信。我是知道女儿不在身边的，但还是禁不住满心悲伤。幸好有他和我一道回我们的新家，在这样的夜晚。然后是中央电视台的春节节目，小区内几乎彻夜不停地响着鞭炮声，还有遥远夜空中不时闪现的美丽烟火。

初一清晨就开始给女儿打电话，可惜她不在。南希说她去参加丽兹的生日聚会了，要晚一点才回来。她说等若若回来让她给你们打电话。

后来就等，一直等到了下午。想她回来后一定困极了，也许就睡了。所以就不再等，和他一道上街买东西。

后来知道，直到下午3点，若若才从朋友的生日Party上返回。她找不到我，便给外公外婆打了电话，问候了春节，并约好她会在星期一的晚上等我的电话。她说那时候她一定会在家。

于是等着女儿的星期一。那时候距离星期一还有漫长的5天。于是等，一天一天地等，每分每秒都在等待。

后来他走了，回了四川的家，我便回到父母家中，在父母家的电话前继续等女儿。

这样的等待太漫长了。因为漫长，于是焦虑，甚至不安。

后来下了雪，很冷。因为下了雪，很冷，也许还因为前些天太累了，太想念女儿又没有她的消息，再加上他又走了，我就病了。病得很重，发烧并且咳嗽，身上每一寸肌肤都在疼痛。

因为病，也就更加想念女儿，更希望能听到她的声音。我知道无法看到她，但至少让她的声音来到我身边吧。

想女儿。因为病而变得很难受的一种想念。但坚持着，每一天爬起来打开电脑。无数次，希望能读到女儿的哪怕是一个字。

但是没有，没有的悲哀围绕着我。当然我知道她很忙，但是我在生病。

后来终于看到蓝色的线条在向前推进。打开信箱，不是女儿，而是南希。哦，南希太好了。感谢南希总是在我最最想念女儿的时候，带给我她的消息。

南希说这是来自诺维尔的春节问候！

她说John和她把最美好的祝愿给我们。

今天若若和我去了波士顿。我们看到了中国城的春节庆典。它让若若非常开心，并成为了庆典中最最欢乐的一部分！声音如此之大！狮子的游行也非常有意思！我们还享用了一顿非常好的中国式传统午餐，它不太像家里的那种——但是非常好！

若若继续保持着不断取得成功的状态。我们将寄去她的成绩单。她在她的班级中仍旧是最好的。所有的老师都说她在班上是快乐的。她有非常好的学习态度，她总是非常专注。她有很多朋友。她一直在坚持练琴，为我们带来欢乐！

若若和我的关系非常好。她是我的好朋友和好女儿。我们经常进行很有意思的讨论。她学到了很多。她欣赏她在美国的新生活，她也欣赏她在中国的家。她将成为一个国际化的女孩，拥有很多种文化。在她的生命中她将要走很长的路，她是幸运的。

若若说她的朋友在春节期间看望了你们，并带来了鲜花。很高兴若若能有这么细心周到的朋友。我知道你是怎样地想念着若若，因为在此之前，我也是一想到她要回中国的那一天就非常难过。她已经成为我生活中如此重要的一部分。我想我们将永远共同分享我们的女儿。

多么希望我们能直接对话。请记住我经常在想着你。在中国有一个姐妹真好。

南希的信让我感动。特别是，她在乎女儿的那个中国的新年，仅仅是因为女儿在乎。

是由衷的感动让我很快写出了那篇《春节，和南希一道做母亲》。那是我亲自体验的南希对女儿的爱，那爱将永恒。

我一直在想究竟该怎样判断南希对女儿的爱。那么你就去读南希的信，甚至南希经常给女儿买礼物、买她喜欢的那些衣物都可以忽略不计，南希的爱在于她对女儿的理解，和她对女儿的那种溢于言表的欣赏态度。

是的，南希爱若若，因为若若已经成为了她生命的一部分。她当然知道该怎样关心她并且照料她。有如此的爱在女儿的生活中，我干吗还要这么牵肠挂肚地惦念着她呢？

但是我还是想她。

然后就等着相约的那个时辰。记得若若说，那个晚上她一定会在家。很多天来我躺在那里，病着，就觉得相约的那个打电话的日子太遥远了。算算距上一次和女儿通话已经整整12天，这期间本来以为初一的那天能和她讲话，但是我们却错过了。于是艰苦地等待着相约的那天，8日。后来当8日终于来到，我竟然突然变得紧张。

8日是大年初四。人们还在假期中。8日上午是若若那边的星期一晚上。星期一若若已经开始上学，在她上学的晚上，她一般总是在家的。

好不容易，我终于熬到了那个上午，拿起电话，拨通长长的号码（因为使用IP卡），来接电话的是南希。和南希用简单的英语相互问候，告诉她我昨天收到了她的信，她的信总是让我那么感动。听见南希的声音就觉得很亲切。我努力分辨着南希语言的意义，尽管那是很费力的，但是我还是能多多少少听懂一些。

然后南希放下电话，南希在结束和我谈话的时候，总会说一声再见，然后电话中就是一片空白，静极了。我觉得南希是为我去找女儿了，女儿那晚肯定在家。于是我等着，让电话就那样空白着。这样很久，因为很久便开始疑惑。太久了，女儿还没有来，于是我想大概是我没有听懂南希的话，大概女儿在这个约定的晚上并不在家。

后来我只好放下了电话，沮丧至极。拨通了电话，又没能和女儿讲话，就让我更加为女儿担忧，不知道她究竟去了哪儿，不知道她现在怎么样。这一份担忧让我觉得还不如不打这个电话。唯一能安慰我的，是和南希讲了话。记得南希在电话中反复说，若若很好，我和John都非常爱她。

但，还是想女儿。这么久听不到她的声音简直令我发疯。我在房间里到处乱走，心烦意乱。女儿到底在哪儿？我为什么总是找不到她？

后来我在电脑上给她打了一封短信。我说，今早如约给你打电话，又没有听到你的声音，又没太听懂南希的话，不知道你究竟怎么样。如果有空，请一定给妈妈发一封信来，我太想你了。几行字就行。我只是想知道你是不是很好。

然后就在网上等女儿的回信。我这才体会到联络不上你要找的人是怎样的心急如焚。直到午夜，直到我睡觉前也没有在电脑上接到女儿的来信，那时候我无望极了，我甚至怀疑是我的信箱出了问题。于是更加焦虑，心乱如麻，以至于竟然想不到女儿清晨就要赶往学校，而且在学校一待就是一天，她怎么可能有时间给我回信呢？

9日清晨，很早醒来。睁开眼睛想到的就是女儿，但怕拿起电话。那种从未有过的对电话的恐惧，怕电话中还是听不到女儿的声音。于是从床上跳下来后就直奔电脑，打开，去寻找女儿的踪迹。没有刷牙没有洗脸就那么蓬头垢面地守在屏幕前。我觉得为了女儿，我可能已经得了可怕的电脑综合征，因为每一分钟我都觉得女儿会有信发给我。

但信箱依然是空的，和昨天晚上一样。

空的信箱让我再也不能忍受，那种焦虑的心情是难以言说的。伴随着焦虑的是满脑子的胡思乱想，各种各样的想法，好的或不好的。我觉得这简直是在残杀我，是对我的最大的折磨。

没有她的信也没有她的电话，我觉得我真的要疯了。在这个春节，她为什么不理我？我痛恨遥远，痛恨国境线。如果在国内，我知道我会毫不犹豫地立刻去找她的，哪怕天涯海角……

那时候我的情绪已经很难控制。于是我只好又拿起电话，不顾一切地把我的焦虑打了过去。

是John。

John已经从佛罗里达回家？John很高兴的样子，说他已经收到了那件羊毛衬衫，说那件羊毛衬衫如何如何适合他。我这才知道他们已经收到了那个真正的春节包裹。在大年初五的这一天，依然在春节中，所以那春节的礼物没有迟到。

然后终于是女儿的声音。

千呼万唤始出来。

我让电话的听筒紧紧地贴在我的耳朵上，我真是太想太想她了。听到她的声音我有一种如释重负的感觉。心情也豁然开朗，好像病也好了许多。因为那是我的女儿，她将带给我一切。

若若说她刚刚给我发过来了E-mail。她说他们是今天收到包裹的。南希非常非常喜欢我送给她的那条羊绒披肩。那种深灰的颜色也是她特别喜欢的。John的衬衣也很棒。John昨天晚上回到了家。可是他明天又要去南卡。他在那里有工作。总之John在天上飞来飞去的特别忙，而且，他也不能参加女儿的荣誉早餐了。

又是荣誉早餐？

若若说她这个学期的成绩非常好，所以她又获得了学校的奖励。

真是太让人高兴了。女儿所给予我的这种骄傲和荣誉的感觉，驱走了刚才还沉重压着我的那满心焦虑。

她说，再过5天她的瑞士姐姐就会来了。她是那么期待着与她相见。

于是提醒女儿，别忘了送瑞士姐姐一些中国的礼物……

多么好，终于听到了女儿的声音。那声音就像天空的清风，立刻卷走了几天来那所有的阴云。我的心情重新变得平和宁静。女儿的声音是灵丹妙药，那是什么也不能替代的。

放下电话又立刻上网。因为女儿说她的信我马上就会收到。

果然女儿就在那蓝色的信号中，走向我。

妈妈，你昨天一定没听懂南希的英语，因为我昨天实际上在家，只是我来接电话的时间长了一些。对不起，我昨天没能和你讲话。

今天我收到了你的包裹。我喜欢你寄东西给我们。南希喜欢她的羊绒披肩，John也喜欢他的衬衫。

我现在很好。只是有点累。这个学期我在学校里依然是最好的，并且我又获得了一次“荣誉早餐”。

好了，妈妈，我现在要停止了。因为我要做作业。问候外公和外婆。

爱你。

女儿并不知道我的焦虑。但是她还是因为没有能和我说话而说了对不起。但就是没有女儿的“对不起”也无所谓，因为我已经听到了她的声音，收到了她的信。

很久很久地沉浸在一种平和的快乐中。

我觉得在那一刻我是天下最幸福的母亲。

后来想想，女儿的电话或信就像是一种兴奋剂，一种情感和情绪得以支撑的药品。我觉得我的这种见不到她又疯狂想念她的状态是病态的。但是没有办法，这也是一种爱。幸好我没有让女儿看到这种病态的爱。

其实我的要求并不高，只要听到她的声音，知道她好，我就满足了。但是这一点对我很重要，太重要了。那是我的一种精神的寄托，它能让我生活得快乐。

这就是这个对我来说显得漫长的春节。

女儿不在我身边。

南希带她过年。

她很快乐。天高地远，浪静风平。

春节，和南希一道做母亲

17年来，不能和女儿一道过春节，这是第一次。尽管我早已适应了女儿离开我远赴美国读书的生活，但是当全家人在年夜聚在一起时，唯独不见女儿，不知道为什么我还是哭了。眼泪是禁不住流下来的，流下来便止不住。我才意识到我是那么想念她。那是无法控制的一种母亲的心情。

女儿在南希那里。南希在波士顿郊外的一个美丽的小镇诺维尔。

其实我刚刚收到女儿发来的E-mail，说南希是怎样和她一道过中国的新年。南希先是带她到波士顿购物，她总是喜欢为女儿买很多东西，于是女儿在除夕得到了她非常喜欢的牛仔裤和阿迪达斯的运动鞋。所以女儿很快乐。因为17年来她始终都会在除夕得到礼物。女儿说傍晚南希还将带她去波士顿的中国城，她们会在那里吃饭，并试着发现那里还有什么好玩的活动。第二天南希还会再一次带她到中国城，因为那里将有一个浩大的龙的游行……

那时候John刚好因为工作去了佛罗里达，所以在诺维尔温暖的家中就只剩下了南希和女儿这一对母女。于是南希要代表John承担起为女儿过中国新年的重任。也是为我，为了我对女儿的那遥远而又深切的思念。后来南希说其实那也是她的心愿：让女儿在春节快乐。因为他们是那么爱他们的这个新女儿。

于是南希在春节的每一天都会带女儿到那个遍布着中国年味道的中国城。让女儿每一天都觉得是在春节的喜庆中。当这个令女儿无比欢乐的节日结束时，南希给我发来了E-mail，她说在那里她们看到了中国新年的庆典。它使女儿非常激动地成为了其中的一部分。锣鼓喧天，舞狮非常有意思。她们又在那里享受了一顿非常好的中国传统的午餐……

读着南希的信，说不出是怎样的感动和感谢。她总是在我看不到女儿的时候把女儿的信息传给我；她也总是在女儿最需要的时候，把所有的爱给予她。这便是南希——女儿的美国母亲。在春节，是她在做着那个好妈妈，是她在给予女儿欢乐和幸福，是她在不辞劳苦地每天开车带着女儿去过春节，是她让女儿在远离春节的时候仍然能感受到那浓烈的春节的气息。就为了南希这样做母亲，我再一次觉得在遥远的诺维尔有南希这样的姐妹真好真幸运。为了我们共同的女儿，她会做我想要做的一切，她甚至比我做得更好更多更美丽。在女儿的身边，她就是我。我们都是女儿的母亲，我们都有一颗母亲的心，我们都觉得就生活在对方的愿望中，那是我们共同的创造。

最后南希在信中说，我知道你是怎样想念着女儿。因为很久以来，我只要一想到她要回中国的那一天就很难过。她已经成为我生活中如此重要的一部分。我们将永远共同分享我们的女儿，分享我们做母亲的友情。

读南希这样的话时我很悲伤，心里很疼的一种感觉，切肤的，是为南希。不敢想她和女儿分离的那一刻会是怎样的。那是我曾经历过的一种近乎绝望的感觉，而南希也是母亲。后来我想这就是我们这些母亲，被相见相别的感情折磨着，被对孩子的爱牵扯着。母亲的爱没有尽头。这是上天的赐予。

南希说她渴望着我们早日相见，在那一天，在分享着来自女儿的爱的时候，妈妈们说着共同的语言……

女儿的瑞士姐姐

女儿的瑞士姐姐叫瑟若。这也是AFS给若若的。从此瑟若进入了女儿的生活。一种情同手足般的姐妹的友谊。那是若若过去所没有经历过的一种手足的感情。她是独生子女。而他们这一代的中国小孩大都是独生子女。他们很孤独，甚至不知道该怎样与他人相处。

记得1999年5月，女儿到北京参加AFS的培训班。若若从北京回来的时候，就带回了那份美国新家庭的文件。文件的第一页，就是一张很大的南希和John的照片。而站在他们中间的那个女孩，就是瑟若，那个从瑞士来的AFS女儿。那是在华盛顿白宫草坪前的一张照片。那一天的阳光灿烂，大概心情也格外的好，所以他们每个人脸上的笑容都很明亮，很迷人。那时候若若对她即将要去的那个美国家庭还并不特别了解。她只知道他们住在波士顿。有一阵她甚至以为瑟若真的就是他们的女儿，而她到了美国后，就会有一个姐姐经常和她在一起了。

若若是在认真研读了那份文件后，才知道她将会拥有的不是南希和John的亲女儿，而是来自瑞士的AFS女儿。南希和John没孩子，但是他们却总是非常无私地把来自世界各地的小孩接回家。瑟若是，若若也是。后来还有来自巴拿马的那个女孩达雅。他们说，他们希望未来在全世界都有他们的女儿。瑟若是第一个来到这个家中的女儿。那是两年前，也是AFS项目。瑟若也是在诺维尔的家中生活了整整的一年。当项目结束，瑟若就走了。南希和John想念她，于是就只好利用假期没完没了地去看她。在伦敦，或者去苏黎世。在短短的一年间，他们有了很深的爱。瑟若已经不是什么别的女孩，她真的就是他们的女儿了，是他们生活的一部分。

后来有了若若。尽管若若那时还在中国，但是他们还是很快就让若若和她的这个瑞士姐姐建立了联系。记得若若第一次和瑟若讲话是在一个夏日的夜晚。还是John用他的现代化的通讯设施，连接了美国、瑞士、中国这三个国家中的亲人。那是一个遥远而亲密的家庭电话会议。那也是若若第一次和她的瑞士姐姐说话。那时女儿的英语还远没有今天这么娴熟。但无论怎样和瑟若讲话还是令她很兴奋。因为在电话中瑟若告诉若若，是她帮助南希和John在马萨诸塞州的20多个AFS小孩中，最终选择了若若的。

John长期以来一直在非常尽心尽力地为AFS组织工作。于是John在选择他们所要接待的AFS小孩时，就天经地义地有了某种优先权。后来John和南希在第一次打给女儿的电话中对她说：我们一看到你的照片，就知道了你就是我们想要的那个小孩。他们是在马萨诸塞州的那么多国际学生中首先爱上若若的。是的，他们就是这么说的，你就是我们想要的那个女孩。

那时候一定也已经有了瑟若对若若的选择。因为瑟若已经是南希和John生活中不可分割的一部分，所以他们当然要首先征求他们瑞士女儿的意见。不知道在相距遥远的瑞士和美国他们是怎样最终达成共识的。我想一定是John把女儿的资料和照片都放在了网上，不，不单单是女儿的，还有整个麻省的，所有的AFS小孩，请瑟若选择……

后来当若若成为瑟若最好的妹妹和朋友，瑟若再谈到那个最初的选择时，就更是禁不住要得意扬扬了。

瑟若从此便爱上了她这个中国的妹妹。而她给若若写来长信，寄来照片的时候，也许还并不知道在不久的将来，她会在诺维尔的家中见到若若。

瑟若到达波士顿的时间是2月16日。此前若若在信中就告诉了我，她说这个星期三瑟若就要来了，我是那么期盼着能与她相见。然后星期天我们就要去佛罗里达了，这是个多么令人欢欣鼓舞的消息。

后来在18日那天我给女儿打了电话。在那天的日记中我写道：一直犹豫着，不知道是今天还是明天给女儿打电话。明天是她离开家去迈阿密的最后的晚上，怕那时找不到她就会真的错过了和她说话的机会。那样至少一周就听不到她的声音了。那我会为她担忧的。

知道瑟若已经来了，不知道他们全家这会儿会不会去波士顿吃晚饭。

我已经准备好了去上班。那时候我可能已经想放弃今天上午给女儿打电话的愿望。但是走到门口，在就要离开家的时候，我还是回来了。我想不论找得到还是找不到她，我都要打这个电话。否则我一整天都会想着这个电话，一整天都会不开心。于是叫通了那个电话。想不到他们都在家。先是John。听得出John因为两个女儿都在身边的那种难抑的幸福心情。John说，我们刚刚从波士顿回来。然后他就像每次那样，开始在房子里大声地呼喊着：若若。一会儿若若过来，问是谁，John又大声地说，是妈妈——

John恨不能全世界都知道若若的妈妈打来了电话。

若若接过电话，说，嗨！那声音那么近，好像她此刻就在我身边。她嘴里好像在吃着什么，她说是小点心，好吃极了。若若心情很好的样子，说刚刚收到了我的E-mail，只是还没有来得及看。我说没关系。我说我知道瑟若来了，你要好好地和姐姐在一起。我还特别提醒了她，一定不要忘记送给瑟若中国的礼物。

我告诉她又寄过去了一个包裹。送给他们全家的一些春天的衣服。若若说太好了。后来她喜欢我有时候会给他们寄一些礼物过去。大概是因为南希和John给她买的东西太多了。她觉得只有我的包裹才能帮助她表达她的谢意。那是她不愿直接说出来的心意。她说太好了。她又说南希真的特别特别喜欢你送给她的那条灰色的羊绒披肩。她总是说你是那么慷慨。

然后她说她的姐姐非常好。她说瑟若是一个非常有思想并且非常有个性的女孩子。她说她不仅喜欢她，而且开始敬佩她。

瑟若来后，他们就开始准备佛罗里达的旅行了，非常激动人心的旅行。他们将乘飞机先到奥兰多，那里有一个比加州的“迪士尼”还要大的“迪斯尼乐园”。然后他们会租一辆汽车，从奥兰多到迈阿密，还会去看在那里上大学的邻家男孩汤米。然后，瑟若就要离开他们，从迈阿密飞往墨西哥。因为在墨西哥有一个可以让她更熟悉西班牙语的项目。瑟若走后，南希和John还会带若若去一个叫做西棕榈滩的地方。那地方非常美。那里有John的很多朋友。10天后他们才会从佛罗里达返回。

我提醒她不要忘了带游泳衣。她带走的是我在香港为她买的一件著名品牌的游泳衣。然而她竟然说她要买三点式的泳衣。问她为什么？她说是因为在迈阿密海滩，人们都穿这样的泳装。于是我只好说好吧，入乡随俗。

若若说从佛罗里达回来就又要上课了。她要继续她的第三个学期的课程。她已经连续两个学期因为成绩优异而获得了校长的“荣誉早餐”。非常不容易，或者非常了不起。她又说她写了一篇关于我的文章。这在她几天前的信中已经提到。她说，我刚刚写了一篇关于你的文章。我非常喜欢它，而且我的很多同学也都喜欢它。写作老师也认为我写的文章总是非常好，而且很专业。所以每一次作文我都能得到90分或者95分。若若这样说着的时候，连她自己都觉得很自豪、很得意。

若若说，在上了一周课之后，紧接着就又会是一个假期。美国小孩的假期实在是太多了。若若说，这个冬季的假期，John他们就会带她去科罗拉多的家。他们在那里有美丽的房子。那房子是在寒冷的落基山脉的高处，非常美。不知道他们会不会带女儿去滑雪。

若若不停地和我说着。看得出她是想跟我说，想让我知道她所有的生活和所有的行踪。我喜欢她这种想跟我说话的愿望。我喜欢听她说。我觉得听她说就仿佛是她在带着我旅行。

不久，我们就在网上看到了瑟若的照片。那是在瑟若“Come Home”的栏目下。照片下边的文字也是John写的，但语气却是瑟若的。John总是喜欢这样。就像在若若的照片下，John也总是在模拟着若若的口气在说话一样。这是John的情趣。

——在波士顿机场，若若去接瑟若。她们两个拥抱在一起。而刚刚走下飞机的瑟若手里拿着的，是一面有着红十字标志的瑞士国旗。

——若若和瑟若一道在家中做饭。这可能也是瑟若到来的一个非常有意思的游戏。若若穿着那件紫颜色的T恤衫，头发高高地梳在脑后，看上去就像是一个小姑娘。长长的手指，在做着什么，只是不知道是不是好吃。

——John和他的两个女儿在一起。他一边搂着一个女儿。两个女儿看上去都很甜蜜。

——在房子前的绿草地上。波士顿已经很冷，不知道为什么草坪竟依然是碧绿的。漂亮极了。瑟若和若若相依着蹲在那里。显然她们已经熟悉了。而和她们姐妹蹲在一起的，是漂亮的莫莉。若若穿着新的牛仔裤和新的旅游鞋，那是南希春节时刚刚为她买的。

——瑟若去看她原先的好朋友。

——瑟若在电脑前和奥维尔在一起。奥维尔是瑟若的猫，瑟若的美国猫。是因为当年瑟若刚来美国时，特别想念她在瑞士的猫，后来南希他们就为她买回了奥维尔，让奥维尔陪伴着瑟若在美国的时光。瑟若说她本来是想把奥维尔带走的，因为她离开美国后也会非常想念奥维尔。但是奥维尔那时太胖了，它不适合旅行了。所以奥维尔留了下来，和莫莉在一起，等着若若。不知道奥维尔见到瑟若是不是还能认得出她。

然后他们去了佛罗里达。按照计划扫荡了佛罗里达几乎所有美丽的风光。后来John在网上放了很多关于佛罗里达家庭旅游的照片。差不多都是她们姐妹亲密地在一起。瑟若，若若，每个人的名字上都有一个“若”的读音。这样听上去，或者用中国字写出来就更像是亲姐妹了。多么神奇。而她们这两个女孩本来素不相识，在不同的国度，甚至连肤色也不同，但是她们却已经亲如姐妹。

照片上的瑟若和若若越来越亲密。那种亲密甚至是真正的姐妹都难以企及的。后来南希在写给我的信中说：瑟若·布克，我们的瑞士女儿来看望我们了。若若非常高兴。她学会了去喜欢一个姐姐。她们是如此地彼此尊重和喜爱。我想一个姐姐是我们给若若的最好的礼物。如今，她们已经建立了非常好的友谊。瑟若是一个很有创见的女孩子，而且是一个非常忠诚的朋友。

在佛州的大部分旅行中，都是瑟若和若若在一起。若若是那么喜欢她的姐姐。她也从瑟若的身上学到了很多很好的品质，譬如她坚定的意志，她锲而不舍的精神，她做事认真的态度，和她对朋友的真挚的友情。她们相亲相爱。一起坐飞快行驶的“过山车”，又一起在迈阿密的海滩和汤米一道漫步。仅仅是因为汤米是瑟若的朋友，若若就引汤米为知己。因为若若相信瑟若，就像相信她所有的亲人。

她们和汤米在迈阿密海滩拍的那张照片漂亮极了。背后是绿海，白色的海浪；远方是蓝天，缕缕白云。真的美极了，就像是油画。那就是迈阿密，人间的天堂。3个可爱的孩子完美地镶嵌其间。

瑟若5月从墨西哥返回。瑟若20岁的生日就是在诺维尔的家中度过的。那是个美丽的晚上。瑟若坐在她巧克力加草莓的漂亮蛋糕前。瑟若的胸前是她的奥维尔，而手腕上，是若若送给她的那个中国玉石的手链。

瑟若临走前她的朋友们为她举行了一个Party。汤米也从迈阿密回来了，为他的好朋友送别。汤米在上大学前曾经是诺维尔中学的AFS学生会主席。那是个非常精彩的聚会，所有的AFS小孩们都参加了。每个人的脸上都是灿烂的，还有迷人的微笑。他们相约在未来的某一天，一定要相聚在古老的欧洲。

然后瑟若就回瑞士的家了。瑟若离开的时候，南希和若若都很难过。这一次瑟若独自出门旅行3个月。她的收获很大，而最大的收获就是见到了她的妹妹。

瑟若爱若若。瑟若也知道南希爱若若。于是她才会在John送若若回中国的那段日子里，每一天都从瑞士给南希打电话。她知道若若离开后南希的心情会是怎样的。她每一天都打电话安慰南希。南希能有这样的女儿，世界还会不美丽吗？

后来在若若18岁生日的那一天，瑟若从瑞士寄来了世界上最好的巧克力，和一把刻着若若名字的红色瑞士军刀。棒极了。后来瑟若时常在电脑上给若若写信。瑟若的信总是写得特别好特别认真，也总是让若若很感动。所以若若在给瑟若回信的时候，就不得不也写得特别认真特别好。其实这也是女儿在向瑟若学习。这也是瑟若那强烈的人格感召力。

再后来，就是女儿的这个瑞士姐姐要到中国来了。若若特别高兴。她热切期盼着这一次在她自己的祖国和瑞士姐姐的见面。南希和John也会来，但是会比瑟若晚到一周。这一周是他们特意为两个女儿留下的，让她们单独在一起，让她们姐妹情深意长。

在迈阿密度假

女儿在最寒冷的2月去了迈阿密。

那种季节的转换令女儿心潮起伏。当然首先还因为那是迈阿密。那个充满了刺激的城市。迈阿密，富有者的美丽天堂，或者，大毒枭的交易场地。但同时也是旅游者最理想的去处。别墅和海滩，棕榈树还有迈阿密热烈的阳光。而且，我和女儿都非常喜欢的那位意大利服装王子范思哲，也是在他迈阿密寓所前的小街上被人杀害的。所以迈阿密还是神秘而血腥的，承载着各种各样的故事。因此迷人。那种魔鬼般的魅力令人炫目。记得当年我去美国，在最后确定行程路线之前，我的翻译仪方就曾建议我去迈阿密。迈阿密也在南方。只是我当时更想去的南方是我最喜欢的美国作家福克纳在密西西比州的家乡奥克斯佛。当然那一次沿着密西西比河前行我也到了我那一线的最南方新奥尔良。站在新奥尔良的海岸，穿过温暖的墨西哥湾就是迈阿密。迈阿密是美国这头公牛伸向大西洋的一个美丽的触角。

我知道迈阿密一定美极了。

最早听女儿说起她要去迈阿密是在1999年的年末。那时候还没有过圣诞节，但是令她兴奋的假期已经开始。她喜欢放假。因为她知道只要一有假期，南希和John就一定会带着她去旅行。在那天的电话中，她非常兴奋地告诉我，明年

2月，她的瑞士姐姐瑟若要来诺维尔。而瑟若来后，他们全家人就会一道去佛罗里达了。她说真是太棒了，特别是迈阿密。迈阿密是一个值得人们为它去兴奋的城市，所以女儿一想到要去迈阿密度假期，就会兴奋不已。

不久收到了女儿在圣诞节发来的祝贺的信。在信的末尾，她说，OK，让我们来说些严肃的东西。她说，我现在胖了，体重增加了20磅！！！而我下个月又要去迈阿密，我不想我在南方看上去会不好看，所以为我去买两块减肥香皂，并且航空寄给我。妈妈我将永远爱你。圣诞快乐。然后在那封信的结尾，她又重申了关于减肥香皂和航空邮寄的事，并且接连用了十个惊叹号，足见她减肥心情的迫切。我知道她是希望自己在迈阿密穿上那种吊带的背心时，看上去要像一个美丽的窈窕淑女。她的愿望是美好的。那是全世界所有女孩子的美丽愿望。

我于是转天就寄走了她要的那种减肥香皂。对她的请求我总是有求必应，并且总是以最快的速度落实。航空的小包在天空只飞翔了12天。记得到了2000年的1月10日，女儿就收到了她特别急需的包裹，那时候距离她去迈阿密还有差不多40天。如果减肥香皂确实管用的话，她还有足够的时间使自己变得苗条起来。但是没有多久她就在电话中说，妈妈，减肥香皂根本就不管用。她现在只好改成每天去健身了。我说那当然好。但可惜她就是坚持每天健身，到了该去迈阿密的时候，她的体重还是没有明显的减轻。她为此而很沮丧，因为她不得不每天和那种奶酪打交道。

但毕竟身体的胖瘦不是主要的，关键是，她从此怀抱了那个对迈阿密的憧憬。

记得为了迈阿密，我还专门跑到丝绸进出口公司的专卖店，在那里买了很多迈阿密风格的花衬衣和花短裤，给他们寄去。

总之，所有的人都在为迈阿密做着准备。2月5日，和若若通话并收到了她的信。她说瑟若马上就要来了，她是那么期盼着与她相见。然后在20日的时候，他们全家就真的要踏上佛罗里达的旅程了。大约一周后回来，所以若若说，未来的一周将是非常令人鼓舞的。

在女儿踏上旅途的前一个夜晚，我给她打了电话。那时候瑟若已经到来，因为亲人回家，房子里快乐得就像过节。电话里就能感受得到那种欢乐的气氛。

若若在出发前非常详细地告诉了我他们未来的旅程。她说他们20日下午乘飞机到奥兰多，因为那里有个比洛杉矶的迪士尼乐园还要大的迪士尼世界。然后，John会开着车带他们去迈阿密。在那里，瑟若要离开他们去墨西哥学习。瑟若走后，他们还要去佛罗里达别的地方继续旅游。大约下周一，也就是28日，他们才能回到诺维尔。提醒她去迈阿密别忘了带上游泳衣。她说她想去买三点式的那种游泳衣，因为在迈阿密人们都是穿那样的。我没有阻拦她。入乡随俗，只要她快乐。

20日他们离开诺维尔的时候，天气还相当冷。因为是冬天。女儿是穿着羽绒服去接瑟若的，而瑟若也穿着很厚的长大衣。但迈阿密不一样，那里将每天都下着炎热的太阳雨。

在接下来的漫长的一周里，我几乎每天都在想着，女儿今天到了哪儿？迪士尼世界是不是很好玩？瑟若已经离开迈阿密了吧？他们三人又去了哪儿？明天是不是就要准备回家了？

3月1日清晨拨通了女儿的电话。这是他们那边2月29日的晚上。我猜女儿一定已经回家了。南希很快就拿起了电话。她说，哦，玫，佛罗里达真是美极了。

然后亲爱的若若走过来。她嘴里好像还在吃着东西。她的声音很快乐，她说他们昨夜两点才回来。

接下来就是她为我描述这次愉快的迈阿密之旅。后来每次旅行过后，她总是喜欢这样详详细细地为我描述她所有的经历。她的记忆总是那么清晰，她甚至想都不用想。她不会忘记所有的细节。她说星期天下午他们先飞到了奥兰多，去了那里的迪士尼世界。那是世界上最大的迪士尼乐园，有四个景区，也是最早修建的。然后他们就开着车沿着东海岸一直向南。哦，沿着海岸线，那一定是非常美的旅程，也可以想见他们一路上的好心情。

然后他们去了西棕榈滩。记得若若刚刚说了West，我就问她，是不是西棕榈滩？她很惊异，问我，你怎么知道？我说我看了地图。她说，是吗？是的，因为女儿要去佛罗里达，我便开始认真地研究起佛罗里达的地图。我要知道她小小的脚印将要驻足在哪里，我还要在地图上看到她将被镶嵌在哪片美丽的风景中。我要知道她在哪儿又要到哪里去。我要如影随形地追逐着她，哪怕是在地图上。女儿很惊讶。但是她也许不会理解我。那只是一种母亲的心情。那是只有她长大了也做了母亲的时候，才能理解的一种与女儿亲近的方式。

女儿说John在西棕榈滩有很多朋友。一些非常富有的朋友。他们都有私人的海滩和浴场。他们在西棕榈滩的时候就住在这些朋友家。非常好，非常安静。美极了。

问若若是不是游泳了，她说在那里游泳已不是最重要的了，主要是晒太阳。要晒成那种蜂蜜色。若若说她就晒得非常好，非常棕色，那种金棕色。而那些白人有时候一晒就会变红，而且会暴皮。若若说她还没有买到那种三点式的游泳衣，她是穿着我在香港给她买的那件游泳衣晒太阳的。

接下来他们来到迈阿密，女儿梦寐以求的地方。在迈阿密她和瑟若见到了邻家男孩汤米。那时候汤米正在迈阿密大学读一年级。瑟若早在给若若的信中就提到了汤米。瑟若和汤米是久别重逢。他们相见时自然非常亲热。因为汤米是瑟若的好朋友，他也就自然是若若的好朋友了。所以他们一道在迈阿密美丽的海滩上玩。他们在那一天的照片上都很明媚，背后是遥远的海平线。

我说我知道汤米是谁。汤米是维多利亚的弟弟，老汤姆的儿子，而老汤姆和John是好朋友。于是若若又惊异，她再度问我，你怎么知道？我说我也是通过你的信和电话中的只言片语，一点一点将你身边的人物联系起来的。这有点像我写作的那些历史小说，我也是从史书的蛛丝马迹中将那些人物的关系一点一点地理清的。我说还因为我是那么关切你，我会认真倾听你说过的每一句话，然后把它们铭记在心，所以我能知道你的朋友是谁，而他们的家人又是谁。

然后瑟若从迈阿密去了墨西哥。

南希说，若若喜欢她的佛罗里达旅行。那里阳光充足。她和她的瑞士姐姐在一起，她们建立了非常好的友谊，她们相互尊重并喜爱，若若是在国际家庭中长大的。

接下来他们开车返回。途中专门游览了国家鳄鱼公园。他们开着车穿过鳄鱼公园的高速公路，车行驶着就可以看到路两边沼泽和泥潭中爬来爬去的那些鳄鱼。若若说那里有很多的鳄鱼，还有各种各样好看的鸟，非常有意思。能穿过鳄鱼的天地，这对若若这种永远也长不大的孩子来说，当然是最刺激，也是最好玩的。

这就是南部的美丽风光——沼泽和丛林。记得当年在新奥尔良，鳄鱼也是那个古老城市可供人们参观的一道风景。佛罗里达和新奥尔良很近。大概南方到处都是鳄鱼的家园，因为南方气候湿热，而且到处遍布着神秘的沼泽。

后来他们又去了另一个岛。美国的岛屿总是非常漂亮，那是关于岛屿的文化，譬如长岛。再后来他们又去了一个叫佩尼萨拉的地方，从那里乘飞机返回了诺维尔。

若若和南希返回诺维尔时，已经是午夜两点。而到了这一天的清晨，她们竟全都费力地从床上爬起，南希开着车送若若上学，因为若若不想错过她的课程。

没有能很快从网上看到他们在佛罗里达的照片。后来知道，是因为John没有回来，John还要继续留在佛州工作，他要等到星期五才能回家。

若若在电话中说，一周后猜他们还会去哪儿。哪儿？她说他们将会去科罗拉多滑雪。听起来是不是很“酷”？那里是落基山脉的高寒地区，他们要去的地方有常年的积雪。仅仅一周，女儿就从美国最热的地方又飞到最冷的地方。若若真是太开心了，因为整天在迁徙中，并且每天都在玩。她说她渴望着在晒过了迈阿密的阳光后，再到落基山脉去滑雪。总之他们所亲近的，都是最美的大自然。还因为他们有不断的假期。

然后女儿说还有好消息，那就是4月的时候，他们还要去加州……

一次又一次预期的旅行。真是太不可思议了。这可能就是美国人。只要有了假期（他们的假期格外多），他们就决不会待在家中。旅行旅行还是旅行。旅行已成为美国人生活中十分重要的一部分，否则美国人的生活还有什么意思呢？而南希和John之所以这样频繁出行，更多的还是为了若若。他们希望若若能看到更多的美国风光，在旅行中接受大自然的赠与。

John周末回到家。

John回来后的第一件事就是把佛罗里达的照片贴在网上，让我们分享若若所经历的那美丽的行程。那都是一些非常漂亮的照片。在Jonh精心制作的一个一个栏目下。

为了让我们尽快看到那些照片，若若发来了E-mail。她说，妈妈，今晚你一定要打开网站，John现在仍在他的网页上工作。他在那里已经工作差不多一个小时了，那是我们佛罗里达的旅行。

晚上打开John的网站，再打开栏目，果然有他们在佛罗里达旅行的所有照片。第一张就是他们一家4口在西棕榈滩的朋友家。那是我最最喜欢的一张照片，两个明媚漂亮的女儿幸福地站在南希和John的中间。在佛州的阳光下，所有的神情都是那么灿烂，真是美极了。南希尤其漂亮，头发被海风吹拂着。一个年轻漂亮的妈妈。瑟若紧搂着若若，她喜欢在美国能有一个来自中国的妹妹。她喜欢这个妹妹。若若也漂亮极了。她穿着我在新加坡为她买的那件蓝白条的吊带背心，长长的头发用发夹别着，那么迷人的笑容。John则是一副非常自豪幸福的父亲神态。那是一个由AFS组合起来的完美家庭，世界的家庭。总之那是他们全家最好的一张照片。这张照片可能也是John最喜欢的，因为网上的所有照片都是来来去去如流水般替换，而唯有这张一直被John放在网上，只要打开电脑就能看见。

John的照片记录了他们在佛罗里达的所有经历。从迪士尼的奇异景观，到国家鳄鱼公园那茂密的沼泽丛林。很多照片是若若和瑟若在一起。无论何处，她们总是形影不离，所有阳光灿烂的地方都有她们的身影。所以南希会说，给若若一个姐姐，是他们给她的最好礼物。

后来的那个岛也非常漂亮。那是一片宁静而荒凉的草滩，而远处是海。他们和那片海滩的主人在一起野餐。黄昏的海美极了。若若拍了很多张美丽的黄昏的海的照片（若若用她的照相机拍摄最多的是风景，她的这一类照片非常精彩。而她的照片就都是John照的了）。在那一组照片中，有一张是我最喜欢的，那是南希的，非常非常美。她站在黄昏的海滩，戴一顶非常漂亮的帽子（后来知道那是南希在佛罗里达刚买的）。她是那么优雅，像诗一样。南希就是很漂亮，南希不仅漂亮还有一颗美丽的心。

佛罗里达真的美极了，还有迈阿密明媚的阳光，和女儿阳光般的心情。女儿能如此快乐我真的很高兴。感谢南希，感谢John，感谢他们把大西洋的海风带给了她。

去科罗拉多滑雪

很早就知道南希和John在科罗拉多有一个家。他们说那也是若若的家。科罗拉多是美国中部非常美的地方，有落基山脉的皑皑白雪和绵延起伏的崇山峻岭。因为科罗拉多的美，还因为南希和John是那么喜欢滑雪，于是他们便在科罗拉多拥有了自己度假的别墅。

记得在女儿到达美国之前的一段时间里，他们就在那里度假。他们从科罗拉多的家中，用电脑为女儿发来了很多照片。漂亮的房子、南希和John在高尔夫球场、那些麋鹿、积雪的山峰，还有可爱的鼹鼠。不久，女儿又收到了他们从科罗拉多寄来的包裹。那是一本非常漂亮的科罗拉多画册，还有很多精美的图片和明信片。他们希望若若在还没有来到科罗拉多之前，就看到并了解她的这另一个家。而当他们结束了科罗拉多的假期回到诺维尔，他们所做的所有事情就是准备着迎接他们中国的新女儿了。

从此女儿梦想着她在科罗拉多的家。

而女儿在来到美国之后的很长一段时间里，竟一直没能前往科罗拉多的家。因为学习，因为从东部到落基山脉的遥远，大概也还因为没有一个合适的假期，或者，他们一直在等待着那个能够滑雪的季节。

女儿一家是从佛罗里达返回后才飞赴科罗拉多的。那是3月，正是滑雪的季节。女儿从炎热的迈阿密，转眼就来到了落基山上寒冷的滑雪场。如此的季节转换，不知道女儿是不是能适应，但是，那期待已久的滑雪的兴奋还是主宰了她。

在女儿离开诺维尔前我给她打了电话。那时候她的心还没有从佛罗里达的欢乐中回来。她说妈妈你一定尽快上网去看我们佛罗里达的照片。那里的一切真的美极了。

后来她又写来了信。她说周末的时候她和迪戈乘地铁去了波士顿，在那里的滑冰场看到了他们喜欢的一些朋友。星期天南希和John又带着她和迪戈、可可一道去了波士顿北部的一个小城市看家具展览。John在那里有朋友。那都是些非常艺术的家具，古典而优雅，而且那些家具都是手工制作的。她说她会寄一些杂志给我，让我了解那些美国的装修风格，或许对装修我们的新房子有帮助。

然后她明天下午就要去科罗拉多了。她说她太高兴了，因为他们将在那里滑雪。记得当时我特别叮嘱了她一定要注意安全。因为我知道，在茫茫的积雪中从高空降落无论如何是一项危险的运动。

之所以要特别叮嘱女儿，是因为我了解她从来是一个天不怕地不怕的小孩。记得她3岁的时候，有一次带她去游泳。那时候她根本就不知道什么是游泳，她竟然就敢不顾一切地往深水池里跳。跳进去后才知道她将被淹没，于是便开始在深水中拼命地挣扎。女儿就是这样不知深浅，所以总要我为她担惊受怕。不知道在电话那边的女儿是否听到了我的叮嘱，或者她听到了却没有留意。总之她正期待着科罗拉多的滑雪，她始终认为那是一项很“酷”的运动，所以她不认为那项很“酷”的运动是危险的。她自然也不会想到要好好保护自己。

然后她又在电话中告诉我，4月的时候她还会有假。说到假期的时候她总是很兴奋。她说那时候不知道她又会到哪儿去旅行。可能是加州，也可能去南方。总之美国的假期实在是太多了，多得令人眼花缭乱。

大概是从去年冬天开始，女儿的生活就好像是被假期和旅行编织的。新罕布尔什、缅因州、纽约、佛罗里达、华盛顿，还有不久将去的科罗拉多和加利福尼亚。这是一种怎样的生活？他们在美国的上空飞来飞去，那来来回回的路线已经足以编织起一张细密的、笼罩在美国大陆上空的网了。女儿当然喜欢这样的生活。她期待着每一次令她难忘的旅行。

女儿说临走之前，她还要到学校去参加一个音乐的考试，或者弹钢琴，或者唱歌，是为了参加学校不久将举行的那个艺术特长展示的表演。当然忙里偷闲的她也顺便说到了她的学习。她说，学习继续很好。所有的老师都认为我是班上最好的学生。他们都非常喜欢我，特别是我的英语老师始终认为我是最优秀的，所以，我现在不能和你说话了，因为我要去做作业了。

然后她就去做作业。

然后她就去参加艺术的考核。

然后他们就坐上傍晚5点的飞机，飞往她梦寐以求、无限向往的科罗拉多。

他们是在丹佛机场落地的。后来女儿告诉我，丹佛机场是她在美国最喜欢的机场。半年多来，她不停地在美国的各个机场进进出出，那么多世界著名的大机场，譬如纽约的肯尼迪国际机场，譬如世界上最大的空港之一芝加哥机场，女儿为什么偏偏喜欢丹佛机场呢？她说，因为那里很“另类”，或者是因为那个机场里有着很浓的印第安人文化的色彩。那是女儿最喜欢的。

一周后拨通了女儿的电话。知道那时候她一定已经从科罗拉多返回。她说电话铃一响我就知道是你。然后她就开始一天一天地为我讲述她在科罗拉多的旅行。她好像记得每一天的每一个细节，而且她是那么愿意详细地为我讲述那一切，而那一切又恰恰是我想听到的。

她说他们那天晚上10点多才抵达丹佛机场。他们住在了John的一个朋友家，因为他们自己家那边没有雪，而John在这边有很多的朋友。她说这里有一个叫Vail的滑雪场，是全美国最好的滑雪场，也是最昂贵的，就在落基山脉最高的地方。而一般他们新英格兰地区的人们要滑雪，大多数人会去缅因州。所以他们那边的小孩一听说她要到Vail去滑雪，所有的人都对她羡慕不已。

第二天他们就开始滑雪。他们先到了一个小滑雪场，那里不开，他们才又去了那个大的滑雪场。南希为若若交了90美金，让她首先进了一个初学者的学习班。她在这个班里学了差不多3天，当完成了所有的滑雪课后，她就可以尝试着和南希一道滑雪了。她说滑雪其实很难，相当难，而且要滑好也非常不容易，但是却非常有意思。每天坐缆车到山上的滑雪场，单单是每天缆车的费用就是60美金，所以Vail是最贵的。

若若说这一次他们没有回自己的家。但是6月的时候会回来，因为那时候她还会有假期。她还说她在科罗拉多给我买了很多好看的图片，她已经寄给了我，不久我就能收到。

第二天John就在网上传来了若若在Vail滑雪的照片。那么气势宏伟的落基山脉，和那年我在新墨西哥州印第安人的高原部落看到的群山一样。同样的落基山脉，同样的皑皑积雪，同样的绵延起伏，同样的巍峨壮观。在如此伟大的落基山脉背景前，若若倒是一副滑雪很娴熟的样子。她穿着滑雪板，拄着滑雪杆，戴着滑雪的小帽，还有一副大得几乎遮住了她大半个脸的滑雪眼镜。

就像南希说的，Vail相当美。Vail是美国最著名的滑雪场。若若喜欢滑雪，滑雪时她是那么勇敢……

邻家咪咪

若若在11月的信中非常骄傲地告诉我，她说星期五晚上，她照看了邻居家的两个小女孩，她们是世界上最可爱也是最漂亮的小女孩，她非常非常爱她们。而且，从下午4点到午夜12点，她得到了60美金。为此她真的很高兴。

这是女儿第一次打工，第一次对比她小的小孩承担责任。这是他们的邻居特意为女儿安排的一次工作，因为邻家的那两个女孩喜欢若若，若若也非常喜欢她们。为了她的第一次照看他人，我还特意给她写了信，要她格外当心，一定要把可爱的小姑娘们带好。

第一次看到咪咪和克瑞恩是在女儿寄来的万圣节舞会的照片上。那真的是一对世界上最漂亮的小姑娘，在那个舞会上，咪咪化装成一个黑色的蜘蛛女，而克瑞恩则是一粒红色的m＆m巧克力豆。大概她们姐妹从那时起就喜欢上了若若，她们和若若这个Y2K（千年虫）在一起很开心。她们一起照了很多照片。咪咪和克瑞恩与若若在一起时是那么可爱。

后来在若若即将离开美国前，她又去看护了一次咪咪和克瑞恩。咪咪是姐姐，克瑞恩是妹妹，她们都已经上小学。若若说她照看她们其实就是和她们玩儿，而且她也喜欢和她们玩儿。但这是工作，最有趣的工作。

更多地看到这对小姐妹，是在John带来的录像带中。那是若若回国前的一些告别的活动，然后美丽夏日的那个美丽早晨就到来了。画面中出现了咪咪和克瑞恩。她们高喊着若若来到了若若家的花园里。那时候她们已经知道若若就要走了，所以她们给若若送来了礼物。若若很高兴，按照美国人的习惯当即打开了那盒礼物的漂亮包装。原来是一盒精美的巧克力，若若立即吃了一颗。紧接着咪咪和克瑞恩也就立刻和若若一道吃了起来，一块紧接着一块。她们剥开糖纸，把糖塞进嘴里。显然她们是非常喜欢巧克力的。在巧克力面前，她们忘了本来是给若若送礼物的，自己却不由自主地跟着若若大吃了起来。不过就是她们大吃的样子看起来也是那么可爱，那么天真无邪，就像美丽的天使。

后来若若回国，她常会得到一些美国朋友的来信。而在她那么多的来信中，竟然还有咪咪和克瑞恩写来的。她们总是用铅笔写，而且她们的字体也总是歪歪扭扭的，那种歪歪扭扭的天真和可爱。她们说她们是那么想若若。

咪咪给若若写第一封信的时候是8月30日。那时候若若还刚刚踏上回国的旅程。若若刚走她们就迫不及待地给若若写信，足见她们和若若的感情有多深。咪咪在她的信中说：

亲爱的若若，Hi！回家的飞机上还好吗？但愿很好！两天前，我去看了我的新学校，它和我原来的学校比起来简直是太大了。它有四层楼，我的教室在最底层，在厨房旁边的地下室里。在那里有四个五年级的教室，包括我的那一间。地下室里还有食堂、健身房、小舞台和办公室。在一层楼上，还有另外两个五年级教室。三层楼上除了教室，还有卫生室、校长办公室、阅读室和档案室。然而我最喜欢的还是第三层楼，因为图书馆和计算机房都在那层楼上。

你的学校是什么样的？大还是小？请回信告诉我。好了，我该停笔了，我对你的想念已经成吨了。再见，暂时的。

你的远处的朋友　咪咪

那一天小克瑞恩也给若若写了信，她说：

你好吗？我要上三年级了。我得到了两个笔记本，红的和绿的，还有童子军发的一个小夹子。Oh，你该看看夹子里装了些什么，有记事贴、小剪刀，还有胶棒。但是我还缺一些彩色铅笔。我给你的幸运钱币工作了吗？希望它能工作得好。中国什么样子？咪咪要去一个新学校，她已经是五年级学生了。我们在8月29号去看了她的学校，天哪，那个地方有四层楼。就写到这儿吧。

PS：我会想你的。

爱你。克瑞恩吻你拥抱你。

后来到了圣诞节，我们便买了各种各样的圣诞礼物给诺维尔的亲人和朋友。若若当然没有忘记她喜欢的那两个邻家女孩。她非常精心地为她们选择了圣诞的礼物，并且用非常漂亮的纸为她们包装了起来，扎上好看的丝带。

不久咪咪又写来信，她说：

亲爱的若若你好吗？我好极了。妈妈，爸爸，妹妹和Benson（狗）也都很好。游泳让我现在真的很忙。我星期日参加了一场比赛，而且我是我参加的所有项目的第一名。我非常骄傲。你喜欢游泳吗？你们在中国做什么运动？

非常感谢你的来信。你春节过得好玩儿吗？诺维尔的每一个人都在谈论中国的春节，那让我想起了你。我好想你。你会来看我们吗？我希望你能来。好了，先写到这儿。

好多的爱

咪咪

PS：请回信。谢谢你送我的袜子，我喜欢它们！

给咪咪和克瑞恩的圣诞礼物是由南希在圣诞节前送到她们的圣诞树下的。后来南希打来电话，告诉若若，小克瑞恩一看见若若的礼物就大哭了起来，她说，若若还想着我，若若还想着我……

在舞台上闪光

她一直在说她将会参加学校的一个表演。她说也不知道她将要表演什么。钢琴或者歌曲？但总之她是要表演的。所以她从科罗拉多回来后会做出一个选择。于是在女儿选择表演的项目之前，在这边也成了我们生活中的一件大事。我总是不停地为她想着，她究竟应该演什么呢？她的钢琴曲，还是她的英文歌？我知道无论她的钢琴曲还是她的英语歌都会是极好的。

女儿从科罗拉多滑雪回来的那天是星期日。然后一个额外的日程就是她将再度为邻居家照看咪咪和克瑞恩。那已经是她第二次照看这对可爱的小姐妹了，她爱她们，喜欢和她们玩，所以那是她非常喜欢做的一件事。她觉得她愿意为咪咪和克瑞恩无偿服务，但她还是从她们的父母那里得到了30美金的报酬。帮邻家照看小孩挣一点美金也是若若生活中的乐趣，但同时在照看咪咪姐妹的时候，她也学会了该怎样对别人负责。

接下来她就开始准备星期五晚上学校的那场艺术能力的表演了。此前在女儿的信和电话中，她还一直没有决定下来她究竟是演奏钢琴，还是唱歌。直到演出前那天她给我发来的信中，才确定了她将和丽兹·肯尼迪一道做一个钢琴和歌的表演，她说那将是非常有意思的。除此之外，她还要和她一直参加的那个女孩合唱组一道，唱一首她们已经共同练习了很久的歌。她在信中这样告诉我。显然那时候她已经和丽兹排练好了这个有趣的节目。明天她们就要上台演出了，相信女儿一定会最充分地展示她的艺术才华。

女儿的歌一直唱得很好。特别是她的那些英文歌。她走后，在想念她的时候，其实也非常怀念她的歌和她那独特的嗓音。那是唯她所有的，那种美妙的高音。那声音是能够想得出来的。想得出来就能够听到，因为那声音就在我的心里，就在我的生命中。

然后在想念中期待着女儿周末演出的成功。我相信她一定会成功，因为我参加过很多女儿表演成功的晚会。从她很小很小的时候，在托儿所，到她在全市英语口语竞赛的考场中。她总是会给我们带来意外的惊喜，她总是能获得成功，能争取到第一名的好成绩。所以我对若若这次表演的成功也抱有绝对的自信，这自信来源于我对女儿的深刻了解。

几乎是演出刚刚结束，我就收到了南希发来的E-mail。南希可能是太激动了，太为女儿的成功而兴奋了，所以她等不到第二天再给我写信，她要我立刻和她一道分享我们的女儿带给我们的欢乐、骄傲和幸福。

南希说，玫，让我来告诉你我们的女儿，她继续是学校里最好的学生。今天她在全校师生的面前唱了一首歌。她站在舞台上，她有着那种了不起的自信。她唱得如此之好。她是天才。我们为她而无比骄傲。多希望你也能听到她的歌。

后来在电话中若若也报告了她演出成功的好消息。丽兹为她钢琴伴奏，她唱了一首英文的歌。她的声音那么美。在歌中，她还做了一些戏谑的动作，非常好玩，全校几百名师生为她的表演不停地热烈鼓掌，女儿当然也为自己的成功而骄傲极了。她愉快的心情在电话里是听得出来的。她还说，他们这所中学的所有学生都是多才多艺的，她会把表演的录像带为我们带回家。

回国后的一天，问起她唱歌的事，她说在台下的那么多老师和同学面前，其实她也是很紧张的，只是她的紧张看不出来罢了。但是无论你怎样紧张，你都只能是勇敢地做下去。所以她只有唱，而且要努力地唱好。慢慢地她找到了感觉，特别是听到了台下的掌声之后，她就更是不再害怕了，甚至满怀了信心。演出结束后，观众们给她的掌声特别地热烈而长久。后来她听到无数的人在夸奖她，说："啊，若若你唱得真好！""嗨，祝你演出成功。""若若，真是太美了。"若若说直到那时候她才真正有了自信。女儿的自信就是被这样的成功积累的。女儿说，确实不是所有人都敢站在几百人面前唱歌并且表演的，美国人也一样。但是女儿敢，从小就敢。她永远是一个勇敢的小孩。也许有了勇敢，才可能成功。

记得那一次女儿在电话中不停地说呀说呀。她希望我能分享她遥远的快乐。我喜欢女儿这样不停地和我讲话。我告诉她我更喜欢她的歌。

尽管我没有能在学校的晚会上看到女儿的表演，听到她的歌，但是她从美国回来后，还是为我重新表演了一遍。为我，为我们所有的家人。

那是我们的幸运。

让我在家中听到女儿的歌。

后来女儿在回国之前的一个晚上又唱了歌。在家中，在诺维尔的家中，在钢琴旁，在南希和John的身边。那一次女儿唱的是中国歌。中国的民歌。那歌也是美极了，南希不得不满怀伤感地说，是到了若若回家的时候了。从此，南希怀念若若的歌。

华盛顿让历史成为主题

不知道是女儿在追随着我的脚步，还是我在追随着她的。反正我是在她的前面去了美国，而她走过的美国很多地方，又是我不曾去过的。

记得1994年冬天我刚刚从美国回来，那时候她还只有12岁。她翻看着我从美国带回的各种图片，并跟在我身后不停地问着，妈妈，美国是什么样的？你都去了哪儿？马丁·路德·金是谁？“猫王”又是谁？记得我不停地回答着她的各种问题，为她详细地描述着。以至于刚刚回来的那些天，我几乎什么也不做，只负责为女儿讲述我在美国的经历。不知道是不是从那时起女儿就怀了美国的梦想，但是她肯定没想过，4年后当她16岁的时候，她也会踏上美利坚的国土。

记得在纽约长岛我曾给女儿寄去一张长岛书店的明信片，我在那张明信片中写道：若若你看，这是长岛的一个书店，很多住在长岛的作家会来这里聚会并阅读他们的作品：诗，还有小说和散文。长岛是个非常美丽的地方，四面环海，路两旁秋林的色彩丰富极了，有很多很红的秋叶。我为你摘了几片。我一直想我是带上了你的眼睛来看这美丽的景色。美国的秋天真是太美了。

后来女儿去了美国，这便成为我们之间的一种默契。那就是不论到哪儿，我们都将带上对方的眼睛。这就是为什么女儿不管走到哪儿，都会详细地为我描述她所经历的一切。

华盛顿是所有去美国的人都应当去的地方。因为那里是美国的首都，也是美国最具象征性的城市。甚至在某种意义上，没去过华盛顿就等于没去过美国。特别是，华盛顿是我最喜欢的美国城市。

女儿不知道她会去华盛顿。华盛顿是随着她越来越深入的美国生活而进入她的视野和旅程的。

3月，女儿在电话中告诉我，说学校将组织他们去华盛顿。听得出她为她的华盛顿之旅而异常激动，她问我，你对我的华盛顿旅行有什么建议吗？我说没有，既然是学校统一组织的活动，那就一定会非常好。

但是我还是说了我对华盛顿的感觉。我说华盛顿是一个真正大气磅礴的城市，有无数的博物馆和纪念堂，那是我最最喜欢的地方。记得1994年10月赴美，华盛顿是我第一个到达的城市，也是我停留得最久的城市。自从那个夜晚走进华盛顿，我就真的爱上了那里，并始终怀念它。

是因为女儿要去华盛顿，我才会重新回忆起在华盛顿的那些美丽的游览。记得除了“国际访问者项目”提前为我安排好的那些访谈，我还利用周末和其他的时间，和我的翻译仪方几乎走遍了华盛顿所有我想要看到的地方。记得第一天我们第一个参观的地方，就是华盛顿的国家大教堂。那是在雨中，雨中华盛顿的壮丽和美好，像诗一般的。然后我们去了阿灵顿国家公墓，那也是至今令人难忘的地方。接下来是华盛顿碑、林肯纪念堂，然后进入史密斯·索尼亚博物馆街，去参观路两旁那林立的各类博物馆。我们途经了“大屠杀纪念馆”，但是我知道那是个不能匆匆浏览的地方。后来在离开华盛顿到长岛去之前的那个上午，项目官员根据我的要求，特意为我安排了“大屠杀纪念馆”的参观。整整一个上午我被震撼着。后来我写了那篇《丹尼尔的小屋》，为了所有在“二战”中死去的犹太人。穿过史密斯·索尼亚的美丽街道，我们又去了国会山。那已经是黄昏了，在国会山前的反思池中，到处是飞舞着的白色水鸟……

是的，这就是华盛顿。是华盛顿让我第一次认识了美国。

写信或电话或E-mail告诉了女儿我对华盛顿的感觉。相信说一些我的感觉对女儿的旅行一定会有所帮助。因为她懂得我的感觉。她知道我是怎样去感知一个城市的，而那些城市所留给我的深刻印象，女儿在她参观游览的时候，也一定会留意的。特别是女儿告诉我他们的这次华盛顿之旅，是学校专门为“世界历史”课组织的，所以他们的旅行便有了主题，相信这一定会帮助他们更深刻地了解这座城市。

那是4月美丽的春季。而我那一年是在秋季，同样的美丽。记得华盛顿那一年的秋天特别温暖，寒冷总是迟迟地不肯到来，于是华盛顿就总是坚守在秋天的美丽中。

没能在若若临行前和她通上电话。曾打过几次电话，家中无人，只好给她留言。说愿她华盛顿旅行愉快。第二天收到了女儿的E-mail，她说她收到了我的留言，想打电话但知道我不在家。他们明天很早就要起来飞往华盛顿。3天之后就能回来。不过回来后他们在家中只停留一个晚上，因为他们第二天下午就要飞往加州度假去了。

于是只能在家中想象着女儿的华盛顿之旅。每一天都猜测着她去了什么地方。后来，在女儿回家的那个晚上给她打了电话。因为我知道如果不能在这个晚上找到她，就不知道又要有多久才能听到她的声音了。

幸好，马上就听到John在电话那边的声音，他说我们刚刚从华盛顿回来。紧接着John又说，生日快乐。John后面是南希用中文说，玫，祝你生日快乐。哦，那一刻我真的非常感动。那温暖的感觉是油然而生的，慢慢包围着我的心。我知道那一定是女儿教给南希的，她说得那么好，那么亲切。是的，我真的很快乐，因为有美国的亲人在为我祝福。

然后若若走过来对我说，妈妈，16日是你的生日吧，我们为你寄去了生日卡。

接着她就开始详细地为我讲述她所看到的华盛顿。她刚刚进门，还带着华盛顿给予她的激情。她说那也是令她难忘的经历。

他们12日中午飞到华盛顿。就住在国会山旁边的一个宾馆里，后来知道那是HYATT，在全世界都有名的宾馆。下午，他们就去看了“大屠杀纪念馆”。她说那是个非常棒的展览，还说是因为我对她说起过，所以她非常认真地看了那个展览。

真是想不到若若他们也会去看这个展览。因为如果单单是为了旅游华盛顿，很少有人会去参观这种令人心情沉重的展览。当年如果不是我特别提出，美国政府的项目官员也不会特别为我安排那次额外的参观。是的，一定是因为女儿他们的那个“世界历史”课。太好了，让历史成为主题，很多的美国人都是这样。他们的旅行不是漫无目的，他们总是喜欢让一种意义作为旅行的主题，以至于让旅行变得和学习一样。我想那可能就是美国的教学方式，让孩子们在游览大好河山的同时，寓教于乐。

然后他们继续结合课程去参观了“越战纪念碑”。那黑色的越战纪念碑同样是沉重的，让人反思的。那是个我也曾想去参观的地方，因为我曾经离越南战争很近，并写过一部关于中越战争的小说《英雄泪》。只是那年在华盛顿的时间太紧了，最后我终于没有时间去参观那里了。但是我是知道那里的，也在各种图片或者影像中看到过。还知道美国所参与的这次战争对于美国和美国人民的影响有多么大，而且越战所遗留下来的问题也是深刻而久远的。女儿的课程中一定也讲到了这些。

这一天他们还登上了华盛顿碑，那个华盛顿最高的建筑。据说飞行员只要看到了这个直入云霄的方尖碑，就知道他们已经来到了美国的首都。华盛顿到处是这种标志性的建筑，后来女儿他们又去了林肯纪念堂。只是那里正在翻修，反思池中已经没水了，没有水就不会再有水鸟。但是女儿说有很多天鹅，还到处都是那种很大的小松鼠。它们跳来跳去的，胆子特别大，一点儿也不怕人，甚至敢跳到人的手上吃东西。

第二天上午他们又去了史密斯·索尼亚博物馆，她说她在那里参观了圆形的艺术博物馆，她觉得棒极了。下午他们去了华盛顿国家动物园，在那里他们仿佛回到了童年时代。晚上，John又专门带她去了中国大使馆。那是John特意为女儿安排的一个项目。那也是华盛顿之行的一种特殊的意义，因为John和南希一直在说，他们一定要让若若看到中国的大使馆。只是那时候大使馆已经关门了，他们没有能进去。但至少女儿在美国看到了她自己国家的大使馆，她为此而特别的激动。

第三天他们去参观了国会。一位密苏里州的参议员，也是国会的发言人带他们参观了议会大厦。然后他们就坐上飞机返回了波士顿。

晚上我打电话的时候，他们刚刚兴奋而疲惫地走进家门。那是他们星期四的晚上，第二天，他们还要去参观波士顿的一个私人博物馆。那是1900年一个非常富有的贵族女人把她的家捐献了出来，作为波士顿的一家非常优雅的艺术博物馆，里面有很多非常有价值的艺术品。接下来，也就是当天的傍晚，南希和John就要带她飞往加利福尼亚了。对她来说，那又将是一个令她惊叹的旅程。

总之若若非常快乐。她说她有一个小箱子，她就是带着这个小箱子在天空飞来飞去的，然后足迹遍布美利坚。

这就是华盛顿。为若若记录下华盛顿那些美好而难忘的经历的，还是那些照片：他们所有历史学科的同学在国会山前的合影；女儿在国会大厦前那绿色的草坡上；她和好朋友阿娜伊斯、迪戈在白宫的黑色栏杆前；她和John在华盛顿纪念碑的花坛上；他们在越战纪念碑前，黑色大理石上布满了阵亡者的名字，人们看上去很沉重的样子；在她和阿娜伊斯HYATT的房间里，阿娜伊斯快乐地对着若若的镜头笑；女儿站在中国大使馆的门前，房顶上是迎风飘扬的五星红旗。

是的，这些照片记录了这一切。女儿访问了华盛顿。华盛顿告诉了她世界和美国的历史。

4月18日收到了他们为我寄来的生日卡。

南希和John的卡中，夹着的是一张若若的成绩单。他们说，玫，我们想，我们能给你的最好的生日礼物，就是若若的这张成绩单。若若各科的成绩都是A，而且老师的评语也是最好的……

女儿的生日卡上是一束美丽的丁香花，她说，妈妈，在你生日时送你一束华盛顿的紫丁香花。告诉你我想你，爱你，祝你生日快乐。此外，女儿还寄来了一张“猫王”埃尔维斯的照片。女儿在那张照片的背后说，看到埃尔维斯，总会想到你，感受到你想到他时的“疯狂”。不知道那感觉是否还在，无所谓的，我在史密斯·索尼亚的美国历史博物馆中看到了他，想到了你。再一次的，祝你生日快乐。

这就是我的女儿。记得那时我是怎样为她讲述“猫王”的故事。后来我写了《怀念猫王》。因为那一年在孟菲斯的时候，我去了猫王Graceland的家，并听到了他的歌。

多么好，这就是女儿送来的华盛顿的礼物。

于是想她，长长地想，接连两个晚上梦见她。在梦中，我们竟是一道走在史密斯·索尼亚的那条美丽的街道上……

还是去加州

女儿在3月的电话中说，4月她还会有一个假期。南希和John说在这个假期中，他们还会带她去旅行。她可以在南卡罗来纳、佐治亚和亚拉巴马这3个南方的州和西部的加州中做选择。因为要选择，所以女儿很想听到我的建议。她希望我能帮助她选择一种最有意思的旅行。她要珍惜每一个旅行的机会，因为她未来的假期不多了。

我于是问她，你还有另外的到西海岸去的机会吗?

她说大概没有了。

那么好像就该考虑一下加州。因为加州毕竟是西部，而且是西部最有代表性的州。加州不单是西部最著名的州，也是美国最著名的州，甚至是世界最著名的州。况且加州也很美，那是和东部完全不同的美。那里气候宜人，温和湿润，特别是湾区的景色简直是美不胜收。总之不论是旧金山还是洛杉矶，都是你应该去看一看的城市，再说那里还有你最最喜欢的好莱坞。

女儿说也许南方也很好玩。

可是你不是去过迈阿密了吗?

可是亚特兰大和迈阿密不一样呀!

我说那就让我们都再想想。

后来认真地想过后便马上给女儿发去了E-mail。又说了她可能确实应当选择去西海岸。

当然南方也一定会非常有意思，而且亚特兰大和迈阿密肯定是迥然不同的。亚特兰大可能更像传统意义上的南方。那里会有一望无际的种植园，有烤肉和爵士乐，而且是《飘》的故事发生的地方。那是种南方独有的味道，唯南方才有的那种爵士和布鲁斯的感觉。而且很多年前，美国几乎所有的百万富翁都住在南方。他们拥有农场和黑奴，因此后来才爆发了美国历史上最伟大的南北战争。当然那里还有承载着美国无数历史的密西西比河。我知道那也是女儿最喜欢的，因为那里有马克·吐温的故事。

但是西部也有西部的故事。西部其实也是东部的，因为是东部人开始了向西部的大迁徙，并且战略性地开发了西部。如果你真的没有再去西海岸的机会，妈妈还是建议你最好选择加州。因为那里毕竟有你非常想看到的好莱坞，那里的电影文化绝对是世界第一。而且自从你来到美国，你走来走去大多是在东部转。你应当到加州去看看那里的人们是怎样生活的，那里的美丽风景，贝福利山庄，前卫的时装，各色的电影人……如果能去旧金山，你会看到湾区的景色也是最美的。旧金山是著名的旅游城市，有渔人码头、金门大桥，还有北美最古老的酒城，和非常非常漂亮的17英里海岸。

总之西部和南方是完全不同的。不同的风光和不同的文化，都值得去看。当然你必须做出选择，也就意味着你必须放弃一个你同样喜欢的地方。但是对一个你喜欢的国家，有时候就是要留下一些遗憾，有了遗憾才会有动力去填补。也许那样你才会再回美国，再去那些你想去而没有去成的地方。

当然这所有选择的前提，还是要看南希和John的方便。

这样认认真真地和女儿说了很多。不知道我的建议会给女儿怎样的影响。但是很快我就收到了女儿发回的E-mail，她说，妈妈，我们已经决定去加州了。我们将去旧金山和洛杉矶，所以那一定会是一次非常“酷”的旅行。

几天后南希也发来E-mail，她说，若若喜欢她科罗拉多和佛罗里达的旅行，下一次，我们将带她去加利福尼亚。我们将从旧金山开始，在洛杉矶结束。我们还将访问斯坦福大学，所以，她将又能看到一所加州的大学。请告诉我，你想让若若看到些什么？在你访问加州的时候，是什么给了你最深的印象，请让若若知道。

后来我给她们写了回信，还特别寄去了我在加州的一些照片，让若若参考。

不久在4月的美丽中，女儿一家便上路了。那将是一次非常愉快的旅行。若若在去加州之前刚刚从华盛顿回来。她在诺维尔的家中只停留了一天，就又行色匆匆地上路了。若若在那段时间里总是“在路上”。但到处是美丽风光，她便也不会有疲于奔命的劳累，反而始终保持着旺盛的斗志和盎然的兴致。

若若出发前的晚上我和她通了电话。那是她从华盛顿回来在家里住的唯一的晚上。在那次电话中几乎没有谈到加州，那时候女儿所兴奋的全是华盛顿，而她对加州所怀抱的，唯有美丽的憧憬。因为她毕竟还没有看到她想要看到的那个城市。

看女儿整个春季差不多都是在各个州之间奔跑穿行，才意识到，在美国，春天显然是一个旅游的季节，就像冬天是一个过节的季节。总之美国人是不会让四季安宁的。没有名目，他们也会想方设法地创造名目。而女儿学校中的那些名目繁多的假期，看来也是为了那明媚春光而设置的。

然后我就在明媚的4月等着女儿从加州返回。从15日到25日，在整整10天里，我每一天都在想象着女儿到了哪儿，他们又准备到哪里去。我甚至翻出5年前我在加州旅行时的照片，希望能在那些美丽的景色中找到女儿的影子。

这期间，我度过了我的46岁生日。没有女儿在身边，便多少还是有了些许感伤。恰逢那一天我的女儿正在北美最古老的酒城访问，幸好那也是我曾经去过的地方，一个非常美的地方。想女儿在美丽酒城漫步的时候，一定会想到我，因为她知道这也是妈妈来过的地方。

这期间，我还收到了南希和John和女儿给我寄来的生日卡，让我知道我过生日的这一天，还有美国的亲人在想念着我。

这期间，我还一连两个晚上梦见了女儿。我是那么想念她。梦之后的那个晚上，他陪我去了“肯德基”吃晚饭。在那个我们常去的快餐店中，我又想到了我在加州的女儿。

这期间，我还寄走了一个春天的包裹，那些丝绸的衣物，是为了配合春光明媚。

然后在26日的晚上我终于等到了女儿。John拿起电话，说加州的旅行如何如何愉快，然后他就高声地叫来了若若。

我终于听到了女儿的声音。那是我一直在等待的声音，已经等了整整10天。那声音仿佛带着加州的阳光和雨露，她说，他们昨天晚上才刚刚回来。问她旅行怎么样，她说棒极了。

星期五他们乘坐晚上的飞机飞到了旧金山。当晚就住在了机场旁边的旅馆里。

星期六他们就去了那个北美最古老也是最美丽的酒城。酒城在春天的时候相信也是极美的。女儿说那里确实漂亮。南希在那里有个朋友，而那个朋友在酒城又有一个酒窖。于是他们就被那个朋友带着参观酒城，晚上就住在酒城的一个很小的旅馆里，那旅馆虽然很小却非常美。

星期日，他们去了旧金山最著名的红枫树森林。那里的树都是红木，非常漂亮而且有一种特殊的香味。然后他们回到了旧金山，住在渔人码头旁边的一个朝向很好的宾馆里。他们在房间里就可以看到渔人码头的海狮和那白色的船桅。若若说那是看得见风景的房间，窗外是旧金山最美的景色。

星期一他们在旧金山市内游览。他们去了著名的花街，又去看了金门大桥。女儿在金门大桥上连照相的位置都和我一样。她的头发被湾区的海风吹拂着。她是那么漂亮。我想我们就是在这共同的背景下认识旧金山这个美丽城市的，尽管这中间隔了整整5年。

当天他们就开车离开了旧金山，前往遥远的洛杉矶。南希和John交替开车。在路上他们行驶了整整8个小时，当天就赶到了洛杉矶，并且住在了John的表妹家。

John的表妹住在玫瑰碗城。玫瑰碗城就是世界杯女足比赛的地方。记得若若刚到美国的一组照片中，其中的一张就是印有中美女足决赛标志的T恤衫，那是南希在洛杉矶出差时，John的表妹要南希带给若若的。玫瑰碗体育场，那是他们居住的那个小城的标志。那时候John表妹的男朋友——那个拥有很多学位的博士，加州大学的校长，若若曾在诺维尔的家中看到过他很多次——刚好在东部讲学，于是他们也就刚好在玫瑰碗城使用他们的房子。

若若说他们一路上在海边看到了很多海狮。他们还去参观了环球影视城、好莱坞、贝福利山庄，并且转了很多的名品店，还参观了亨廷顿博物馆。若若说，亨廷顿博物馆是加州最有名也是最美的博物馆，也是一位非常富有的人死后把他的田产、房子和艺术品全都捐献了出来，作为博物馆的。若若说她非常喜欢亨廷顿博物馆那独特的风格。若若在那家博物馆中的照片也是非常个性的。

若若说，John因为工作提前离开了洛杉矶。接下来的时间就是南希带着她在洛杉矶到处玩儿。南希还为她买了一条非常漂亮的长裙。她说她将穿着这条长裙去参加学校的毕业舞会。若若反复强调那长裙真的很漂亮。她说她会穿着它照相，然后让John把照片放在网上。听得出女儿为那条长裙的欢乐和激动。她急着想让我也看到穿着长裙的她是多么美丽。她非常感谢南希，因为她的很多好看的衣服都是南希为她买的，南希知道她喜欢和需要的是什么。

南希和若若很晚才从洛杉矶返回诺维尔。其实她们很早就从洛杉矶出发了，但是波士顿机场的雷达突然坏了，她们只好被迫降落在邻近的机场，等雷达恢复正常后才回到了家。这样在天空上飞来飞去，有时候就是会遇上各种各样不期的阻隔，甚至危险，但是美国人就是这样旅行的，他们有时候认为时间比生命还重要，所以他们也就能接受这种有点危险的现实了。

若若还告诉我，一回到家就收到了我寄给他们的包裹。想不到这个包裹在路上竟然只走了20天。他们很喜欢我寄给他们的衣服。只是若若的那件真丝长裤有点瘦，她说她必须减肥之后才能穿。

她又说学校已经开学了。而且学校里来了一个法国巴黎的学生访问团。这些孩子要在他们的学校里待10天。她今天上学后才看到他们，她会和他们一起玩儿。因为他们是阿娜伊斯的老乡。

接下来的那个周末他们还要去南卡。那里有John的一个朋友，他邀请他们到那里去钓鱼。又是一次长达5天的旅行。若若在那里的海滩把自己的皮肤晒成了金棕色，而她的美丽的4月就在这金棕色中结束了。

飞翔的美丽

4月的天气很不好。昏暗的天空，总是刮着很冷而且很灰暗的风，黄沙漫漫，到处是浮尘。整个春季似乎都是在这种恶劣的气候中度过的。于是心情也不好，因为我喜欢明朗的天。

在坏天气中也有明朗，那是因为给女儿打了电话。我想听到她明朗的声音，于是拨通了她的电话，于是明朗传来。

女儿拿起电话，很兴奋的样子。好像要急着告诉我什么。什么呢？

她说星期五晚上，John带她去看了NBA。真正的NBA篮球比赛——波士顿凯尔特人队的主场。她和John就坐在第一排，就坐在球队队员们坐的那条长凳的后面。非常刺激，棒极了。她说是因为南希过去的银行就是负责凯尔特人队金融业务的，所以，他们就总是能够得到最好的票。而John又是那么喜欢篮球。记得他们最早寄来的照片中，墙壁上就曾贴着NBA的招贴画。

伟大的NBA。

那也是女儿很喜欢的一项运动。不过她喜欢NBA也许并不是喜欢篮球运动本身，而是因为她喜欢那些了不起的球队，和那些伟大的NBA明星们。比如，乔丹！

女儿的兴奋带给我4月的晴朗。

听得出，虽然已经过去好几天，女儿依然沉浸在NBA带给她的激动中。因为那毕竟是NBA，无论如何能亲眼看到NBA的比赛是了不起的；因为那毕竟是NBA，而全世界只有一个NBA。在女儿的心目中，NBA已经不是什么体育的竞技，那简直就是一种美丽的飞翔。当然也还因为，凯尔特人是她自己的球队。那个古老的曾经辉煌的球队值得她为它欢呼。

女儿在那次电话中没有说别的。因为那时候她也许还不能够确定这场比赛是否能带给她日后的惊喜。或者她根本就不相信某种口头的许诺将能够变成现实。而接下来的日程依然令她兴奋，因为不久后她就去了华盛顿，紧接着又去了美丽的加利福尼亚。

女儿是4月24日从加州返回的，并且将西海岸明媚温暖的阳光带回了东海岸的家。我4月25日上午给她打过去电话，在那次电话中听她详细为我讲述她美好的加州之旅。

加州的旅行已经让她兴奋不已，但是还有让她更高兴的，那就是她的梦想竟然成真。简直是不可思议，她说，噢，妈妈，你还记得我跟你说过John带我去看NBA吗？我说记得，你说你们就坐在第一排，就在那些伟大的NBA明星的身后……

她说，我离他们那么近，记得那时我真想让他们签名，但最终没有，因为不允许。那时候我真的有点遗憾。记得临走的时候，一个老警卫问我，是不是想得到那些篮球运动员的签名？我说是的，我想。然后老爷爷就留下了我的地址，他说，看看我能不能试着为你做点什么。若若说其实她并没有介意老爷爷的话。她说老爷爷只是说他将试着帮助我实现我的愿望。

然后女儿从加州回来。回来后就收到了那个非常大的包裹。那是一个很大的大盒子。她打开。那是她绝对意想不到的——一只篮球，而且是签满了凯尔特人队球员名字的篮球。那是真正的喜出望外。那篮球比加利福尼亚的阳光还明亮。她说，妈妈你能相信吗？真是太不可思议了，我得到篮球和签名。我真的感动极了。南希和John也非常激动。他们说接下来的事情就是要找到那个老爷爷。感谢他为中国的小女孩做了这么重要的事。

难道那还不是飞翔的美丽吗?

我无法形容当我听到女儿的这个动人故事后那激动的心情。而这感人的故事竟然就发生在我的女儿身上。何以承诺就一定要变成现实?何以老人为了一个小孩的愿望,就要不辞劳苦地一个个请每一个凯尔特人队的队员在那个篮球上签名?

人间真的有美好。

这是老人让女儿看到的。

我的心情和女儿一样被陌生而善良的老人感动,并且禁不住将这美丽的故事到处传诵。我看到了所有人在听到老人故事后那惊异而感动的神情。那样的老爷爷,他就是女儿心中的天使。他飞翔而来,就坠落在女儿美丽的愿望上。

女儿将这美好的感动持续着。后来她回国时带回了那个篮球,但因为是长途旅行,又要带回好几个大箱子,所以她不得不把她心爱的那个篮球里的气放掉。

回家后女儿便到处寻找那种能为篮球充气的气针。后来还是她的朋友张效瑞帮助了她。那天效瑞把她和她的篮球带到了天津泰达足球队。就是在那里,她的"凯尔特人"篮球重新鼓起,而篮球上那些明星的名字也就重新飞扬了起来。

如今这篮球就摆在我们的家中。那也是美国之行的一段令她难忘的经历。她不仅得到了整个"凯尔特人"的签名,还懂得了该怎样去帮助别人,给别人爱。那是老爷爷教她的。

从此那关于爱的记忆常驻女儿心中。

后来她就写了文章纪念这段经历。那是一篇很好的文章,题目也非常好:《天使的篮球》。

天使的篮球

赵若若

眼前放着一个波士顿凯尔特人队的篮球，白色和绿色相间。在其中的一块绿色上，还有一个俏皮的小老头儿，总是冲着我挤眼睛。但要知道，我不是那种为了一个NBA的篮球就兴奋起来且没完没了的人。只是篮球上那密密麻麻的凯尔特人全体队员的签名，让我不能不激动不已。那激动似乎是永恒的，还有心中那一份深深的感动。

今天，我还能想象得出当时的疯狂。那是去年3月。在波士顿的Fleet Center体育馆，凯尔特人的主场。到处是跺脚声、欢呼声和口哨声，好像整个场馆都在摇动。当然我也被卷入其中，在疯狂的氛围中享受着疯狂。看到一个臭球便开始和周围的人一道骂街；好球来了，又会高声地喊："Yeah，Baby，Yeah！"我知道我兴奋得以至于粗俗，但为什么不呢？我为我的主队而自豪，波士顿今晚肯定赢！

我们队的教练叫了暂停。球员们便纷纷回到了他们的长凳上。于是便闻到了逸散在空气中的汗味儿和夹杂了体育香水的味道，性感而有力度。在离我不到3米远的地方，一些高大的黑人球员站着或坐着，用白毛巾擦身上的汗，喝着水，麻木地听教练对他们大喊大叫。他们白绿色的球衣已经湿透，汗水却依然不停地从他们的头上往下滴，就连一些球员胳膊上的文身似乎都被汗水浸得模糊了。哨声响了，他们又重新跑到场上。

噢，上帝！让我相信这的确不是梦。我竟然是在用自己的眼睛看NBA！坐的竟然是只有杰克·尼科尔森才能搞到的第一排座位。而且只要我愿意，就可以立刻跳起来去拥抱那些高大的、令人崇拜的球星。

球场的地板本是木头质感很强的黄色，但被无数的聚光灯照耀着，便成了那种迷人的金黄，散发着NBA那特有的诱惑。看看球场上方的那个大钟，该死，还有5秒钟第3节就要结束了。幸好，球在我们队的手中，暗笑，但同时又出奇的紧张。球很奇怪地飞到外线一个白人球员的手中，嘿！他是场上唯一的白人。希望他能跳起来（白人通常是不会跳的）。出手呀，还有两秒钟！然后我就感觉到球在空中滑行，那个白人球员也仿佛停留在了空气中。那一刻似乎一切都静止了，只有周围的闪光灯在不停地闪。我忽然想起了大鸟勃德，所有真正热爱NBA的人一定都熟悉他。勃德也是一个白人。他曾率领着凯尔特人队在70年代无数次夺得NBA的总冠军。但那好像已经是昔日的辉煌了。不过大鸟勃德依然是伟大的，他已经成为波士顿的一个象征，一种荣耀，一段历史。再然后，那个新千年新世纪的白人球员就落地了，球也奇妙地飞入了篮筐。紧接着就又是一片疯狂的欢呼声。第三节终于结束，我这才傻乎乎地懂得了暂停的意义。

汗水的味道又飘过来。身边的John拿出笔和纸，“快去呀，”他说，“去要些签名。”我便拿了纸笔站起来，可还没走一步，就被一个女保安拦住了。她很冷酷地对我说：“对不起，球员不能签名。”你真讨厌。我在心里想着，嘴里却说着“Oh，OK”。我是对她说，但更多是对自己说，因为签名这类东西确实是我不太在乎的。无非是OK。但说真的，我可能还是想要那些签名的，因为那毕竟是NBA。

第四节又开始了。球在我们队Dana的手中。他个子不高，却英勇顽强。“Go，Dana！Go！”男人们大声喊着。Dana果真向前冲了。他带球到了底线，做了个投篮的假动作，就把球狡猾地传给了身边的52号……

“Excuse me，小孩儿！”

“Yes？”我顺着声音看过去。一个很老的老爷爷，胖乎乎的，穿着保安的制服。

噢！我不知道这个老爷爷为什么来找我。况且他还穿着保安的服装。

那一刻我不知道是天使还是恶魔将要降临，但是他看着我时那和善的目光让我在那一刻就被他感动了。

“我看见你想要签名？”

“是呀，可他们不让。”

“好了，把你的地址留下来，也许我能帮你弄一个篮球或是T恤衫什么的。”

“Say what!（您说什么）？”我已经听傻了，只张着嘴傻笑。

“我是说，看看我能帮你做些什么。”他的表情很真诚。

于是我赶紧又拿出了纸和笔，开始写下我在诺维尔家中的地址。但是说真的，我并没有指望他能带给我什么惊喜，单单是他想要帮助我的愿望就让我非常感动了。

我把我的地址递给他，对他真心地说“Thank you”。之后的那几分钟比赛就不那么紧张了。不知道哪儿来的一种好心情，让我能非常平和而愉快地去欣赏比赛。即使凯尔特人最后输掉了这场球，我想我也不会去怨他们。因为我知道所有的球员都努力了，我们是没有权利去责备那么尽力的人们的。

和老爷爷说了再见，坐车回家。问John那个老爷爷是不是真会给我寄些什么来，John说他会。又问John为什么会是我。John说我是个好小孩儿。好小孩儿是应该得到他们想要的东西的。又问John那个老爷爷为什么要这样做，John说是因为他想让别人的生活变得更快乐。

那天晚上，我真的在不停地说起那个老爷爷。我说这一切是多么的不可思议。又说我是多么的幸运。晚上睡觉的时候我甚至在想，即使他真的什么也没能给我寄来，我也会同样地感谢他。因为他让我感受到了那一刻生命的幸福和整个人类的美好。我永远也不会忘记他，因为他教给了我该怎样去帮助，去给予。

大概过了一些时间，我收到了一个方方的大盒子。盒子上只写了我的名字和地址，却没有寄信人的。我不知道那将是一个怎样的惊喜。总之我生命的那一刻又一次被照亮。一个篮球！NBA的！凯尔特人的！上面签满了各种字体的名字！有Dana的，有那个白人的，有球队教练的，还有更多更多，所有的凯尔特人！那是最好的礼物。我又是张开嘴，说不出话来。一种难以言说的激动和感动，久久地延续着。

我在盒子里拼命翻找着，希望能找到些什么，一封信，或是一张纸片。我想知道老爷爷究竟是谁，他住在哪儿，也想能亲自对他说一声谢谢。

可盒子里什么也没有。盒子里什么也没有的遗憾升起。

上帝呀，给我一个吻吧。我的生活已经超越现实的美好了。上帝看来没答应我的请求，他大概坚持现实就是美好的，可他把一个天使送给了我。

提前到来的离情别绪

5月。

刚刚5月。

5月离若若返回的7月还有整整两个月。

在这个春光明媚的5月，若若所忙碌的，全都是她高中毕业的事。因为毕业是一件很重要的事，所以便有了关于毕业的很多的活动。譬如即将结束的所有高中的课程，譬如那个隆重的毕业典礼，譬如象征着成人的毕业舞会，譬如美国的SAT升学考试，还有提前的话别。美国的孩子们从此各奔东西，去读已经在早些时候录取了他们的大学。而若若他们这些来自世界各地的AFS小孩们，也要准备着打点行装，回他们自己的祖国了。

这是一个怎样繁忙又是怎样令孩子们兴奋激动的5月。

他们可能还顾不上感觉离别的忧伤。

但是大人不同，女人就更不同，尤其有着很深邃的感情的母亲就更不同。

因为南希就是这样的大人，这样的女人，这样的母亲。也许是因为南希太爱若若，太离不开她了，在她们共同生活的一年中，她和女儿建立了深刻的感情，以至于当离别一天天逼近的时候，南希便首先感受到了那离别的气息，感受到了那离别的伤痛正越来越迫切地折磨着她。

人生自古伤离别。所以在中国的古诗词中，离是愁，而别，总是恨。

南希说，说再见是困难的。

其实这种“说再见是困难的”的心情，早就在南希的心中环绕。记得那是春节，正值假期，那天正有若若的一个朋友来看我，她并且希望能在我家的电脑上给女儿发一封祝贺春节快乐的信。而在此之前，她每周要去网吧给若若写信，并等着她来信。

于是我打开电脑。打开电脑就读到了南希的信。记得读着南希的信时我就开始忍不住流泪。那泪水是情不自禁流下来的，那女孩问，阿姨，你怎么啦?

我无法对她说我当时的心情，因为我听到南希在她的信中说，玫，我知道你是怎样地想念若若，因为在此之前，我也体会到了你的心情。我只要一想到若若要回中国的那一天，就会很悲伤。你知道，她已经成为了我生活中如此重要的一部分，她离开后我会非常非常想念她的。我想，未来我们将永远共同拥有我们的女儿……

就这样坐在电脑前读着南希的信。

就这样在南希的信前不停地流着眼泪。

是为了南希，为了南希因女儿离别的伤悲。

而那时仅仅是2月，2月离女儿回国还有整整的半年。半年前就到来的离愁别绪。

女儿的朋友目睹了我的伤心。那是一种非常复杂的情感。其实在我不断地感受到南希对女儿的深爱时，就已经预知了这迟早要到来的离别的伤痛。因为我了解南希，我知道我们对于女儿的心情是一样的。女儿就在我们中间，被我们的爱包围着，可能又被我们的爱撕扯着。

3月20日，南希又写来信，她说：

让我来告诉你关于我们的女儿。她继续是学校中最好的学生。下个星

期她将开始一项新的运动——曲棍球运动。这项运动最早是美国的印第安人发明的。若若为此而非常兴奋!

周五学校还会有一个舞会，主题是夏威夷。我们这里有一家专卖夏威夷服装的商店，若若会选择到她喜欢的舞会服装。这个舞会很有意思，因为诺维尔这里依旧是很冷的并且下着雪!

每个早晨我们都在一起。小猫奥维尔跳上她的床把她叫醒。因为觉睡得太少，她总是非常疲乏。她开始喝咖啡加牛奶。我现在有了喝咖啡的伙伴。John通常只是喝茶。然后我开车送若若和迪戈在7点15分之前赶到学校。迪戈是哥伦比亚男孩，他们是好朋友，所以每天早晨听他们讨论是非常有意思的。

玫，我真的很幸运，因为在我的生命中有这样一段时间是和若若在一起的。她是我生命中的闪光。我是那么爱她，所以我知道你有多么想她，因为我也开始害怕离开她了。

南希的悲伤令我悲伤。这就是爱，因为爱才会有的悲伤和折磨，我们都爱若若。我们又都很敏感，于是伤别离，于是，说再见是困难的。

后来若若在5月22日的电话中告诉我，南希刚刚给我发来了E-mail，要我去读。其实若若并不知道南希在给我的信中都说了些什么，当然也更不曾体会到一个母亲将告别她的女儿时会是一种怎样的心境。她是个快乐的小孩，无忧无虑。她正痴迷于毕业前各种各样丰富多彩的活动中。在她的心的某个地方，也许也曾隐藏着那丝丝缕缕的离别的忧伤，但是，她还顾不上去体验，她太忙了，也许只有到了与亲人朋友真正分手的那一刻，她才会真正意识到这样的离别是怎样的残酷。

于是我打开电脑，就收到了南希的那封很长的信。

那是一封怎样的信。一个深爱着自己女儿的母亲情不自禁地想要倾诉的所有关于女儿的故事。那信中是爱。还有，为提前到来的离愁别绪所发出的那隐隐的伤痛。

亲爱的玫，很抱歉我很久没有写信了。在Fuller（南希的姓）——Micek（John的姓）——Zhao（若若的姓）的家中我们非常忙！我们到了加利福尼亚、华盛顿和南卡罗来纳州去旅行。若若在美国看到了很多美丽的风景。这对于她来说也是一种非常精彩的教育。

瑟若·Buck，我们从瑞士来的女儿，5月来看望了我们。若若学会了怎样去拥有一个姐姐并与她相处。她们真的相互喜爱和尊重。我想一个姐姐是我们所给予她的最好的礼物。

她们已经建立了一种非常精彩的友谊。瑟若是一个非常有创见的女孩，而且也是一个非常忠诚的朋友。

若若还学到了很多重要的东西。在这一年的时间里，她学会了挑战和对自己的选择负责任。她知道对她来说最重要的事情就是接受教育。她也知道花费时间来学习，这对于她实现未来的人生目标是必须的。她在学校里继续是一个优秀的学生。尽管我们有时候不得不帮助她安排她的时间。我相信她最后的成绩一定是非常优异的。因为她的学业是如此之好，她将获得毕业证书，并且将获得高中的学位。

不久她将参加美国的大学考试。当然她也可以决定回中国上大学。但无论怎样，获得了这次SAT考试就意味着，我们的女儿就多了一个选择的机会。她知道为了这个机会她应该负起怎样的责任来。我相信你和我所想的是一样的。我们都希望若若在她的生活中快乐，并且有很多的机会和可能。我想我们已经给了她一个很好的基础，她的语言能力将为她打开更多的门。她的生活中还有很多重要的事情。她的家庭，她的朋友，还有她的知识。她将可以在这个世界中创造出多姿多彩的生活。

玫，你要去网站看看若若“成年舞会”的照片。这是高中毕业的一个很大的庆典舞会。若若穿着一件漂亮的海军蓝色的长裙。她的头发梳起，因为它们已经很长了。她看上去是那么漂亮，而且她已经长大了。玫，你的女儿那么漂亮，我知道你一定会非常高兴的。她的舞伴是白瑞德·史密斯，一个非常好的男孩。两年前他作为AFS学生去过澳大利亚。他现在是大学生。这一年他是若若非常好的朋友。

谢谢你2月寄来的毛衣。John的棕色毛衣非常合适，给我的毛衣和裙子我也非常喜欢。若若也特别喜欢她的那件红毛衣。你真是太慷慨了。（在若若舞会的照片上，我就是穿着你送我的那件棕色的裙子和羊绒毛衣。那是我最喜欢的裙子！）

请把我们的爱和问候转达给你的父母。若若不久将要回家，他们一定非常兴奋。未来的两个月将很快过去。她回家的时候会有很多对未来的期待。

若若回国后，我也许会回到银行。这一年和她在一起的时光是非常美好的。这是我的生命中最好的一年。我想着一年为若若的未来打开了很多的门。我想她将永远不会忘记她在诺维尔的这一年。

读着南希的信，一直在流泪。我想那是因为我在南希的信中读出了她对女儿的那深深的依恋。很怕南希因若若的离开而难过。但是南希已经难过了。她说她和若若在一起的一年是她生命中最美好的一年，那么如果若若离开……

能理解南希此时此刻的心情是因为我曾经历了和女儿那肝肠寸断的别离。

然后我便禁不住拿起笔立刻就给南希写回信。是想和她讲话，是要响应她，是要让她知道若若永远是我们共同的女儿，我们将永远共同拥有她。

5月26日的那个早晨边写信边流泪。我想我可能是太敏感太脆弱了，但是还因为，我和南希有着太多的相似之处了，心的相似。所以我们才能相通相知，心心相印，所以我们才会是姐妹。

我是流着眼泪把信写完的。

给南希写信的这种感觉也是我过去从未经历过的一种情感的体验。那是一个情感的流程，一种流动的思绪。随着我的笔尖，涌动着行走着。我希望我的文字能告诉南希我是怎样深爱着她。

那个上午我寄走了那封信。我知道那封信至少要12天后才能抵达诺维尔。我知道那时候女儿就已经完成了她的SAT考试。我不想让她在考试前为我翻译这封信。我知道这封写给南希的信可能太忧伤了，我怕这种忧伤的情绪会影响了她。

然而当一年的课程有一天突然全都结束，女儿也不禁悲伤了起来。毕竟接下来是朋友的各奔东西，亲人的难相厮守。她在6月1日儿童节那天发来的短信中说，妈妈，我只是想和你说“嗨”。真的什么事也没有。昨天晚上是春季运动会的颁奖仪式和最后的毕业宴会。而且这个星期六的下午就是毕业典礼了，这一年好像几乎就要全都过去了，我真的有一点点感伤。不过我很好。你一定很想我了吧，因为我也非常想你们。

女儿哪怕是一丝的忧伤，都会让我不安。于是我立刻把电话打给她，幸好电话中若若的声音依然是快乐的，甚至是兴奋的。她说他们刚刚从外面吃饭回来。这会儿正看若若在毕业典礼上的那些照片。John很快会把那些照片放在网上。若若第二天还会和其他的几个AFS朋友到马萨葡萄园去玩儿。那是肯尼迪家族的领地。她的AFS表姐可可也会和他们一道去，因为可可的父亲在那里管理着好几家宾馆。

若若说她在6月3日考试前就接到了我写给南希的信了。她说那信是刚才在外面吃晚饭的时候，她才翻译给他们的。她说她翻译着我的信的时候他们都哭了。她还说他们说这是你给他们的最好的礼物。

然后若若说南希要和我说话。然后若若就高声喊着，南希——南希——她说她不知道这会儿南希在房子中的哪儿。

然后南希走来。她拿起电话。她说，玫。

接下来就是若若一句一句地为她的这两个不同语言的妈妈翻译。是女儿帮助我们对话的。女儿是我们的声音。

南希说，我的信是她的中国姐妹给她的最好的礼物。她要亲自把这句话告诉我。

南希说，若若走后她会非常非常想念她。但是她很安心，因为她知道若若是回到她最好的妈妈和外公外婆的身边。

南希又说，若若是多么幸运，她有两个那么爱她的妈妈。

南希还说，她有了那么多我送给她的漂亮衣服，她都不用再去商场了……

听着南希的声音和若若为我翻译的那些南希的话。我在电话中就哭了，不知道为什么，眼泪就是不停地流下来，流着眼泪和南希说。南希也哭了，哽咽着。我们是一边流泪一边对话的。我们的心里都很难过。南希是舍不得她的女儿，而我是因南希的悲伤而悲伤。

后来是若若终止了我们。电话空着。过了好一会儿，若若才问我，不难过了吧？然后她就问起我“甲A”的事。我知道她是想转移我们，她不想让我们太难过了。女儿确实已经在一天天长大。

这是我和南希最长的一次通话，用通话来沟通我们的心。其实即或是没有这种外在的沟通形式，我们的心也是相通的。我们所想的，都是关于我们的女儿。所以，南希才会把我的信当做最好的礼物；而我，也才会在每每翻译着南希的信时，觉得这是生活中一件非常美好也是非常享受的事情，聆听南希的心。

是的，我希望在这个世界上能有另一个和我一样的女人能如我般疼爱着我的女儿。我希望这个世界上有南希，有南希一道把我们的爱给若若。

是南希让我体会到了这人世间的另外的一种爱。这很重要。在一个人的生命中，在茫茫的情感海洋中，这会改变一个人的一生。

南希在不久后的另一封信中说，说再见是困难的。若若将永远是我的心的一部分。

这就是南希，我的最亲爱的姐妹。我们的感情是超越了一切的。

我在写给南希的信中这样说：

亲爱的南希，读着你的信时我一直在不停地流泪。我无法用语言来描述我是怎样地爱你并且感谢你。我不想在若若考试之前让她为你翻译我的信。因为我知道若若是一个非常重感情的孩子。她是那么爱你，爱你和John。诺维尔将是她永远的家。她离开后也一定会非常非常想你们的。

我想说若若将是你们永远的女儿。世界如此之大，却能让她找到你们，这只能解释为这是上天的赐予。你们的如此善良美好是无法用语言形容的。那是你们天性中的美德，所以才能给予若若那么无私的深爱，关切和快乐。

亲爱的南希，一年来你为若若做了那么多。在那么遥远的地方，我却能时时刻刻感受到若若所得到的那么多的爱。无疑你是世界上最好的母亲，你不仅在生活中关爱她，还在学习上帮助她，要知道这对于一个若若这样的小女孩来说有多重要。你把你的美好的品格一点一滴地渗透在她的成长中，还有你的爱。她在你对她的爱中学会了该怎样去爱别人。若若在你身边的这一年，不论是对她的现在还是她的未来，都是非常重要的。她生命中的很多东西都是你和John给她的。

我非常非常爱若若。作为母亲，我当然希望能永远守着她。但是我更知道，若若的未来对她来说才是更重要的。所以我也常对她说，只要你好，只要你觉得在哪里学习更好，生活更好，妈妈就全力支持你。这是女儿走后我慢慢才想清楚的，那就是女儿的未来才是第一性的。以她的未来作为一切的前提，我觉得那才是一个母亲对女儿的真正的爱。所以我非常感谢你们为若若争取到了高中的毕业证书，还要感谢你们为她赢得了能够进入美国大学的SAT考试。这些考试对若若来说无疑是非常重要的。她希望能够因此而得到在美国读大学的机会。而这个机会是你们帮她得到的。就像你所说的，我知道我们想的是一样的。那就是我唯有希望若若好，希望她能受到最好的教育，能在未来事业有成，能成为一个对社会、对世界、对未来有用的人，一个有价值的人。我知道那是我们共同的希望。

一年中，你和John为若若付出了那么多。你甚至放弃了工作，为了能有更多的时间陪伴着若若。你和她朝夕相处，你日日夜夜关心她，关心她生活和学习的每一个细小的地方。你为她举办生日的晚会，陪她到波士顿的华人街去过中国的新年，你每天清晨开车送她上学，又不停地计划着在假期带她到美国的什么地方去旅行……在你和若若总是相互依偎的照片中，看得出你们母女是怎样的相亲相爱。是你让若若懂得了更多的爱，懂得了亲情和友谊，也是你教会了她怎样对自己的事情负起责任来。所以这一年不单单是若若生命中一段特别的经历，而且对她的世界观、对她的意志品格也是一种深刻的锤炼与塑造。那才是最最重要的。

整整一个上午，我在给你写信。写信的时候我一直在流泪。我能够想象若若在离开你们的时候，你们会怎样的悲伤。我要再说若若永远是你的女儿。她已经非常依恋你们，把诺维尔当做了她自己的家。她还会带着你和John的爱回到家中。她会更加充实，因为她从此便会时刻记得，在诺维尔还有你们在时时刻刻关注着她，爱她并且想念她。

我很怕分别时你们会伤心。然后我就想，今后无论若若在哪里上学，假期的时候，她都可以去探望你们。有时候这样想就不再难过了。有时候人就是要这样想办法安慰自己。

每每去商店，看到各种衣物时，首先就会想到你和John。这甚至已经成为一种习惯。我喜欢在中国的商店为你买衣服。

热切地盼望着你们能来中国。我们的新家很美，到处是草地。几天前旧金山的一个美国女作家还专门来家中做客。我们的家就是你们的家。这个家将时刻期待着你们，希望若若在翻译时，能把我的所有心意传达给你们。能把我的爱给你们。

这就是那个5月的离别。永远记得南希说，说再见是困难的。若若将永远是我们的心的一部分，我和南希的。

只要能贴近她

女儿离开我，到美国去读书。朋友们说你就轻松了，可以安心逍遥。我说没有啊，心牵扯的时候，甚至比每日辛苦地照料她还要累。尽管那只是一种感觉，但只要是母亲就能深切体会其中的艰辛。

不说送别时的伤痛。那是生命的悲伤，像身体的一部分弃你而去，从此是无尽的思念。然后是很多的梦，很多的梦是和女儿在一起，但睁开眼睛却见不到她，伸出手也不能摸到她的脸颊。长长的黑夜，心里空空荡荡。想着此刻不知道她在干吗。她那里是白天，有美国东海岸清澈的阳光。想着她的笑容，她的那双细长的手，还有，她的脚丫。

我便是这样想着，无尽无休。想着母亲所要想的，那生命中的一部分。

我在女儿走后的半年时间里，几乎什么事情也没做，什么东西也没写。我总是惦念她，只有这一个念头。那时候我做的每一件事情，都是为了能联络她，为了能贴近她的心。

电　话

当女儿离我很遥远，电话便无比重要。因为我知道，只要拿起电话，就能听到女儿的声音。她的声音，是能够接近她的唯一最真实也最物质的一种感觉。那也是一种触摸，用声音。在某种意义上，她的声音就等于是她。而声音的触摸，也就是生命的触摸。后来能听到女儿的声音就成为我生活中的必须。我只有经常能在电话中听到她，才会觉得心里是踏实的，生命也是有着落的。

比起网络，电话显得古老。但时代到了今天，打电话却依然是我们所能够运用的一种最直接的方式。不论何时何地，只要愿意，拿起电话就能越过空间的阻隔。特别是当女儿与我相隔千里万里，电话之于我简直就是一切。电话给我期待，电话是我的安慰。

最难耐也是最漫长的一次期待女儿的声音，是在她离开北京前往波士顿的那一天一夜。整整24小时，电话就在身边，却不知道该往哪打。那时候她正独自一人在路上，在飞机上。不断地转飞机，在东京，在纽约。她才只有16岁。16岁独自出门远行，漂洋过海，直到南希和John在波士顿的机场接到她。南希曾许诺女儿一到就立刻打回电话来。他们说那会是波士顿的夜晚11点，也就是我们的上午11点。于是我等待着。几乎是一把女儿送上飞机，我就开始睁大眼睛期待着她的电话了。从清晨，到夜晚，又从夜晚到清晨。不仅仅是漫长的24个小时。在此之前的24个小时我也不曾睡着过哪怕是一分钟。那时候我只有一个念头，那就是听到女儿的声音。我被这不懈的念头煎熬着。我期待着约定的那个时刻电话的铃声。后来终于熬到了11点，但没有电话打过来。我们等啊等啊，从11点到12点的那一个小时每一秒都像是一千年。于是我胡思乱想，牵念着我的女儿。我不知究竟出了什么事，以至于24个小时之后还得不到女儿的消息。我觉得这简直是在承受着一种生命的痛苦。我想她，想她在天上，想她在转机，想她要搬动那么沉重的两个大箱子。想她要用简单的英语去应付一个那么庞大的英语的世界。可是她现在究竟在哪里？我的16岁的小姑娘。

我也曾无数次把电话打到南希的家里。可是电话的那一端却一直是电话的留言。我等啊等啊，心急如焚，眼睛不停地盯着电话，仿佛能看见电话的响声。后来直到12点20分，John才拿起电话说Hello！然后才是女儿的声音。她说纽约在下大雨，她说飞机晚点了，她说他们才刚刚回到家。她的声音很兴奋，一点儿也不曾在意我的焦虑。

才真正知道什么叫石头落地。

那样的欣喜若狂也是从未体验过的。

还有一次电话弄得我心绪不宁是在热闹的春节。才知道为什么会每逢佳节倍思亲。春节的第一天我把电话打给女儿。波士顿的时间已经是午夜，家中还没有人，后来才知道是南希带女儿到中国城去春节狂欢。女儿回来后给我打过电话，可是不凑巧我又刚好不在家。这样阴差阳错，没有能和女儿通上话，让我异常不开心。第二天按我们约定好的时间我又没能找到女儿。其实那一次是南希上楼去叫她，我没太听清南希的话，就把电话挂断了。这一下我就真的没了着落。可是我不想在夜晚打搅他们休息，于是就只好立刻给女儿发了一个E-mail。我说我想你，春节你不在家我很难过，我想听到你的声音，却总是找不到你。信发过去后，心中的那种不安却依然持续着。那是一种很深刻的不安，我想我只要接不到女儿的电子邮件或是听不到她的声音就不会安心了。然后到了第三天清晨，我睁开眼睛就跳下床直奔电脑。我想我要是收到了她的电子邮件我就不再打电话了，可是好不容易上到网上却没有任何她的消息。信箱里没有女儿的新邮件，家庭的网站上也没有她的新照片。我想我那时候差不多是绝望了。那是清晨，她的夜晚，于是我毫不犹豫地拿起电话，终于，那是女儿的声音。她说她刚刚给我发来了E-mail。

我从电话上下来又回到了网上。果然，有蓝色的信号向前推进着，给我送来了好多天都不曾有过的好心情。

这就是我为什么会如此看重电话。而且和女儿通起话来我也不会太在乎钱。特别是当女儿特别想跟我说话，想讲述那些令她兴奋不已的经历和心情。我怎么能对她说，停下来吧，钱太多了。每一次结束前我总是不愿说好吧，就这样吧。我总是不停地问她，还有什么要说的吗？想想还有什么事？于是她想啊想啊，最后她说没有什么了，可接下来我们还是要再说几分钟。国际电话昂贵的话费是无法和网络便宜的上网费用相比的，就像是用声音去触摸女儿的感觉是无法用E-mail所替代的一样。

后来，慢慢地，我养成了每周给女儿打一次电话的习惯。除非是她要外出旅游，比如她去纽约，去缅因州，去佛罗里达，南卡罗来纳，去加利福尼亚，或是去他们在科罗拉多州的家。每周打一次越洋电话的费用自然就很可观了，于是，我便也会想方设法地去寻找那些能够便宜下来的通话方式，比如：IP卡。

幸好我们所置身的是一个高科技的时代。幸好在这样的一个时代几乎每分钟都会有新的科学技术诞生。幸好我国的IP通信方式刚好在女儿出国的时刻出现。于是在女儿离开家之前，就有朋友想方设法地为我买到了一张还不曾正式上市的500元的IP卡。卡上通向美国的线路，每分钟竟只收4.8元。这真是太幸运了。简直就可以没有负担地和女儿在电话里聊天了。也许恰恰是因为价格便宜，心理上没有负担，到头来，反而会用去更多的钱。想想那些一听到女儿的声音就没完没了的心情吧，就仿佛女儿并没有隔山隔海。而越是这样的越洋电话在感觉上就越是显得光阴似箭。一分钟又能说些什么呢？于是光阴和金钱就这样相伴着飞逝。但只要能与女儿贴近。

从此我便不停地购买IP卡。我尝试着各种公司的各种IP卡的性能。吉通的、联通的、100元的、500元的。我学会了各种卡的操作方式。我的手头总是有无数张IP卡，无数个账号和密码，卡上又总是保持着很多的钱。无论在哪儿，我都能从那个地方的双音频电话上用我的卡把电话打到美国。这真是太好了。这让我觉得很踏实。IP卡使我和女儿近在咫尺。

网　络

网络像天使。掀动着能够穿越宇宙的翅膀。是因为女儿的遥远，是因为女儿刚刚到达波士顿，就有了她初到美国的照片从网上发过来。于是急急忙忙到数据局去办理各类上网的手续。那时候我才刚刚买了电脑，完全是因为女儿要远行。而我还几乎不会使用这种现代化的设备，我就首先成为了网民。如果不是女儿的出国，不知道我还要把自己的这种现代化进程拖延多久。确实，我购置电脑完全不是为了写作，而是为了能以最迅捷的方式与女儿联络。

当然在初始的阶段要朋友来帮助我。一位编辑部的非常专业的电脑专家朋友不厌其烦地引导我。在他看来，我的问题都非常小儿科，但他还是十分耐心地回答我。他是在我们双方对电脑知识的掌握异常悬殊的情况下和我对话的，他除了谆谆教导我，还要为我申请到各种电子邮箱，设定好所有通讯的程序，特别是还要为我安装好特别重要的调试解调器，那是保证我能够随时上到网上、随时接收电子邮件的唯一途径。为了接近女儿，我懵懵懂懂地成为新一代网民。

网络是我和女儿联系的最快的方式了。那方式对我来说简直是一种奇迹。网上的一切都是那么神奇，我能够在几秒钟之内就收到女儿的信，我还能够在第一时间就在网上看到女儿的图像，知道她此时此刻怎样，在干吗。感谢现代科技，感谢网络。有报道说，网络是美国在20世纪送给21世纪的最伟大的礼物。那些硅谷的比尔·盖茨们，那个使戴尔转眼之间就成为富人的战略，是他们让我们共享了这一人类文明的伟大成果，是他们使我和女儿天涯咫尺。

然而有了网络也不是万能的。这其中最严峻的问题是我和女儿使用的语言不同，这就为我们的沟通带来了很大的障碍。她在美国的电脑上没有汉字系统，而我又对英语不甚精通。这便是一个很大的难题。我为此而焦虑急躁，于是到处咨询，希望能寻找到一种我和女儿所能够共同使用的语言的方式。有朋友说可以用附件的方式传送中文；又有朋友说，你可以让你女儿在她的电脑上安装一个中文系统的软件，微软专门制作了这样的光盘。但是这一切做起来似乎都很麻烦。我不想女儿初到美国，在一切都很陌生的时候就被这些事困扰和分心。后来我们终于找到了一种非常好的也是两个电脑都能接受的语言系统，那就是我们都曾学过的汉语拼音。26个英文字母，却能拼出无数个中文的词汇。这真是一个好主意。但还是有问题，语音拼出来了，却不知道该怎样在语音上标出四声的标记。特别是三声。我一直不知道该用怎样的符号来表示。直到我终于在键盘上找到了英文字母中的那个大写的V。我为找到了三声的标志而兴奋不已，从此我便可以用汉语拼音和女儿联系了。这是种独特的方式，我们的方式，尽管有时候读起来很费力。

但这样还是有问题，因为我不仅要和女儿联系，我还会经常接到南希的E-mail，她答应尽可能多地为我发来电子邮件，谈女儿和他们在一起的生活，告诉我女儿在美国的中学是怎样开始学习的。南希自然只有一种语言，那就是英语。而女儿在美国待得久了，很快她也就不肯费力再使用汉语拼音了，而是一封一封地直接用英语给我写信。那我怎么办？为了女儿我只能开始学习英语。幸好我从70年代开始就断断续续地跟着收音机学过，那时的教材叫《跟我学》。大学期间也不曾间断，所以很多的英文单词对我来说都是似曾相识。于是我决心面对南希和女儿的英文邮件。一开始读南希发来的长信，我需要很长时间才能把它们翻译成完美的汉语。我会捧着一本硕大的英汉词典，不停地翻找着那所有的陌生的词汇。有时候我遇到过某个单词三次竟还是不认识。我想是我的记忆力出了问题。但是我必须坚持下去，因为遥远的女儿就在那一个个陌生的英文字母中。后来查找词典让我无比烦恼。后来我终于跑到街上去买来了震旦牌的中英文电子字典。如此便捷的一种新方式，你只要在键盘上敲出英文的字母，便立刻就能知道那个词语的中文意思。这依然要感谢高科技。但这些似乎还不能满足我的需求，为了更便捷、更加的高效，我又请朋友在电脑上为我安装了“超级解霸”、“东方快车”一类的软件，只要轻轻点出这个程序，电子邮件上的英文就会统统变成中文。尽管由“东方快车”翻译的中文有点别扭，甚至有时风马牛不相及，比如它总是把“家”（home）翻译成“主页”，把“生活”（life）翻译成“生命”，但是通过上下文的参照，大致的意思便可以了解了。

这样久而久之，我的英语水平竟也随着女儿的远行而不断提高。慢慢地，我已经不喜欢再借助“东方快车”，而更愿意直接从英文中获得那些关于女儿的更准确的信息。所以在某种意义上，女儿在美国的电脑不安装中文系统未必不是一件好事，它能督促我努力学习英语。并且，我现在有时候已经真的不用词典，就大致能知道南希和女儿在英文信中说的是什么了。

网络之于我的另一个伟大的贡献，就是它总能让我在第一时间，在John的网站上看到女儿的照片。不久前我曾写过一篇文章，题目是《John的礼物》。因为要想看到女儿的照片，就必须有善解人意的John常常地把女儿的照片放到他的网站上去。John这样做了。John每每在网上为我们送来这对于我们来说最珍贵的礼物，在网上。女儿各种各样的照片那么清晰，色彩斑斓，那所有的笑容和姿态如此生动，仿佛遥远的女儿就在眼前。John一次又一次在网上为我们发送的那些女儿的照片让我们度过了一个又一个幸福的时刻，就像是南希一次又一次为我发来的那些电子邮件。不同的是，这些网上的照片让我们更直观、更立体地感受到了遥远的女儿。那色彩、那质感、那切近的感觉，就仿佛我们伸出手就能触摸她。我们在电脑上把这些照片收藏了起来。想女儿的时候就打开电脑，就像翻开记录着往事的相册。后来在文章中说了我对John的感谢和感动。为了他的细心，也为了他能理解我们对女儿遥远的思念。还说了，这一切美好的感觉都是因为网络。网络是美好的，只要有网络在，只要有John在，女儿就会时时刻刻与我们同在。

邮　件

然而邮件是不可替代的。那是我在另一篇文章《在邮局寄走爱》中反复表述的。女儿离开之前，事实上我已经很久不去邮局了。特别是很少在邮局寄包裹。如果不是女儿远赴国外，在邮局的大厅里寄走心情的那种感觉，对我来说也许永远是陌生的。女儿刚刚离开家3天，我就急急忙忙跑到邮局给她寄走了一个小包。那种急切仅仅是因为发现她忘带了一些东西。于是想只有邮局能帮助我。其实我为女儿寄走的那些东西并没有那么急，甚至并不是她所必需的，那或者仅是一种思念。当包裹寄出，骤然之间的那种平静，悬着的心仿佛被谁放了下来。那是种从未经历过的感觉。才知道，原来邮局是如此的美妙。它能够让你感觉到希望。从此，想着那小小的包裹漂洋过海，想着漂走的是我对女儿的那一份思念。

后来我就总是去邮局寄东西。记不清我已经坐在那个宁静大厅的长椅上，填写过多少次女儿的英文地址了。每每走进这里，我都会怀着一份最好的心情和最深的感情。给女儿，给John和南希，也给我自己。

因为有了邮局这种传递爱的方式，我便更加喜欢给女儿寄东西，也愈加迷恋到邮局去的那种感觉了。尽管，当今世界上流行的是那种更迅速更便捷的电子邮件和网上联络，但邮局是不可替代的，这种古老的邮递马车似的方式是不可替代的，而从邮局那个地方寄走爱的感觉也是永远不可替代的。

有时候物质不能够替代情感，但有时候情感就是被物质替代了。物质也能代表我的心。

从此我便总是会跑到街上给女儿给南希给John买东西。我会想方设法为他们买到他们一定会喜欢的礼物。后来这慢慢地成了一种常态：在服装店里，我已经不再关注我喜欢或是适合我的那些服装了。不知道这种变化是从什么时候开始的，总之我对服装的注意力全是围绕着他们：这件南希是不是会喜欢？这件有没有John的尺码？这件女儿会不会觉得很酷？总之脑子里想的和眼睛里看的，都是他们。以至于我觉得自己已经无足轻重。后来甚至连办公室里的同事们一道逛街的时候，都会情不自禁地和我一道为他们选择衣物，说这件给南希不错，那一件适合John，女儿的颜色应当是丰富的……如此，为远在美国的那3个人买东西，就自然而然地成了购物的主题。

总之，我喜欢为他们买东西时的那种感觉。然后就把这些送进邮局，在那里或者海运或者航空，用很贵的邮费寄走我的想念。有人说这些东西美国都有。是的，我知道美国都有，但我还是要寄。因为我寄走的不单是美国有的那些物品，而是美国没有的我的爱。

每每寄走包裹，我都会通知女儿。一开始即使是海运的包裹，也能在一个月左右收到，有时候甚至更快。于是这种假象迷惑了我，我以为这就是正常的海运的时间。于是在比这样的时间又提前了一个月时，我为女儿一家寄走了那个圣诞节的包裹。估计时间差不多了，我便开始不停地问女儿是不是收到了包裹。但是一个月、两个月、圣诞节、元旦，以至于3个多月过去了，圣诞包裹还是不知去向。我们全都急得不行。后来才知道，圣诞前后，新年前后，春节前后，每一个节日都有它不同的意义，所以狭窄的邮路被拥挤着，充塞着，就仿佛网上黑客用无穷的复制品将网路挤塞得水泄不通。后来又想到，如今不知道中国有多少人在美国。但是我相信有多少人在美国，就会有多少个国内的亲人为他们寄包裹，特别是每逢佳节倍思亲的时候。后来我干脆不抱希望了，我也懒得再问女儿，反正圣诞节已经过去了。只是如此的不了了之竟然给了我一种虚假的感觉，以至于到了后来，连我自己都不相信我确实寄过那个包裹了。

最多的时候，我竟然有5个包裹同时漂泊在大海上。我的大多数包裹都是乘着船，以最古老的方式抵达波士顿的。幸好波士顿也在海边。但要抵达波士顿还是谈何容易，至少要跨越太平洋和大西洋两片辽阔的水域。后来跑到邮局去查询，才知道，只要在半年之内邮件能到达，就不算丢失。可是半年，这时间实在是太漫长了。于是我只能是静下心来慢慢地等。等待我的爱在海上，风吹浪打，春夏秋冬，漂啊漂啊，直到抵达女儿在美国的家。

但就是有再大的耐心我还是觉得很烦恼。于是在春节的前夕，我又用航空寄走了一个异常昂贵的春节的包裹。我甚至恨恨地想，让你们在海上慢慢地漂！其实在某种意义上，这个春节的包裹是用来和大海赌气的。然而这个航空的包裹刚刚寄出，便和一直在海上漂泊不肯回家并且寄自不同时间的包裹一同到达了女儿手中，真是让人哭笑不得。女儿即刻发来了电子邮件，她说他们很高兴，因为他们一下子就接到了3个包裹，而且是在春节之前。女儿说，她猜邮局一定是故意压下了这批包裹，到了春节才把它们送给她。这是女儿的幽默，也许是她想安慰我。就是这样，3个月后圣诞的包裹送给了春节，也不失为一种美好的结局。

女儿收到了包裹当然是非常好的一件事，但是随之而来的竟是一种莫名其妙的失落的感觉，某个过程完结之后的那种失落感。这有点像我的写作，每当我完成了一部作品，特别是那些耗心耗力的长篇之后，我都会有那种强烈的失落感萦绕胸中，长久不去。不知道该做怎样的拯救。

怎样的没着没落。海上不再有我的包裹，女儿也不再有期待。就像是粮仓里没有谷，口袋里没有钱，武器库里没有了枪弹。我在乎女儿和南希他们收到包裹时的感觉；也在乎我的包裹在大海上漂泊行走、乘风破浪时的那种感觉。想着最早的美国移民就是乘坐着“五月花号”帆船穿越大西洋来到美洲大陆的。还想着有一天我也能变成一个包裹，和我的包裹们一道飘洋过海前往波士顿。因为我太想知道那些包裹在海上3个月的经历了，想知道它们都经过了哪一片海域，它们所停留过的是哪些海港……

于是要把粮仓装满，口袋填足，子弹上到膛上。然后我就来到街上，又买了新的礼物装进邮包，让女儿的期待重新漂进大海。有邮包漂在海上，我的心里才会是踏实的。

就是这样，有女儿在美国的闯荡，就有母亲在家中的牵念。幸好有各种各样的方式（古老的或现代的），才会觉得女儿并不遥远。一年与女儿异地他乡的经历让我获知：对于一个思念女儿的母亲来说，只要电脑的网络畅通，电话的卡上有钱，海上或天空有寄给女儿的邮件，我的心就是踏实的，我与女儿就是贴近的。

这就是女儿不在家时我为她所做的事。

我每天都在想，每天都在做，每天都不轻松，但是每天都很快乐。

SAT——美国升学考试

最先是妈妈在报纸上发现了关于SAT的消息。那时候我们还根本不懂什么是SAT。那时候，报纸上会经常刊登一些报考外国大学的常识，因为太多的人想到国外去读书了，当然也因为一些人确实很富有。富有了就希望自己的子女能接受最好的教育。于是这样一代一代传承下来，可能就制造出了那种所谓的贵族。

不单单是贵族，其实又有哪个家长不希望自己的孩子受到最好的教育、成栋梁之材呢？人们之所以想尽一切办法要把自己的孩子送到国外去读书，一方面是因为国内高等教育领域的狭窄和拥挤，另一方面可能还因为我国目前的高等教育水平确实不是世界一流的。

女儿去美国，是国家项目。送女儿出国的时候，也确实没有想过就此就把她送到美国去读大学。后来女儿想留在美国读书的想法，是随着她接受的那种别开生面的美国中学教育，和参观了越来越多的美国大学之后，才慢慢形成的。

忘了是哪一天，在电话中，她说，妈妈，我想在美国上大学。

然后才开始注意到美国的升学考试，知道了在美国最普遍的升学考试就是SAT了。有点像我们的“高考”。不同的是，美国的高中生一般要参加两次SAT考试，两次的分数加在一起才是他们考查一个学生的标准。于是美国的高中生就比我们中国的学生又多了一次机会，不是一“分”定乾坤。

记得妈妈剪下了那段消息，要我给女儿传过去。后来在电话中和她说起

SAT，她说他们现在高二、高三的小孩，整天谈论的也都是SAT。但是SAT并不适合她这样的外国学生。因为她即使到美国读书，也是留学生，而美国大学对于留学生最看重的，还是他们“托福”的成绩。

于是在以后的电话中，我们就时常会谈到美国的各种升学考试。后来女儿告诉我，6月，她会在美国参加一次计算机上的“托福”考试；也是6月，她很可能也会参加那个所有美国中学生都要参加的SAT。

不久，当她决定了要参加SAT考试，她就开始了解SAT。她告诉我，SAT分数学和英语两部分试题，她说她能把数学部分考好，因为她在美国的数学成绩一直很好，但是英语部分就没有把握了，尽管她在国内时英语是最优秀的。因为SAT的英文部分总是非常难，甚至连John这样的美国成人都觉得很难。但她会尽量争取好成绩，她可以用SAT的数学成绩和“托福”的语言成绩相加去报考美国的大学。

然后就到了难忘的6月3日，这一天女儿不仅要参加SAT的考试，还要参加隆重的毕业典礼，领取美国中学的毕业证书。而就在那天的晚上，学校里还将有一个大型的告别舞会。就在那个难忘日子的清晨，女儿走进了考场，SAT的考场，这至少也是她宝贵的美国经历的一部分，她经历了SAT。

整个考试3个半小时。女儿在进行SAT的时候没有负担。因为SAT将不能决定她是否能被美国的大学录取，但是却决定着那些美国孩子的命运，因为那成绩将关系着他们所上大学的档次。

所以若若很轻松。在考试之前的那个晚上，她甚至和汤米一道出去吃了晚饭。第二天清晨，她就和她的那些美国朋友们一道走进考场，和他们一起共同经历了SAT那漫长的三个半小时。

后来南希在信中也谈到了女儿的这次考试，南希说，若若将参加进入美国大学的考试。当然，她也可以决定留在中国上大学。但无论如何，获得了这次考试也就意味着她又拥有了一次选择的机会和可能。她懂得该怎样为这次选择负起责任来。我相信你和我所想的是一样的。我们都希望若若在她的生活中快乐，并且有更多的机会和可能。

南希当然知道我和她的想法是一样的。

6月3日上午，在若若参加SAT考试之前，我打电话给她。每一次在若若出去旅行之前，或开学之前，或是别的什么重大事件之前，我都要给女儿打一个电话，这已经成为我的习惯。

然后到了那一天晚上8点的时候，我知道那时若若正在开始考试。这样看着表，一分一秒地。想着我的女儿这会儿正在考试，正在面对着SAT那充满了疑问的试卷。直到我们的午夜零点，我才彻底地松了一口气，知道若若已经考完。而接下来的那个下午，就是若若的毕业典礼了。她能在美国的中学毕业，并领取美国中学的毕业证书，真是太好了。

于是6月5日上午打电话，若若却不在家。南希要我一个小时后再打电话，但怕太晚了，这个电话便延迟到了6月6日。也是打了很多次，家中一直没人。直到11点，想如果再找不到他们，就只能是电话留言了。电话铃响，终于，John的声音在电话另一端响起。

若若说他们刚刚从外面吃饭回来。他们正在看若若毕业典礼上的那些照片。John很快就会把那些照片放在网上。而且，明天一早，他们这些AFS学生就要到马萨葡萄园（美国前总统肯尼迪家族的根据地。小肯尼迪就是为了来此参加家族的婚礼，而在海上遇难的）去玩了。那是个非常美丽的海岛。他们要在那里住两个晚上，星期三晚上返回。而星期四一早，他们又要飞科罗拉多，在那里的家中度假。而且她的AFS表姐可可也会和他们一道去。

问若若关于SAT考试。她说英文部分的确非常难，但是她确实已经非常努力了。

然后女儿就去了马萨葡萄园。

再然后他们又去了科罗拉多。这已经是女儿第二次去科罗拉多了。上一次是在美丽的Vail滑雪，这一次是回他们自己的家，住在他们自己的房子里。

然后直到6月19日，我才又听到了女儿的声音。那时候，他们刚刚从度假的别墅返回。她异常兴奋，说，妈妈，我的SAT成绩出来了。是吗？听得出女儿的快乐，在她的快乐中，甚至还带着那美极了的科罗拉多高原的清新。她说她的英文部分得了440分，满分是800分。而她的数学却得了680分，满分也是800分。这个数学成绩应当是相当好的了，在全美数学考试成绩的前8%的那一档中。她的总分是1120分，比一般美国学生的成绩还要好。而她这样的成绩，据说已经能考上美国一般的大学了。但是她说她想上的是美国最好的大学。

真好，祝贺你。这样对女儿说着，并沉浸在女儿带来的惊喜中。毕竟她在美国中学的学习只有一年，毕竟她是在用母语之外的一种完全不同的语言在学习。她能够取得这样的成绩已经非常了不起了，我们怎么能不为她而骄傲呢？

SAT成绩刚刚出来，女儿就告诉我，她托福考试的时间是在27日的上午。她满怀信心，迎接着一个又一个的考试。她好像一点儿也不怵，她只是觉得她应该考，后来就考了。不久托福的成绩也出来了，她得到了600分，在计算机上，一种她完全没有经历过的考试的方式，美国的方式。600分就可以进军美国的好大学了，那是她的梦想——在美国参加升学考试，在美国读大学。

6月3日，毕业那天

6月3日，女儿重要的一天。

因为重要，所以一直惦念着。因为在这一天，女儿就真的要在美国中学毕业了。

6月3日之所以重要，还因为这一天将格外紧张，几乎每一分钟都被安排得满满的。这是女儿在电话中告诉我的。

上午，是全美国非常重要的SAT升学考试。

下午，是隆重的毕业典礼，高中毕业的孩子们将穿着统一的服装，庄重地走上台，领取他们的中学毕业证书，像我们在好莱坞电影中看到的那样。那是他们3年高中生涯的一个辉煌的结束。

晚上，是学校为孩子们举办的一个大型毕业舞会。孩子们将跳舞，以舞蹈来庆贺他们即将到来的新的开始。

而6月3日这一天是星期六。

这是个从5月就开始的令人兴奋的期待。对美国的每一个高中毕业生来说都是如此。在这个从5月到6月的时段中，他们既要应付升学考试，又要准备毕业前的各种舞会。而舞会中最重要的，就是5月20日的那一次。那将是孩子们的一次毕业舞会，同时又是他们的成年舞会。因为成年，才尤为重要。因为17岁不再有了。舞会是一个标志，从此他们将成为大人。

这就是“成年者舞会”的意义，生命中的一次飞跃。成年便意味着从此他们将自己主宰自己，就像小鹰从此独自在天空中飞翔。所以将成为成人的孩子，都会十分郑重地选择他们第一次作为成年者参加的这次舞会的服装，那庄重而典雅的。女孩子们优雅的长裙，而包装男孩子们的，则是庄严的西装和漂亮的领结。

这就是女儿为什么会那么喜欢南希在加州为她买的那件深蓝色长裙。那是南希精心为她挑选的，那件舞会的礼服。

记得女儿刚刚从加利福尼亚回来，就迫不及待地告诉我，南希在洛杉矶给她买了一件非常漂亮的裙子，她说她将要穿着它去参加学校的毕业舞会。她说那裙子确实漂亮极了，她非常喜欢。她说过几天就会把穿着那件裙子的照片寄给我。

然后她就不停地为那个舞会激动。因为她认为那是她生活和生命中的一件很大的事。差不多那以后的每一次电话，她都会提到那个让她欢欣鼓舞的舞会，直到那个标志着长大成人的舞会终于在5月20日的那个晚上开始，然后，又在美丽的午夜结束。

因为是成人的舞会，所以这样的舞会是需要有男舞伴的。而女儿的男舞伴就是女儿经常在信中提到的那个美国男孩布瑞德。那时候我们其实已经很了解布瑞德了，我们知道他是马萨诸塞州海洋学院的一年级学生，还知道他是女儿的好朋友。

舞会过后的那个晚上，我给女儿打电话。在所有对女儿来说重要的活动之前或者之后，我都会给她打电话。我知道就在前一天的午夜，她刚刚从那个意义非凡的舞会中回来。那时候我还没看到若若在网上的那些舞会的照片，但是我知道John一定已经把它们放在了网上。后来妈妈果然看到，看到后她就立刻打电话告诉了我。John当天夜里就把“成年者舞会”的照片放在了网站，为的是让我们第二天早上一醒来，就能够看到已经成为大人的女儿。

女儿在电话中告诉我昨晚舞会的情景。她说一切是从下午开始的。两点钟的时候，南希带她去做了头发。然后是法国的那个女孩阿娜伊斯为她化妆。那是种非常时尚的透明的感觉。然后他们就一起去了若若的另一个好朋友可可的家。他们一共8人，其中有5个AFS学生和3个诺维尔的孩子。他们是4对最美丽和谐的舞会组合。他们每一个人看上去都是那么完美。他们在可可家会合后，便一道去了那个他们一直梦想着的舞会。

John让我们看到了那些照片，看到了女儿穿上那件海军蓝色的裙子后，就显得更优雅也更漂亮，甚至更高。那裙子很长，布满了星星一般的闪烁。她是那么灿烂地和布瑞德在一起。她的皮肤是刚刚从迈阿密海滩晒回来的那种金棕色。她的手腕上是一个用鲜花做成的手环，而布瑞德的胸前，也插着一支黄色的玫瑰花蕾。各种各样的舞会的照片。女孩子们漂亮得恍若天仙，她们就那样幸福地被西装革履的男孩子们陪伴着。孩子们看上去都快乐极了。那么迷人的欢笑，好像他们并没有长大。

那是女儿期盼的时刻。在度过了17岁之后，她知道她不得不长大了。南希和John和我们的女儿在一起。他们是她在美国的亲人，他们在女儿成年的那一刻，始终在她的身边守护着她。

就这样女儿带着欢乐从毕业舞会上返回。问她，在这样的舞会上，你们跳什么样的舞？她说迪斯科，或是那种晃来晃去的舞蹈。

哦，我亲爱的女儿就这样在晃来晃去中长大了。

毕业舞会后不久，若若和她的同学们就结束了高三的课程。

就这样，一年的学习生活就结束了。想想去年的9月2日，开学的第一天，若若背着书包去上学时的情景仿佛就在眼前。那是她第一次走进美国的课堂，用不是母语的语言学习。从陌生到完全适应，以及后来的不断取得好成绩，不断为南希和John赢得“荣誉早餐”。这是个怎样的学习过程？而这个过程竟然就真的要结束了？这不能不让若若有了种失落悲伤的感觉。

她于是写来有点忧伤的信，她说妈妈，我只是想对你说“嗨”。真的没有什么事。昨天晚上是春季运动会的颁奖仪式和毕业宴会，而且这个星期六就是毕业典礼了。这一年好像就这样过去了，我真的有一点儿忧伤。但是我很好，真的。你一定很想我吧？我也很想你们。

女儿的忧伤跃然纸上。读后让我也跟着她忧伤。心中很疼的那种感觉。那是种“曲终人散”、“没有不散的筵席”的感慨和无奈。人生就是这样，总是来来去去，聚聚散散，就像我一直特别喜欢的那句古诗“泻水置平地，各自东西南北流”那样，自是人生长恨水长东。而此刻，女儿虽小，却也被这别离所伤。她很怕和她的朋友们从此天各一方，她是那么爱他们，那么看重友谊。但是她又不能不和他们离别。项目结束了，朋友分手了，于是因分手而痛苦。那种悲哀和无奈，女儿的心情是可想而知的。我了解她，知道她此时此刻的感情。

但尽管忧伤，还是有另外的好消息。那就是在毕业典礼上，女儿将得到诺维尔中学的毕业证书。原本女儿是不该得到毕业证书的，因为她在国内只读了一年高中。但是由于她在诺维尔中学选学的都是高三的课程，而且她所有的成绩都是非常优秀的，所以学校决定发给她毕业证书。那是女儿为自己赢得的，那是学校对她的勤奋和努力的一个奖励。于是在6月3日这一天，她就也要像诺维尔所有的高中毕业生那样，穿上诺维尔中学毕业女生一定要穿的那件白色的长袍，戴上那种同样是白色的镶着金色帽穗的方顶帽，走上台去，从校长的手中接到她美国中学的毕业证书。

那是个怎样令人难忘的时刻。

后来那时刻真的到来了。还是John为女儿用数码摄像机记录下了那一刻，那让我们所有爱她的人都终生难忘的时刻。

诺维尔中学的毕业典礼不是在礼堂中，而是在春天绿色的草坪上。金色的阳光照耀在明媚的大自然的舞台，那真是美极了。等待着领取毕业证书的孩子们坐在一个阶梯式的木架子上。女孩子的服装一律是白色，而男孩子的长袍则是蓝色的。那种白和蓝的纯洁组合。那是青春的色调。

女儿坐在第一排，她身边分别是意大利的男孩安追亚，和法国的那个可爱的姑娘阿娜伊斯。他们一个接一个穿过甬道，走到草坪的另一端去接受那精美的毕业证书（女儿的毕业证书也被John放到了网上，并且它此刻就摆放在书架最显著的位置上）。

那是6月美丽的季节。典礼上，诺维尔中学的交响乐队还特别为全校师生以及所有家长演奏了乐曲。听不到那是哪位大师的伟大乐曲，但是却看得到女儿穿着她毕业生的服装站在乐队的侧面，依然认真地敲击着她的小铃铛，与音乐共舞，与毕业的音乐一起飞翔。

后来典礼结束了，孩子们开始自由自在地交谈。那是告别的序曲，但还没有悲伤，兴奋淹没了一切。孩子们穿着他们的服装走来走去，他们手里紧紧拿着的，全都是他们用3年学习换来的毕业证书。

很多张照片。各种各样的组合。若若和阿娜伊斯，和迪戈，和安追亚这些AFS朋友在一起；若若和可可，和阿娜伊斯这些女孩子们在一起；若若和她的英语老师、历史老师在一起；最后，若若与亲爱的南希和John在一起，而他们的身后，是那片郁郁葱葱的松柏。

不知道若若从哪里得到了那两束花，漂亮的黄玫瑰和漂亮的红玫瑰。她捧着胸前的那两束花，幸福地站在南希和John的中间。她的微笑是那样的灿烂和明媚。但是她知道她的心在说，再见了，我的诺维尔中学。

我们知道，她将永远怀念。

与AFS朋友告别

7月9日接到女儿的信。那是一封有点悲伤的信。

女儿的第一句话就是：我仍旧被悬在这里。于是我很伤心。因为知道这种被悬在半空的感觉是怎样的。尤其被悬在那里的不是别人，甚至不是我自己，而是女儿。是因为她的膝伤。那时候她还不知道她是不是要在美国做手术。

然后她有点忧伤地说，妈妈，昨天迪戈、安追亚和阿娜伊斯全都离开诺维尔，乘坐公共汽车做最后的旅行去了。他们将去纽约，不再回来。所以这是一段令人悲伤的日子。因为他们是我这一年中最好的朋友。可现在他们都走了，所以还是很难过。

理解女儿和她的AFS朋友离别时的心情。知道在这长长的一年中，他们是一直在一起的。除了住在不同的家庭，和在学校选择不同的课程，凡是AFS组织的活动，他们都形影不离。因为他们在陌生的国度中曾经朝夕相处，所以他们是好朋友。这种特殊时刻所结成的友谊是牢固的，并且长久。他们相互理解，彼此帮助，并且情深意长。所以当要离开时，便自然恋恋不舍，尤其女儿又是个在感情上格外脆弱的女孩子。她最最不能承受的，就是好朋友的从此天各一方。

迪戈，那个哥伦比亚的男孩。从若若一来到诺维尔，迪戈就成为了她最经常在一起的朋友，也是在信中最常提到的男孩。她说迪戈非常可爱，也非常绅士。John曾经带他们一道去海边玩，南希也经常送迪戈和女儿一道去上学，并听他们有趣的对话。若若的很多活动都和迪戈在一起。比如他们一道坐地铁到波士顿看朋友，比如他们一道去参加舞会。总之哥伦比亚的男孩迪戈是一个好朋友，在若若的相册中，有很多迪戈的照片，所以我们很早就认识了迪戈。知道他是个好男孩。

安追亚则是那个来自意大利的男孩。若若在被派往美国前，曾经特别希望能去意大利参加这个AFS项目。因为意大利是她的梦想，所以她对从意大利来的安追亚满怀了希望。尽管安追亚没有能完美地表现出意大利人的浪漫和热情，但安追亚毕竟来自意大利。而安追亚在网站上关于意大利的那些照片，应当说也是最美的。

而阿娜伊斯，那个来自法国的女孩，后来成为女儿最好的朋友。相册中也是阿娜伊斯的照片最多。她们同行同止，外出旅行时总是住同一个房间。阿那伊斯喜欢若若，因为她们总是有共同去做的做不完的事情，共同要说的说不完的话题。她们一道购物，买女孩子需要的那些服装或化妆品一类；她们一起谈论男孩，这也是她们那个年龄的女孩子最感兴趣的。她们是诺维尔中学最亲近的朋友。她们的家都在远方，所以她们亲如姐妹。以至于在她们分别之后的一年间，阿娜伊斯几乎每周都会给若若发来一封长长的信。在信中讲述她生活中的每一件事，甚至每一个细节。她需要倾诉她的所有的快乐和痛苦，包括她的爱情。她觉得在全世界能够真正了解她并愿意听她倾诉的只有一个人，那就是中国的那个朋友。她日夜期盼着能早日见到若若。她太想若若了。这就是她们伟大的友谊，同样也是AFS带给她们的。她们是那么深深地彼此相爱。那是特殊时期的友情。那友情绵延持续着，到永远。

而7月8日这一天，女儿最好的AFS朋友就离开她了。而她又不能和他们一起走。本来她是应当和他们一道度过在美国的最后几天的，一起到纽约，在纽约分手。但是离别的日子便这样因她的留下而提前了。不是在纽约，而是在诺维尔，在那辆漂亮的公共汽车前，她送他们，这怎么能让她不悲伤。

那是个有着很多人的场面：将要回到世界各地的AFS学生，他们接待家庭的成员，和他们在美国的朋友们。他们或者笑着，或者有一点儿忧伤，但画面中就是女儿最难过，不论和谁拥抱告别，她都在那么伤心地哭着。

若若就是这样，她害怕告别。记得一年前在北京机场送别她，同机飞往美国的孩子们，没有谁哭成她的样子。她的眼睛肿着，眼圈红红的。只要一提到分手，她的眼泪就会禁不住流下来。她害怕告别，任何的告别都会让她难过，更何况她将要离开的是她那些AFS朋友。就像她自己说的那样，他们是她一年中最好的朋友，但是他们要走了……那风流云散的悲哀。

后来看若若带回的和他们告别时的照片和录像。她的眼泪流着，她和迪戈和阿娜伊斯拥抱，阿娜伊斯和迪戈是背影，女儿的脸从他们的肩头穿过，她满脸的泪水和伤心的神情。她并不知道有谁在为她拍照。反正她伤心极了，她专心致志地伤心着。她拥抱着迪戈的时候，手里拿着的，就是迪戈临行前送给她的那张VCD。那一定是若若喜欢的歌和歌手，迪戈就送给了她。

最后的一张照片是他们这些AFS朋友的合影。他们紧紧地抱在一起，大家都尽量灿烂地笑着，为了遮掩离别的悲伤。若若的笑容也很勉强，尽管她一直在努力地笑着。接下来的合影就加进去了丽兹、可可和迈克这些诺维尔的孩子们。他们也是这些国际学生一年中最好的朋友，他们友爱如兄弟姐妹。很多在一起的时间是令人难忘的，无论是AFS组织的外出旅行，还是孩子们共同去参加的各种活动。但是孩子们就要分别了，从此隔山隔海，但愿人长久，千里共婵娟。

记得收到女儿有点感伤的信后，我便立刻给她打了电话。我受不了她的哪怕是一点点的不开心，我知道此时此刻她是个需要安慰的小孩。

AFS学生是在美国的暑假到来一个月后离开诺维尔的。美国的暑假通常是6月到9月，女儿8月底回到家中，于是在她的AFS朋友离开之后的那50天中，女儿是孤独的。因为AFS朋友走了，而美国的孩子们又通常要利用他们的假期，或者旅行，或者打工，所以女儿在诺维尔的朋友们也都是很忙的。

她爱她的AFS朋友。她想念他们。她知道他们之间的友情将是伟大而永恒的。因为他们是在AFS和平的旗帜下走到了一起，因为是AFS精神滋养和培育了他们的友谊。

这友谊真的长存。绝不是那种“人一走，茶就凉”的风流云散。譬如女儿和那个法国姑娘阿娜伊斯的友情，就总是令我非常感动。她们天涯海角，却心心相印。阿娜伊斯回到法国后，在一家非常好的大学读预科。但她却总是想若若，所以尽管学习很忙，阿娜伊斯还是每隔几天就要给女儿写来长长的信。她不厌其烦地为若若讲述她的生活、她的家庭，甚至她的男朋友带给她的欢乐、幸福和烦恼。然后女儿也会回阿娜伊斯长长的信。不知道她们在信中说的是什么。她们完全用英语交流，那是她们共同的语言。显然她们无话不说，真正的情同姐妹。阿娜伊斯好像在全世界只有女儿这一个好朋友，唯一的。她们尽管已经有整整一年没有见到，但长长的信却使她们仿佛依然住在诺维尔时那样，天天在一起。

当然她们还是期盼着能早日见面。为此，阿娜伊斯说，我想你，我要来中国看你。为了能来中国，阿娜伊斯甚至说，我有一笔从祖父那里继承来的小小的遗产，我可以用它来中国。阿娜伊斯又在信中说，我亲爱的若若，我真是太想你了，我已经等不及见到你了……

便是这样，我们等待着阿娜伊斯。

便是这样，AFS让孩子们的友爱延伸着，到永远。

为自己赢得机会

依然不停地和若若通电话，想知道在最后的30天中她每天在做什么，就这样不停地问着，不停地打着电话。有时候连我自己都觉得我太絮烦了，就像个在不停窥探女儿隐私的家庭警察。幸好女儿没有拒绝我。她宽容我是因为她知道我是妈妈。

在若若养伤的最后一个月中，女儿在做的一件非常重要的事情就是在南希的指导下，她开始申请报考美国的大学。这是女儿慢慢才清晰起来的一种愿望。她初到美国的时候，根本就没有这样的想法，甚至在高三就要毕业的时候，她也还没有明确是不是一定就要在美国读大学。但她喜欢美国的大学是肯定的，因为在她所居住的马萨诸塞州，确实聚集着很多所世界上最著名的大学。也许就是她所居住的地区那种潜移默化的引导，女儿想在美国读大学的想法才越来越明确，也越来越强烈。于是南希为了女儿的愿望，便开始帮助她走上了申请美国大学的漫长路程。当然也许女儿最终难以实现她在美国读书的愿望，但是这申请的过程作为她人生的一种经历，应当也是非常有意义的。

报考美国大学与报考中国的大学可说是完全不同的。过去只听说这个人或是那个人考上了美国的大学，但如果不是真正经历了这样的过程，就只能永远是知其一不知其二，永远的一头雾水。美国大学与国内最最不同的地方，就是那里不是把学生的高考分数当做他们被录取的唯一的标准。美国大学更注重的，是那种对一个学生综合能力的考查。所以他们会更看重老师的评语，权威人士的推荐信，以及由学生自己完成的那份至关重要的申请书。

若若原本不了解这些，特别是她这样的一天到晚无忧无虑只知道玩的小孩，就更是不会为自己的未来设计什么。若若真正想要报考美国的大学，是因为在美国高中毕业的时候，所有的美国学生、她的那些好朋友们，在那一段时间所考虑的，都是怎样去参加SAT考试。那是美国高中生最权威的升学考试。因为若若也是毕业生，而且成绩优良，她便也去参加了SAT。她的SAT成绩甚至也是极好的，特别是数学。以她的成绩在美国，已经完全可以被一个好的大学录取了。那么她为什么不试着去敲开美国大学的大门呢？

让女儿有了在美国读大学的想法，应当说一个最直接的原因，就是家庭的影响。因为南希和John无论带若若到哪儿去旅行，他们首先想到的，就是一定要带她去参观那里的大学。譬如去加州，他们首先想到的就是一定要带若若去看斯坦福大学；再譬如去纽约州，他们就不会忘了带若若走进耶鲁大学的校园。不是很多美国家庭都能像他们那样如此注重大学这种文化的。他们所希望女儿亲近的地方，就是大学那种聚集着智慧和知识的地方。南希和John一定认为，对于若若那样的孩子来说，大学就意味着未来。只有一个好的大学，才可能为她获得一个好的未来。就是这样，若若看到了很多美国的有着悠久历史的名牌大学。譬如她所居住的那个州的哈佛大学和麻省理工学院，再譬如布朗大学、伯顿大学、威斯利女子学院，以及其他的那些大学。只要他们能带女儿去看的，他们就一定会带她去看。所以女儿在这一年的来信或通话中，才会不停地说，噢，妈妈，我今天去哈佛了；噢，妈妈，我们今天去看了耶鲁；或者，布朗是一个最“酷”的大学；威斯利女子学院的历史很悠久。然后她会无比感叹地说，那些大学真是太棒了，校园也非常非常的漂亮。妈妈，我真的非常喜欢那里。

便是在这种潜移默化的影响中，女儿慢慢形成了对美国大学完整而深刻的认识。那印象是美好的，她并且希望能到那样的留给她美好印象的大学去读书。

女儿之所以会有这样的转变，能对在美国继续读书如此热衷，我想，可能还有两个非常重要的外部因素。

首先，她所居住的马萨诸塞州是聚集着很多美国名牌大学的一个州。譬如哈佛，譬如麻省理工学院，这一类的大学可谓享誉天下，是天下学子的梦想。除此之外，还因为马萨诸塞州在东部。而美国大部分历史悠久的大学也都在东部。由东部的那道海岸线一直向南，几乎到处都遍布着那些在全美名列前茅的名牌大学。所以在一个好大学林立的环境中生活，女儿就自然会考虑她自己学习的前程了。记得我的一个在美国混了数年而且也混得相当不错的朋友说，她做梦都想到东部去上大学，或者她即使这辈子不能去了，那她下辈子也一定是要去波士顿读书的。

另一个外部的因素，应当也是最直接最重要的，就是南希。南希曾经是伯顿大学和威斯利女子学院最优秀的学生。而这两所大学都是有着悠久历史（美国是非常看重大学的历史的）的大学，培养过很多非常优秀的人才，并且在美国有着相当的知名度。伯顿大学在20世纪培养了霍桑那样的写过《红字》的作家。而威斯利女子学院不仅养育了宋氏三姐妹，还成长出了当今美国最负盛名的女政治家、前总统夫人希拉里。所以南希为她自己的母校骄傲。而且她至今和她的这两所母校保持着紧密而美好的关系。听女儿说，只要母校需要捐款，她都会毫不犹豫地为母校开出十分慷慨的高额支票。南希还志愿为母校做审核和推荐优秀学生的工作。她一直在做着这些，当然也不会忘记她自己的这个总是令她无比骄傲的女儿。因为南希自己总是在乎这些东部的、有着悠久历史的、名牌的大学的感觉，女儿便也随着她一点一点地在乎了起来。她希冀着，有一天她也能像她的美国妈妈那样，读美国最好的大学，成为那种世界的优秀的女人。

当然也还有内部的原因，那就是女儿原本就希望能读上国内名牌的大学。

那其实也是我的希望。只不过后来她把她的这个愿望从中国搬到了美国。如今她正在一步一步地接近着这个目标，不知道她最终能不能梦想成真。

记得天津的一位评论家朋友金梅先生在一篇文章中，谈到了我国著名文学翻译家傅雷成长的经历。傅雷生于乡村，为了能获得更好的学习环境，他的母亲便将乡村的家搬迁到了小镇。而当小镇的学校也已经不再能满足傅雷求知的欲望，他母亲就又将小镇上的家搬迁到了当时中国最繁荣开放的大上海，让傅雷在那样的环境中接受更好的教育。而当国内的教育又一次限制了傅雷，他明智的母亲便毅然将她的儿子放飞法国，让他到文明程度更高的地方去深造，而后才有了傅雷的成为翻译界的一代宗师。显然傅雷的故事也是适应于女儿他们这一代年轻的求学者的。

想想女儿十几年来求学的经历其实也是一个不断向上的过程。无论在哪个国家，能不能就读一所好的学校，毋庸置疑，这对于任何一个孩子的影响都将是巨大的。而女儿的幸运就在于，从小到大，她所就读的一直是我们居住的这个城市中最好的学校。小时候，女儿凭借着我们家的地理位置，幸运地进入了附近一家重点小学。在6年的学习之后，她以第三名的好成绩，考入了天津市的重点中学实验中学。接下来，她又以优异的成绩继续考取了实验中学的高中。如果没有AFS项目赴美留学的一年，女儿也是下决心要考进国内最好的大学的。记得她一进入高中，学习成绩很快就在班级名列前茅。读最好的大学始终是她的理想，她当然要为她的这个理想而奋斗。

只是一开始她并不知道该怎样把她的这个理想在美国付诸实施，亦不知道美国的大学对她的未来意味着什么。也许她至今也不真正明白究竟该怎样报考美国的大学。只是因为家中有南希。有了南希，女儿就实现了她一半的理想。在毕业前夕，先是南希和John鼓励她参加SAT考试，并且为她在美国报名考托福。他们希望女儿参加所有她所能参加的考试。他们认为考试也是一种学习的方式。在这两项考试都获得了很好的成绩后，南希便开始为若若办理申请美国大学的事。

虽然南希在信中不断地对我说，他们帮助若若申请美国的大学，不过是为了能给若若更多选择的机会。他们说，若若可以到美国来上大学，也可以留在中国。我们将尊重若若最后的选择，只要她的生活能快乐。南希虽然这样说，但是她始终在全力以赴地帮助若若。她为她填写各种表格，为她请诺维尔中学的校长和老师写推荐信，为她预定她所申请大学的面试……总之南希在为若若办理申请美国大学所要完成的所有程序。我知道南希这样做也是为了女儿，为了她越来越明确的目标和愿望。我虽然远离女儿但也能时时感受到女儿的愿望，因为后来她总是说，噢，妈妈，我太喜欢某某大学了；噢，妈妈，我太想在那里读书了；妈妈，南希说那个大学是最好的，我也是最好的；南希说我应当到那个大学中去读书。

于是若若在最后的时间里，一边康复一边准备申请美国大学的各种文件。其实那也是一个很复杂的过程，或者说是一个工程。填无数的表格，还要请老师做无数的评语，请各类知名人士写无数的推荐信。这就比国内仅仅是7月的7、8、9日这3天的考试要繁复多了。而在那段时间里，她和南希所做的，还仅仅是她们可以在美国完成的一部分，还有一些要在国内完成的，就只能等她回来之后再说了。

后来他们一家去了缅因州。那是8月14日，南希生日的那一天。他们住在了缅因州，为了第二天若若要在缅因州的伯顿大学的面试。若若后来在电话中告诉我，伯顿大学的老师都特别喜欢她。那是南希的母校。南希说她的母校愿意录取若若这样的学生。问她为什么，若若说因为他们认为她是最好的，而且在这里还可以为若若争取到全额的奖学金。

若若已经不是第一次来伯顿大学了。那是在圣诞节前后的那个假期中，南希和John就带她来到了缅因州。那一年去美国，我虽然没有去过缅因州，但是我知道那个北部的有点寒冷的小小的州是美丽的。因为有一年我接到了我在美国的朋友一张非常美丽的贺卡，她说那张卡就是在缅因州的雨中为我买的。她说她一看到那张卡就知道那是我喜欢的。然后她就寄来了那张卡。她说缅因州是一个非常美非常美的地方。女儿就去了那个非常美非常美的地方。南希也是在那个非常美非常美的地方度过她的大学时光的。南希和John好像也是在缅因州相爱或者结婚的。总之缅因州盛着他们很多人的很多梦想。所以缅因州就自然也和我亲近了起来，自然也就成了我的梦想。那一次南希就带若若去了伯顿大学。那时候女儿可能还没有认真想过她是不是要在美国上大学。她只是因为南希才去看伯顿大学的。她也是因为南希而喜欢伯顿大学的。那一次若若不仅参观了伯顿大学，还专程去看望了南希当年读书时寄宿的那个家庭的母亲。若若回来之后很兴奋，她在发来的信中说，那是一个很小的但却很有特点非常美丽的大学，她喜欢那里。伯顿大学创建于1794年，有着非常非常悠久的历史。她说历史是美国人最最看重的，而且霍桑就是这个大学的骄傲。也是那一次，第一次按照若若信中Bowdoin这几个英文字母尝试着到网上去找这个大学。后来我们终于找到了。我们上到了那个大学的网站上，在那里寻觅着南希和女儿的足迹。

若若告诉我，伯顿大学是美国排名前10的小学院（后来南希说，伯顿大学在美国的小学院中最新的排名是名列第六）。这一类学校大都是比较古老的小学院。在这类大学中一般只有本科的课程。所以老师和学生的比例通常也很小。所以老师能够给予每一个学生更多的关注。而且在这样的大学中，本科生可以得到博士的直接授课，而在哈佛或是耶鲁那样的综合类名牌大学中，大学生通常是由那些读博士的人来教的，所以在某种意义上，没有最好的老师，也就得不到最好的教育。而哈佛、耶鲁属于更大些的综合类大学，在那样的大学中，有硕士和博士学位，而他们的硕士或博士课程也是最好的，所以硕士或博士自然就应当到那样的大学中去读。

若若还告诉我，美国的大学通常是前一年的秋季申请，即提前一年申请。第二年的4到5月发出录取通知书。大学通常是8月或9月开学（这一点和中国差不多）。第一年是预科，第二年就可以选择自己喜欢的专业了。若若诙谐地说，她的美国朋友们都说，她如果得到了美国大学的录取通知书，就不用再参加中国的高考了。她这样说过之后自己就笑了起来。其实那时候一切还都是不可知的。她回国以后继续上高中。她甚至跳过了中国的高二，直接读高三，这样她就把自己置于了一个非常艰苦而危险的位置上。因为国内一年高二的课程，不是想补就补得上的，这是她只有在做出了这样的选择并身体力行之后，才深刻体验出的一种艰辛。高三的学生尚且在最后冲刺的阶段焦头烂额，何况若若还要用一年的时间补上两年的课程呢。但是她还是鼓足勇气迎接了这次挑战，因为那是她自己勇敢的选择。

若若说，伯顿大学离他们诺维尔的家开车只需要两个多小时。威斯利女子学院离家近些，开车只要一个多小时。总之南希为她选择的学校，都是东部离家很近的大学，而且也都是收费昂贵的大学。这样的大学单单是学费每年就要3万美金。所以女儿在申请这样的大学的时候，还要同时申请奖学金。而因为需要奖学金，被录取的难度也就随之增加了。

后来不久，南希又为若若选择了一家综合大学去申请。那就是布朗大学，一座非常著名的也是排名前10的大型综合大学。布朗大学在美国属于很另类的那一种，特别是在教学中，布朗大学始终以一种很前卫的姿态而著称。南希说报考这样的大学，只是对若若整个报考大学行为的一个延伸。什么是延伸？这就是美国的概念了，不单单是多了一个机会，更是一种更加宽阔的视野，是被拓展了的一种行为。

后来若若在能够独自行走之后，也去参观了布朗大学。若若在参观布朗大学的时候，John用新买的数码摄像机录下了那天的一切——镜头中的南希和若若，布朗大学绿色的草坪。若若还在布朗大学进行了面试，后来和若若谈话的那位女士还十分友好地给若若发来了E-mail。当然这也许都是礼节性的。无论若若最终是否能读上美国的大学，但至少，她又拥有了一种申请美国大学的经历。这种经历应当说对若若也是非常重要的。它将决定着女儿的未来。

如此，女儿在南希的指导下，动手去做那许多繁复的申请美国大学的工作。她并且独立承担了国内的那一部分申请所需的资料。她知道那所有的材料一定要在11月之前寄出去。她很抓紧，一切要往前赶。她知道唯有此，才能为自己赢得那个到美国读大学的机会。她要抓住那个机会。她知道那机会对她来说意味着什么。

若若回家

真的是最后的时刻了吗？有时候真的不敢相信。我们将结束这漫长的分离。整整一年，甚至更长。想想375天之前的那别离，仿佛已经是非常非常遥远的事了。

接下来的一切变得具体而实际。那就是我们都在各自做着若若回来前的准备。在美国，他们将忙着打点行装，特别是因为John也要来，他们的准备也就随之更复杂。而我们则忙于收拾所有的房间。我们的新房子，还有妈妈那边的新房子。一切的一切全都是为了John和女儿。

8月23日的晚上，和女儿通了最后的也是最长的电话。在那个电话中，我们为他们的归来探讨着最后的计划。那时候我和他竟临时成立了一个接待小组，负责John到来之后的诸多事宜，特别是要为初来天津的John安排好旅游的行程。这种家庭的接待小组真的非常有意思。我们不断地制订各种旅游的计划和表格，联系各种各样的朋友，与所有John将要去的地方打招呼。当我们终于敲定了那个详尽而且非常有意思的旅游计划后，连我们自己都有了一种莫名其妙的成就感，于是我迫不及待地把我们的安排告诉了他们。

在漫长的IP号码之后，John的电话已经响了三声却依然没有人接。我想一定是他们又不在家。因为在若若即将回来的那段日子里，他们总是不在家，不是去看朋友，就是到商场去买东西。我知道在第四声铃响之后就会是John的留言提示了，我甚至已经在想我该在电话中对他们说些什么了。然而就在第四声铃响到来之前，John抓起了电话，他那低沉而有力的声音：Hello！于是我说，嗨，John，我是玫。于是John兴奋了起来，他说，你好。而紧接着，他竟滔滔不绝地在电话中说起最近美国的摩托罗拉公司在中国投资的事，且投资额很大，而且投资的地方就在天津。一切跟天津相关联的人和事，一切美国与中国友好的举动，都会让南希和John欢欣鼓舞。那是因为他们的女儿在天津，所以天津也就成为他们最满怀热情关注的地方。John就是这样，无论通过什么渠道，只要有一点点关于天津的信息，他都会立刻用电子邮件发送给我们。譬如他曾在美国的一家图书网站上看到介绍我的网页；譬如不久前他在美国的报纸上读到的那个关于改善天津市环境质量的“蓝天工程”的报道。总之那天我没有用女儿翻译就大致听懂了John的话。因为那些天我们的媒体也一直在大力宣传摩托罗拉公司在天津投资的事情。John真的很高兴。他说能去中国让他很振奋，他已经做好了来中国的所有准备。

然后若若来接电话。她说她和John乘坐的依然是UA（美国联合航空公司）的航班。美国时间星期三（8月30日）清晨7点从波士顿起飞，上午10点15分抵达旧金山。然后他们在那里转乘国际航线。11点整从旧金山起飞，这中间只有一个很短的停留，办各种由国内航线转乘国际航线的手续，总之非常紧张。如果遇到天气的问题或是国内航班晚点，他们很可能就要改乘另一班飞机了。大概也恰恰是因为旅程的如此艰辛，南希和John才决定一定要送女儿回家的。女儿说他们会随时与我们联系。如果一切正常的话，他们就将于北京时间8月31日（星期四）下午2点半到达北京了。

天哪，这是真的？真的是真的？就是说再过一个星期，若若就能到家了？

又问John来想看什么。若若说，John第一想看看天津这座城市，那些古老的文化和现代的建筑。然后John想看天津的高尔夫球场，因为John和南希最喜欢的运动就是打高尔夫球，他们差不多每个周末都会去高尔夫球场。John还说他想看长城，他说长城是他的梦想，他从儿时就梦想着能爬上长城。若若说还可以带John登天塔鸟瞰天津，还可以带John去北京秀水街那样的地方转转，可以到星巴克去喝咖啡。总之可以带John玩的地方很多，中国太大了，真希望John能看到中国历史悠久的古老文明和现代化的飞速发展。

告诉若若我们还为John联系了我的大学同学宇建，让她为John介绍关于中国金融界的状况，因为John和南希都是美国金融界的资深顾问。

后来John要若若对我们说，我们一定不要把他当做一个客人，而是要把他当做一个家里人。他说我们所有人都可以对他大喊大叫，就像若若有时会对他大喊大叫一样。John还说一定不要提前买东西，因为他要自己逛中国的商店自己买东西。

最后John还提醒若若告诉我们，说若若又长高了，她现在的身高是1.73米，比原先又长高了5公分。John又说到中国后，他一定要跟外婆学做几个中国菜，因为John从来都是喜欢做饭的。而在诺维尔家中，若若说，其实也一直是John为她和南希做饭的。

若若还说申请美国大学的事一直在努力进行着。她说此刻南希就正在楼上为她填写申请的表格。她说有南希帮助她一切就会很顺利。她还说她真的希望能到美国来上大学，所以南希在全力以赴地帮助她。

最后，若若特别兴奋地告诉我，她说，妈妈，我们明天就要去波士顿看凡·高的画展了。凡·高的画展？我异常惊异。若若说是的，凡·高的画来波士顿展出了。她说真是太棒了。她是那么喜欢凡·高，而在这个最后的时刻，她想不到竟会有凡·高的画展，来为她伟大的美国之旅作别。

是的，这对于如此热爱凡·高的女儿来说，是一个怎样辉煌而壮丽的尾声。后来她为此写了那篇无比美丽的散文《与凡·高面对面》。这个完美的尾声显然令女儿终生难忘。其实这仅仅是女儿漫长的美国经历中一个小小的瑰丽的瞬间，而她的一年365天其实就是由无数这样的美丽瞬间组成的。回国后，她其实一直都想把这些记录下来，但是繁重的高中毕业班课程却压得她抬不起头来，甚至连休息和喘息的时间都没有。每天黎明即起，夜晚归家，而她回来后所写的三篇文章：《有七面山墙的房子》、《与凡·高面对面》和《天使的篮球》，全是她从紧张而繁重的学业中抢出来的，是从那些美丽的缝隙中挣扎出来的。因为那缝隙的美丽，女儿的文章便写得美丽。那么精彩的文字和感觉，甚至令我吃惊。出版社的阿姨看过她的文章后非常感慨，当即就约她写一本关于美国经历的书。那是她所独有的，她也的确应该把这非凡的生命经历记录下来，但是，她没有时间。她真的一点儿时间也没有。她知道比起写书，更重要的还是能考上一所好的大学。她希望能接受最好的教育，掌握最系统的知识，她需要拥有了这一切之后，然后再说别的。

就这样，最后的时刻。

最后的那个短电话是在8月29日的上午，也就是John和女儿出发前在诺维尔家中的最后一个夜晚。John和若若第二天清晨就要从波士顿起飞了，而南希会开着车到机场去送他们。

这是个怎样的时刻。

这将是个怎样的时刻。

不知道John和女儿离开后，独自一人留在家中的南希将会怎样度过。如果南希不是那么爱若若……

但是南希是那么爱若若。整整一年，每一天若若都在南希身边闪亮着。南希很多次说起，那是她生命中最美好的一年，生命何以美好？南希说，仅仅是因为她的身边有若若。而若若一走，就像是走空了整个的家。家中再没了若若的欢笑和她走来走去的身影。那是一段对南希来说最难熬的日子。她说她会想若若，特别特别地想。如果有John在，南希的心情或许会好一些，而偏偏要南希单独留下来，留下来熬过这痛苦的时光。

后来女儿回家后便立刻给南希打电话。在电话中南希和女儿都哭了。那时候女儿几乎不能提南希，只要一说到南希，她的眼泪就会禁不住在眼圈儿里转。劝她，擦掉她的眼泪，又会有新的泪水盈出来。她说，她在美国的一切都是南希给她的。那是一种多么深刻的想念，美丽而动人的。

后来知道女儿走后，若若在瑞士的姐姐瑟若连续3天每天都给南希打电话。因为那个懂事的瑞士女孩知道若若的离开对南希来说意味着什么。她也知道单独留下来的南希会怎样地独自伤心和哭泣。所以瑟若不停地打电话安慰南希，她这样做是因为她了解南希对若若的那一份深邃的爱。

至今想起来南希单独留下来的伤痛，心里依然很难过。

然后就到了那个真正激动人心的时刻。那是我等待了一年365天又10天的那个再也等不及的时刻。

我们早早上路。我们从中午就开始在首都机场国际航班的出港口等候。我们翘首以待，我们望眼欲穿，我们抬着头不停地看着那个不停发布着各国航班信息的大屏幕。

我知道那时候离女儿到来的时间还很远，但是我真的已经等不及了，这样只能是把自己弄得很焦虑。那是一种不能不有的母亲的焦虑，因为女儿就在回家的路上，因为再过几个小时我就能见到她，我就能真真切切地把她抱在怀中了。那是我的女儿。我真是太想太想她了。

突然，屏幕上滚动出关于UA航班的信息。

由旧金山起飞的UA803航班晚点。

晚点？天哪，为什么晚点？

屏幕上不会显示为什么晚点。

晚点是正常的。但是对我来说却是难以承受的。为什么要晚点？我问着。问着自己和他人。我已经整整一年没见过女儿了。为什么不让我在原先约定的时间见到她？我一分钟也不想再等了。请告诉我为什么要晚点，晚点让我莫名地焦虑不安起来。

但是我们必须等。

面对那个冷冰冰的庞大的信息屏幕，我们束手无策。

很热的天气，而等待却让我手脚冰凉。

我们开始在那个候机大厅中走来走去，焦虑的脚步，心怦怦地跳着。我想我已经等待得太久了。我真的不想再等了。不知道天上那个UA的飞机这会儿飞到了哪儿。

后来屏幕上终于又滚动出UA803最新的信息，那闪亮的信息通知我们，45分钟后，飞机将按时降落在首都机场的跑道上。

终于又有了一个时间。

我昼思夜想的时间。

45分钟后。保证是45分钟之后吗?

其实我们真正等待的时间远比45分钟要多得多。飞机落地，飞机靠港，John和若若走出来，他们还要等待着领取他们带来的那么多的大箱子。

但总之有了一个可以盼望可以期待的时间了。

我们就说服自己安下心来，屏心静气地等待这最后的45分钟。

我不停地向大厅里张望着，其实我明明知道飞机此刻还在天上。直到信息屏终于热情地通知我们，UA的飞机已安全着陆。

我没有想过该怎样与阔别一年的女儿相见。但是我知道反正她是我的女儿，我是她的妈妈。我只是不知道这一年间女儿是不是变了很多。这样想着，我便有了种莫名其妙的紧张的感觉，女儿回来了，我干吗还要紧张呢?

后来我们猜出那一定就是从美国来的UA的旅客。

果然，他们真的是UA的飞机上走下来的，他们有UA的风度。

那即将到来的最后的时刻。

终于到来。

远远地，在人群中我一眼就看见了John和女儿。从美国回来的女儿那么漂亮。周身散发着那种健康而明亮的气息，是那种典型的阳光女孩。她推着行李车向外走着。身边是更加高大的John。不知道女儿是不是也能远远地看见我。但是她一定是知道的，妈妈就在等候的人群中。后来女儿走过来，她的那种美丽而快乐的微笑又重新贴近了我。她看见我后便伸出了臂膀，她知道那是我们见面的必然。想不到遥远的女儿转瞬之间就站在了我面前。在与她分别了整整一年之后，我们终于紧紧拥抱在一起。

与凡·高面对面

赵若若

我终于见到了凡·高。终于看到了他那双深邃得几乎是空虚的眼睛。那是2000年一个夏日的晚上。波士顿。下着雨。

这对我来说是一次几乎连我自己都不能相信的经历。那是美国，是波士顿，是Museum of Fine Art（精品艺术博物馆），还有我的美国父母John和Nancy给我的一份最珍贵的礼物——能让我看到凡·高绘画的真迹，能让我与我最崇拜的人面对面。

我从小便莫名其妙地爱着凡·高，爱他的眼睛，爱他的眼睛所看到的世界。我爱他世界中的天空，那些被扭曲至极的星星和月亮。它们总让我觉得，我每晚抬头看见的满天星斗，不过是一些不能再傻的几何图形，没有丝毫的生命。而凡·高的星星和月亮却是活着的，它们也便因此而傲视其他一切，疯狂地缠绕在那寂静的夜空中。我爱他的杜鹃花儿，静静地站在水中，与世无争，可却不知不觉花瓣都掉光了。那一大朵、一大朵的花也就只能低着头，看自己掉落在桌面上的花瓣，等着有谁来救它们。凡·高大概是没伸出手来吧，他只是在画，画那些掉在深棕色桌布上的花瓣，那花瓣甚至还是红的。我爱凡·高，很疯狂的爱。因为凡·高就是疯狂的。在我看来，凡·高只会去爱，或去恨，或是把两种感情放在一起，交织起来，让它们一起去扭曲他的精神，他的灵魂。然后我也去爱他这种扭曲。我总认为他是最伟大的，一个敢于切掉自己耳朵的人，只会是最伟大的。

我住在美国的一年中，也曾经参观过许多杰出的艺术博物馆，比如纽约的Metropolitan（大都会博物馆），华盛顿的National Gallery（国家画廊），波士顿的Museum of Fine Art（精品艺术博物馆），还有Harvard Museum of Art（哈佛艺术博物馆）。而在那无数的艺术珍品中，我唯一想要找到的，就是凡·高。每一次我走进一个博物馆，总会先去向那里的工作人员打听，问他们印象派的作品在哪里展出，然后便跟随着他们的指点，径直走去，目的只有一个，我要看到凡·高。走在博物馆的画廊中，总觉得有人在看我，便去回看他们几眼，才发现他们大都是上帝、圣母、耶稣之类的人物，偶尔也有圣女贞德和荷马史诗中的英雄们。他们总是显得忧郁，脸色不甚好看，眼神中又仿佛还有责备，好像是认为我忽视了他们的存在，忘却了他们是出自达·芬奇、米开朗基罗这些伟大艺术家手下的精品，是整整一个文艺复兴时期的代表。

通常印象派画室的前半部分总是被法国人占据着，往往以莫奈的一幅画打开整个展厅。他喜欢画模模糊糊的巴黎，或是他家后院水池中的几朵睡莲。他的画总是很祥和，很宁静，因此我“喜欢”他的画儿。然后是儒耐尔笔下的脸颊总是红红的小姑娘们，湛蓝的眼睛羞答答地往上看，可爱。再往后是几幅野兽派画家高更的作品。接下来的，便是那个飞翔着的荷兰人。他总是那样的与众不同。

我几乎拥有关于凡·高的一切。他的书信集，他弟弟的回忆录，印有他画作的名信片、邮票、挂历……就是说我在某种形式上似乎已经了解了他，甚至拥有了他。但是我知道我的拥有并不完整，那就是我从未看到过他的真迹。而终于波士顿为我提供了一个与我一直深爱、一直疯狂追随的人见面的机会，那是我从前想都不敢想的，能与凡·高的灵魂如此亲近。

感谢波士顿。

这次活动是在2000年6月底开始的，由波士顿的精品艺术博物馆主办，展出凡·高全部的肖像画，以及自画像，而这次展出的主题就是“与凡·高面对面”。

在我刚得知这个消息时，差点要激动死。这当然比什么坐在第一排看NBA比赛，或是听Ricky Martin的演唱会都要令我兴奋得多，因为这能让我真正地去了解一个我深深热爱的人。我便很快对John和Nancy提出了要求，要求提得也很简单：“我必须去看凡·高！”（I have to go see Van Gogh！）他们答应了，很欣然。

那是8月的一个晚上。天有些凉，下着小雨。而波士顿Museum of Fine Art门前的人却很多。人们穿得很考究，像出席什么重要的场合。有些人穿得像艺术家，有些人则打扮得像时髦的纽约人。人们小声地在谈话，有时也会发出笑声。空气中到处逸散的是咖啡的香味，显得文化气息很浓。而我就要见到凡·高了，就在这样的秋夜。

Nancy始终拉着我的手，怕我摔倒，也怕我会抑制不住内心的兴奋跳起来。进入展览室，人很多，但却异常安静。

凡·高知道该如何揪住你的眼睛和你的心。我会从好远的地方便被他那特有的黄色所吸引，走到画跟前时，才觉得眼睛已被那炙热的黄色灼伤。可却又再离不开它了，就像那正在播种的人再也离不开那片金色的麦田。

第一眼看到凡·高的画时，被惊呆了。那些画儿和书本上的完全两样，哪怕是印刷再精美的画册，也无法与我用自己的眼睛看到的画上的凡·高相比。那些被凡·高使用的色彩，那些凡·高自己的色彩。这些画是如此的灿烂，以至于只要拿出一幅来，便可以照亮整个房间。再仔细去看，便会发现那些哪怕是极其微小的笔触中都饱含了力量，蕴涵着他对生命的那几近绝望的激情，还有对理想的种种灿烂的追求。

第一间展室是凡·高早期的人物素描，调子同其他所有素描画一样，冷淡且沉闷，与他后来的明丽色彩简直是天壤之别。但从那时便可以看出，他喜欢画普通人，有时甚至是最穷困潦倒的人。他总是用最有力的笔触来刻画他们脸上最深沉的痛苦。

渐渐地，他的画风开始显露出来：刚劲的笔触和丰富的色彩。我看到了那个总是戴着帽子的邮差，他和善的妻子，以及总是郁郁寡欢的儿子，还有那个新生的小宝宝。他们曾是我那么熟悉的人物，此刻竟赫然来到了我的面前，和我聊天，为我讲述凡·高的故事。他们说凡·高生活在他们的小镇里很快乐。他总是去麦田里干活，去追逐黄昏中的那最后一束金黄。“去找他吧。”他们说。

然后在凡·高的酒吧碰见了那个穿红裤子的阿尔及利亚士兵。他比印刷品中的那个人物显得更帅。他有老虎一般的眼睛，只是喝得醉醺醺地瘫倒在椅子里。我向他打听凡·高的下落，可他告诉我他只知道那个红头发的画家在到处流浪，谁也不知道他确切的去处，然后梦呓般地说：“去找他吧！”

如此我沿着凡·高的足迹到处漂泊，最终又回到了那座法国小镇。走进一家咖啡厅，坐下，才发现对面的便是这家咖啡厅的女主人，她显得很忧郁，很痛苦。她说她的朋友最近情况很不好，潦倒而且精神崩溃，人们已经把他送入了精神病院。我说我去找他，而她也只不过很沮丧地点了点头。

我拉着Nancy继续向前走，直到我终于见到了凡·高！

许多的凡·高。不同时代的凡·高。他们盯着我。我想去认识他或他们，但又觉得毫无头绪，不知该如何去了解这个我一直深爱着的画家。这时我才突然意识到，在我欣赏其他画家的画时，总能通过他们使用的颜色和笔法懂得他们当时的心情，进而了解这个画家。而凡·高却不同。他总是通过他的作品扯破我的思想，进入我的灵魂，从而控制我，并且影响我。就像他那双眼睛，深邃得可以穿透一切；而当你再去看它们时，那种空虚又把你挡在他的精神世界之外。便是如此，他的思想反而在我的灵魂中扎了根，从此我的视角中总会出现他的世界。

他在某种形式上控制了我，也许也就拥有了我。

和Nancy走出这最后的展室，离开了这充满色彩，但又很悲凉的世界，离开了那许许多多凡·高自己笔下的凡·高。周围的一切忽然变得嘈杂起来，人们在大谈这次展览的成功，或是他们对哪幅画的偏爱之情。礼品店更是被激动的人们挤得水泄不通。Nancy也把我拉到了礼品店，她说："选一件你喜欢的东西吧。"我便选来选去。我真的希望能得到一件关于凡·高的礼物。后来我终于找到了那件T恤衫。那种凡·高特有的金黄色。上面印着他的自画像。是戴草帽的那一幅，也是我最熟悉的。我喜欢他用红色、黄色、蓝色和绿色所组成的他脸上的线条。Nancy把T恤衫包好，送给我。我抬起头看Nancy，告诉她我现在的欢乐是无法用语言描述的。"Thank you so much！I had a wonderful time！"（谢谢你让我拥有了如此美好的时刻！）她便抱紧我，说她也很高兴，因为我能够与凡·高如此接近。然后她把我带出了博物馆。同样是雨中，回家。

晚上妈妈从中国打来电话，听我激动地讲述这个晚上的经历。她知道我爱凡·高。她为我能见到凡·高而骄傲。

9月初回到中国，打开箱子，发现Nancy又在箱子中塞了一件礼物给我，是一个拼图式的冰箱贴，上面印着凡·高的画儿。那时候我正非常想念Nancy。冰箱贴上的凡·高让我仿佛又看见了Nancy，看见了我们一起看画儿的那个雨中的夜晚。Nancy知道我爱的是什么。

很快便开始上学。上学的第一天我穿的就是那件凡·高的T恤。妈妈送我上学，她走在我身旁。她是那么爱我，我也爱她，但总觉得身旁还有一份爱在陪伴我，那该是Nancy。那金黄色的T恤给我带来无限温暖。我知道Nancy在想念我。不知凡·高是否也能感受到我身旁这两份交织在一起的爱。

女儿的头发

女儿从美国回来的时候很漂亮，周身散发着一种健康而明亮的气息，是那种典型的阳光女孩。她推着行李车从机场走出，看见我后便伸开臂膀。想不到遥远的女儿转瞬之间就站在了我面前，在与她分别整整一年之后，我们紧紧拥抱。

一年中女儿有很多变化，特别是她的追求和想法。但那些都是看不见的，而看得见的，是女儿那一头被染过的非常漂亮的头发。那种金色和红色，一缕一缕不同层次的。看得出那是种异常精心的工艺。那色彩看上去有点像秋天的山林，被寒露抹上了那红色和黄色，还有在萧萧落木中的暖棕色。

女儿问我她的头发是不是很漂亮。她说那是她回国前，南希特意带她去染的。那时候女儿只要一说到南希，眼泪就会禁不住地在眼圈里转。她想南希，她的遥远的美国母亲。在曾经陌生的国度中生活，是南希给了她不尽的爱与照料。女儿的头发真的很漂亮，特别是当温暖的灯光和优雅的斜阳照耀着她的时候，那发丝上就会闪动起动人的光泽。那是女儿的骄傲，也是她用以思念南希的一种最美好的方式。

女儿回国后要继续完成她的高中学业。她选择了跳跃高二，直接读高三，这就意味着她将进入整个求学过程中那段最艰苦的时光。特别是中美两国的教育有着诸多的不同，这就使刚刚回来的女儿要面对很多的不适应。这于她当然也是一种挑战。然而想不到的是，在诸多的不适应中，她首先面对的难题，竟是她最最钟爱的头发。

尽管把头发染成不同色彩在国内的年轻人中已十分盛行，但中学生还是不允许染头发，这一点女儿的学校有明确规定。女儿在正式复学之前曾前往学校看望她的老师和同学，并且带着专程送她回国的美国父亲John参观了她的学校，认识了她的那些老师和朋友。John认为她所就读的实验中学是最好的，是值得她为之骄傲一生的。

然而紧接着问题就发生了，那时候John还没有走。一天，女儿的同学来看她，并十分委婉地传达了班主任安老师的意见，她希望女儿能把头发染回来，并转告女儿上学后就会有年级组长正式和她谈这个问题。安老师这样让同学提前转告女儿，也是为了让女儿能有一个思想的准备。显然这是安老师精心的安排，她不想因此而伤害了女儿。

然而女儿还是很难过，她差不多立刻就哭了。她问我们，为什么？为什么要让我染头发？我们劝她，循循善诱，不知道说了多少话，但是她还是不开心。她说不，我的头发是最好的，是南希……

我们都理解女儿的心情，甚至能理解她的固执和伤心。于是我们对她说，你的头发当然是最漂亮的，但这是学校的规定。你要在学校读书，就应当遵守学校的规章制度。可女儿说，美国的小孩就可以随便染头发。我们只好又说，那是美国。我们希望女儿能接受这个现实，慢慢地调整自己，学会适应各种各样的环境。

后来的很多天女儿一直很痛苦。她痛苦是因为她知道她的漂亮头发是保不住了。她可能一想到要染头发就黯然神伤。她心疼她的金红色头发，而更重要的，是因为她的头发是南希带她去染的，她知道那是南希对她的爱。于是要说服女儿就变得更困难，因为在女儿金红色的头发中，还有一份金红色的爱深深地夹在其中。

John也加入了说服女儿的行列。他希望女儿不要如此抵触。他对女儿说，在头发的问题上让步妥协，会使你未来的生活变得简单。

在关键的时候南希也从美国打来电话。她在电话中娓娓地劝着女儿。女儿一边和南希说着，一边不停地掉眼泪。

John甚至用未来女儿将去美国读大学来安慰她，说你回到美国的家中后，南希为你做的第一件事情，就是把你的头发重新染成你喜欢的样子……总之我们小心翼翼，既不要伤害她的感情，还要达到把头发染回来的目的。

在强大的说服攻势下，女儿的固执终于有了松动。她不情愿地同意了把她的头发染回来，但提出要求，染发剂一定要用洗过几次就会掉的不会持久的那一种。于是接下来就是到处去找符合女儿要求的染发剂。既然女儿已经让步，我们便也要想方设法地满足她。但是我们遍寻商场，问过了无数的售货小姐，却没有任何染发的产品是女儿要求的那一种。她们全都说她们经销的染发剂是持久的，永恒的，决不脱色的。她们当然不知道，恰恰这样的品质，是女儿最最不能接受的。于是我们又开始了对染发剂的大加挞伐。说别听小姐们吹嘘，哪有持久的染发剂，总是洗过几次就会露出原来的颜色……

后来John要回美国了，我们送他，在途经燕莎商城的时候，我们特意进去，还是要为女儿找那种一洗就掉的染发剂。当然这样的染发剂是没有的。最终，在女儿的认可下，我为她买了那盒欧莱雅的染发剂，虽然包装上依然印有持久性的字样，但因为我们选择的是浅棕色，她便也欣然同意了。因为毕竟浅棕色也是一种色彩，尽管它和黑色很接近。

从机场回来，便收到了南希发给我的E-mail。

南希说，亲爱的玫，还有3个小时，John就要回到波士顿了。

南希又说，我今天早上4点钟醒来，那正是你们和若若在机场和John告别的时间。我的心和今天在北京的我的家人在一起。

南希最后说，我多么希望让若若的头发染成红色是没有问题的。她喜欢她的头发每一分钟都是红色的。那是她离开美国前的最后的愿望。有时候也许我太宠爱她了。可是重要的是她要遵守学校的规则。在未来的几个月无论是对若若还是对我们大家都将是困难的。她需要时间调整，以适应她回到中国的生活。这对于每个人来说其实都将是艰难的，都需要付出努力。请一定要对我们的女儿耐心……

读着南希的信的时候，我和女儿都哭了。因为女儿的头发上浸着南希的爱，而我们又不得不将浸着南希的爱的头发染掉。后来的一段时间，我只要和朋友说起女儿的头发，说起南希，都会止不住流眼泪，以至于弄得朋友也跟着我红了眼圈。

原打算在女儿上学之前就把她的头发染回来。那样年级组长就不用再费心为头发的事和女儿谈话了。但女儿说一定要等到谈话以后再染头发。她要坚持到最后。我们知道那是她心存侥幸，她企盼着她的头发在最后的时刻能柳暗花明。她甚至期待着年级组长的谈话，因为年级组长蒋佩佩是女儿的英语老师，她一直非常欣赏女儿，甚至喜欢她。而女儿得以参加AFS项目赴美交流学习，也是因为蒋老师的推荐。女儿喜欢并且敬重蒋老师，在美国读书期间，她还曾专门写文章，谈蒋老师对她的影响。

接下来的那种心态很有趣。那就是漂亮的金红色在女儿的头发上能够坚持一天是一天。而那丰富的有层次的色彩也变得异常宝贵了起来，被我们越来越珍爱……

终于到了女儿上学的那一天。我去送她。我们也非常正式地见到了蒋老师。蒋老师依然很亲切，她和女儿说了很多，只是在最后才轻描淡写地说到了头发的问题。其实那是蒋老师举重若轻。她的话语很温暖很柔和，她说若若你的头发很漂亮，我也很喜欢，只是学校有规定，就把前边染一染好吗？

女儿乖乖地点头，没有抵触，甚至连反感也没有。女儿终于接受了这个现实。她知道她的金红色的头发确实已经在劫难逃了。

此后女儿的头发又保持了一周。她的理由是要等到周末才有染头发的时间。可是很快就到了周末，她再也没有任何理由守护她漂亮的头发了。于是我拿出了那盒浅棕色的染发剂。那一天阳光明媚，太阳从窗外照射进来，女儿的金红色的头发便最后一次闪动起诱人的光泽。我们在那个有着灿烂阳光和彩色光斑的清晨为女儿拍了很多照片，也是为南希和John拍的。女儿在那一刻已经完全做好了准备，染头发的过程甚至也是愉快的。女儿最终还是成功地调整了她自己，战胜了她自己。她知道那也是南希和John所希望的。很快我们把这些照片放到了网上，让南希和John看到他们的中国女儿已经完成了这第一个有点艰难的转换。这个有点曲折、有点漫长的过程，被依稀留在了那些苦苦甜甜的照片中，让我们这些深爱着女儿的人们回忆。

当头发的难题解决，接下来的很多问题便也迎刃而解。女儿很快适应了她回国后的新生活，并很快进入了正常而紧张的学习状态中。她于是很快乐。

这就是女儿头发的故事。由金红色到浅棕色。我们共同经历了各种曲折和复杂的心情。其实这不仅仅是一种色彩的转换，更是对女儿适应能力和承受能力的一次考验和磨炼。她由此而成长，变得坚强。

从此，我们只有翻开相册才能看到女儿漂亮的头发。我们怀念她的头发，怀念金红色，也怀念南希对女儿的那一份深深的爱。

“南希知道我爱的是什么。”

女儿在她的那篇文章《与凡·高面对面》中说，当南希带她在波士顿艺术博物馆看过了凡·高的画展后，又把她带到了博物馆的礼品店。面对着如此琳琅满目的关于凡·高的纪念品，南希说，挑一件你喜欢的东西吧。然后女儿就找到了那件T恤衫，黄色的，那种凡·高所特有的金黄。T恤上印着凡·高的自画像，戴草帽的那一幅，也是女儿最喜欢的。她说她喜欢凡·高用红色、黄色、蓝色和绿色所组成的他脸上的线条。

然后女儿回国。直到她回家后打开箱子才发现，箱子里竟还有一个被包装得十分精美的礼物。是南希送给她的。她打开包装，原来那是一个非常漂亮的拼图式的冰箱贴。冰箱贴上印着三幅凡·高的作品：蓝色的《鸢尾花》，黄色的《向日葵》和那永恒的《星月夜》。都是他最最伟大的作品。女儿不知道南希是什么时候把这份礼物装进她的箱子的。后来她在她的文章中描述了让她感动的这一刻。她说，冰箱贴上的凡·高让我仿佛又看见了南希，看见了我们一起去看凡·高画展的那个雨中的夜晚。女儿说，南希知道我爱的是什么。这句话包含了女儿对南希的全部感情和思念。

便是读着"南希知道我爱的是什么"而得知女儿的这个美国妈妈是怎样地深爱着她。世间唯有深爱着女儿的母亲，才会真正知道女儿喜欢的究竟是什么，并且会千方百计地满足她。而知道女儿的所爱，是需要母亲的更深的爱的。

后来到了冬季，女儿生日前夕，南希早早就把她和John送给女儿的生日礼物寄到了中国。但是女儿一直没打开包裹，她说她要等到生日的那一天。而那一天女儿一天都在上课，她是很晚才回来和家人共度18岁生日的。我们一道在外面吃了饭，所以很晚才回到家。于是更晚的时候，女儿才非常郑重地打开了那个从美国寄来的生日包裹。

在女儿的那个美妙的生日盒子里，除了她非常喜欢的一套衣服外，还有很多漂亮的生日卡。其中一个用红色的有着很多燃烧蜡烛图案的包装纸包装起来的礼物格外引人注目。女儿拿着它，不知道是什么。单单是那红色的漂亮的包装就足以让她兴奋并且迷恋了。她问我，这会是什么？

然后她拆开了那包装。在拆开包装的那一刻，她的脸就好像被那一只只燃烧的蜡烛照亮。当彻底打开包装，女儿惊呼，哦，那是一本2001年的挂历，而且那挂历上所有的图画都是凡·高的自画像。

女儿把凡·高的挂历拿给我。她脸上是那种动人的幸福感。在那一刻，幸福也是一种光芒。她为她的生活中有了南希而无比骄傲。因为她知道南希在她的生日时送给她凡·高意味着什么。

没有语言。南希在那本精美的挂历上什么也没写。她没有说为什么要寄来这本挂历，也没有说挂历上为什么是凡·高。但是南希对女儿的心意已经尽在不言中。女儿沉默着。她也是千言万语却难以言说。当然如果要说，想女儿也只有一句话，那就是“南希知道我爱的是什么”。

我想我只有作为一个对女儿满怀了爱的母亲，才能够真正理解同样是作为母亲的南希为什么会这样做。为了女儿的愿望，我们总是愿意倾己所有地为她做一切。哪怕是她的一个小小的请求，或者哪怕她只是表现出来了一种可有可无的倾向。我想这就是母亲。南希和我。

南希原本是学金融的。她在大学不论是读本科还是上研究生，都没有离开过金融的领域。但是她喜欢读书，喜欢历史，也喜欢艺术，当一个热爱艺术的女儿来到她身边，南希就更是小心地爱护和鼓励着女儿的那一份对艺术的激情。她为此从朋友家搬来钢琴，她又竭尽全力地创造着各种机会，带女儿去参观美国各种风格不同的艺术博物馆，看他们所能看到的所有伟大画家的展览。

后记：分享女儿，分享爱

赵 玫

结识了南希和John是上天的赐予。因此便有了一种新的生活，一种有了南希和John的生活。那是我们所共同经历的一段生命的时光，因为我们的女儿。

记录下这些，为天下母亲，也是为南希和John。他们在遥远的美国，却已经成为了我们的亲人，我们最亲的家庭成员。因为女儿爱他们。我们也全都爱他们。不单单是因为他们美好，还因为他们所给予我们的同样那么美好的生活。

说为天下母亲，是因为我在这本书中，写了一个母亲送自己的孩子第一次真正出门远行时的心情。那心情是唯有母亲才能体会得到的。是的，那就是我。女儿离开我到美国去读高中的时候只有16岁。16岁就出国留学，她上路的时候，我没有任何准备，特别是没有心理的准备。几乎是第一次听说她有可能参加这个AFS（美国文化协团）国际交流项目，甚至我们还不能确定女儿是不是真的能走，我就哭了。当然我知道这是好事，是非常好的机会，但却从心里舍不得女儿从此离开。学校开会的时候，我看见很多准备参加这个项目的母亲眼睛都是红肿的。她们也曾经哭，那种悲伤是大家共同的。母亲们要在难得的机遇和痛苦的情感中做艰辛的选择。

这种送别女儿的心情是我个人的体验，但其实或早或迟，妈妈们都会送走她们的孩子，就像小鹰脱离老鹰的翅膀，从此独自在长空飞翔。这是个必然的阶段。而哪个母亲又不知道这是个必然的阶段呢?其实孩子的挣脱母体，从他们出生的那一刻就开始了。出生前的他们真正地属于我们，因为他们和我们是一体的。他们被孕育在我们的腹中我们的体内，所以他们就是我们的。我们一道行走，一道呼吸，甚至一道喜怒哀乐，直到他们试图挣脱我们的那一刻。那是怎样的一个剥离的时刻。那身体与身体分离时的疼痛，我们永生难忘。而一旦剪断脐带，他们就不再是我们身体的一部分，而成为了他人。但作为母亲的幸运是，他们还不能立刻离开我们。还会有很多年在我们的怀抱中，或者至少在我们的身边，与我们形同一体，形影相随。

也许就是这形影不离最终伤害了我们，因为我们已经习惯了这种与他们息息相通、唇齿相依的生活。我们以为这就是我们的永远。以至于我们甚至忽略了他们在长大，忽略了他们将渴望成为一个真正独立的个体，要拥有一种属于他们自己的生活。然后便是那种再度挣脱的力。依然是疼痛的，甚至更疼。因为他们要摆脱的，是最爱他们并已经习惯和他们在一起的人。是的，他们要努力挣脱母亲的无微不至。因为那无微不至太温暖也太甜腻了，以至于延缓了他们的长大成人，所以他们奋力挣脱。那是一种连他们自己都意识不到的反叛。那情景有点像我曾经看到过的一种海上的日出。那是我一生中只看到过一次的悲壮场面，但那一次令我终生难忘。

红的太阳从海平面上一点点升起。当它们就要离开大海的时候，却有一种巨大的粘连的力死死拽住它们，让它们不能轻松跳离海面。那粘连在海面上僵持了很久，被粘连的双方彼此吸附着，又彼此想脱离。那挣扎一定也是很疼痛的，以至于无论是大海还是太阳都改变了形状。太阳因粘连着水面而不再是圆的，而海平线在太阳的牵扯下也变得弯曲。那一定是真的很疼痛，就像我们和我们的孩子。而太阳与海水的焦灼就是我们的心情。我们知道太阳迟早要升起，但我们又不得不抓住它，做最后的牵扯和挣扎。

但是终于，日出东方。早晨的太阳就那样奋力地一跳，就跳出了大海，跳出了那所有的眼泪和依恋。于是大海呜咽，海水咸涩。温暖和抚慰的难以附丽，那也就是母亲的悲伤与无奈。于是生活发生了变化，我们不能适应那属于我们的一部分，从此属于了他们自己。

女儿16岁去了美国。我是想说，我们的孩子迟早要离开我们。也许不是16岁，是更大一些；也许不是去美国，而是到外地去上大学；也许也不是到外地，而是在本地读书却也要搬到学校里去住；也许也不是上大学，但是他们最终是要结婚的；也许结婚后他们依然和父母住在一起，但是至少在观念中，他们已经有了一个独立的家……

总之，这就是所有母亲迟早要经历的，和她们的孩子牵牵扯扯，聚聚散散。而我在这本书中所要说的，就是当你的孩子离开你时，你将面临一种怎样的煎熬。而特别是你只有一个孩子，一个女儿，你把你的心都给了她，但是突然地，你看不到她了，你不能等她放学回家，你不能给她洗衣服，你不能和她一道做任何的事情。她就那样，蓦地就从你的眼前消失了，那么你怎么办?那是种怎样的伤心乃至于绝望。你满心装着的都是她，你脑子里想的又都是她和你在一起时的种种记忆，你是那么想念她惦记她，而在你们中间又隔着那么浩瀚的太平洋……

这就是AFS组织所带给我的伤痛与欢乐。让世界从孩子们起就相互交流，让文化在很小的时候就彼此交融，让战争永远远离，让和平永远照耀，让世界充满爱，让孩子们在爱中成长。这就是参加过第一次世界大战的美国老兵们的愿望，也就是AFS神圣的宗旨。因为他们目睹了战争的残酷和非人性，所以他们希望从孩子们起就开始相互融合，由孩子们来缔造世界永恒的爱。

是AFS组织把女儿送到了美国。

也是AFS让我认识了另一个女人南希——女儿的美国母亲。

是南希给了我又一个完整而美好的世界。那是我亲身经历的，那完美甚至是不能用语言表达的。那是在女儿离开我之后最孤独伤痛的时候，是南希从遥远的诺维尔向我走来。她从此就成为了我生命中的另一份支撑。

不是所有的人都能如此幸运地遇到南希。不是所有把自己的孩子送给AFS组织的母亲都能如我般不停地收到南希关于女儿的来信。是南希给我阳光般的照耀，让我在看不见女儿的一年中，却享受到了另一种美好的生活。那也是我过去所不曾经历过的，她让我的生命从此闪光。

我想要说的是这个美好的美国家庭对一个中国女孩的爱。这爱是超越了国界，超越了血缘甚至是超越了人们的想象力的。他们去爱的，是一个人，一个女孩，一个来自古老中国的女孩。他们的爱是那么无私，那么竭尽全力。他们所给予女儿的，将是她生命中最重要的部分，爱的部分。而他们所爱的，还不单单是我的女儿，还有瑞士的瑟若、巴拿马的达雅。就是这样，他们爱全世界的孩子。他们不停地给予他们，那所有的帮助和关切。他们不求回报，没有怨言。他们只是快乐地生活，因为全世界都将有他们的女儿，他们也将被全世界的女儿所照亮。

于是若若和瑟若、达雅成为姐妹，美好的AFS姐妹。若若和她们亲密地相处，也是南希和John教会了她该怎样去爱，爱别人。女儿便是在这爱中成长。

我把对南希和John的所有感情都写在了这本书里。透过他们的故事，相信你会获得一份爱的感受。

世界上有了南希和John，女儿是幸福的，我也是幸运的。女儿离开我令我悲伤，但是如果女儿不离开我，我也就没有机会认识美好的南希和John，也不会有我现在写的这本书。

这是我生命中非常特别的一年。这一年我体验到了一个母亲的很多新心情。来来往往，我认真记录下了这一年，记录下我被感动的所有美丽瞬间。

读了我的书，你就将知道两个国度的两个家庭是在怎样地分享着女儿，分享着爱。

我们大家都是幸运的，因为我们拥有爱。世界是一个大家庭，而我们将永远像亲人那样快乐地生活在一起。

注：

AFS年度项目是AFS交流的主要项目，是以中学生为对象，以一学年为交流时限，以文化交流为主线，以“住家生活”和“就近入学”为交流方式，通过学生异地亲身体验，丰富人生经历，陶冶个人情操，提升整体素质。交流期间，学生们将有机会在外国亲历家庭和睦、师生情谊、同学友谊、学术平台、联谊派对、团队培训、走访参观等过程，深刻地感受异国文化。

AFS项目在中国已经走过27个春秋，派出年度学生始于1997年，截至2007年底，累计有1300多名中国中学生被派往世界20多个国家和地区。他们全都是全国各地选拔出来的优秀中学生，是传播中华文化的小使者。该项目受到了各地教育主管部门的高度重视，得到了项目学校的积极配合，获得了师生和家长的多方信任和热烈响应，逐步发展成为中国师生、家长信赖的国际教育交流项目。